LE TUEUR ET SON TERRAIN DE CHASSE

DE CHASSE

LES MYSTÈRES DE LUCA

DAN PETROSINI

DAN PETROSINI
MYSTERY & SUSPENSE AUTHOR
www.danpetrosini.com

LIVRES DE DAN PETROSINI

LA SÉRIE MYSTÈRE LUCA

SUIS-JE LE TUEUR ?

DISPARUS

LE MEURTRE DE SERENITY

TROISIÈMES CHANCES

UNE AFFAIRE BIEN FROIDE

FLIC OU TUEUR ?

FAIRE TAIRE SALTER

LE FAUX PAS D'UN TUEUR

ENJEUX INCERTAINS

LE TUEUR DE GRAND-PÈRE

VENGEANCE DANGEREUSE

OÙ SONT-ILS ?

ENTERRÉ AU LAC

LE TUEUR DE LA RÉSERVE

PERSONNE N'EST EN SÉCURITÉ

VENDRE SON ÂME À L'OR

SECRETS À SUSPENSE

LE DILEMME DE CORY

LA FUITE DE CORY

LA TRANSFORMATION DE CORY

ART OF PAYBACK

RACE TO REVENGE

BEYOND REVENGE

THIS ISN'T OVER

AUTRES ŒUVRES DE DAN PETROSINI

L'ENNEMI FINAL

TÉMOIN COMPLICE

RÉSISTANCE

LA FALAISE DE L'AMBITION

REMERCIEMENTS

Un grand merci à Julie, Stéphanie et Jennifer pour leur amour et leur soutien, ainsi qu'au sergent Craig Perrilli pour ses précieux conseils sur la réalité du travail policier. Grâce à lui, mes récits collent à la réalité.

1

MES PIEDS S'ENFONÇAIENT DANS LA BOUE ALORS QUE JE marchais dans la réserve de Cocohatchee Creek. J'ai aperçu du ruban de scène de crime jaune et deux agents. Je me suis arrêté net. Mon talon est sorti de ma chaussure. Je l'ai remis en place, puis j'ai dégagé mon pied en me tortillant avant de balayer du regard la zone boisée.

Le faible bourdonnement de la circulation venant de l'autoroute n'était pas ce qui rompait la sérénité du lieu. Ce qui gâchait ce décor naturel, c'était un corps. Une violation flagrante de la devise du parc : « Ne prenez que des photos, ne laissez que des empreintes ».

En enfilant des gants, j'ai examiné l'endroit. On avait dû se débarrasser du corps ici ; la probabilité qu'une dispute ait dégénéré dans un parc semblait mince. Je me suis approché lentement.

Le cadavre était adossé à un cyprès chauve. « On dirait une mise en scène, non ? »

Derrick a dit : « Je ne sais pas. Peut-être qu'elle s'est appuyée contre lui en essayant de se relever. »

« Si elle s'était battue pour sa vie, elle ramperait. »

Sa chemise blanche était couverte de sang. J'ai étudié le corps. Que lui était-il arrivé ?

La femme avait entre trente-cinq et quarante ans. Des cheveux blonds mi-longs encadraient un visage sans rides. Rien de tape-à-l'œil ou de cher dans ses vêtements ou ses chaussures ouvertes. « Où est son sac à main ? »

« Bonne question. »

Mon regard s'est posé sur ses genoux. Il y avait quelque chose sous sa main. Une vibration m'a parcouru la nuque. Je me suis penché. « Qu'est-ce que c'est ? Un étui à lunettes ? »

« Ouais, c'est bizarre. »

Je me suis relevé et j'ai regardé dans la direction d'où nous étions venus. « Voilà Gianelli. » Des appareils photo suspendus à chaque épaule, le photographe de la police scientifique a fait le signe de la paix. « Bilotti est là aussi. »

Pendant que Gianelli nouait ses cheveux en queue de cheval, j'ai dit : « Rends-moi un service et photographie ses genoux et ses mains. Elle tient ce qui ressemble à un étui à lunettes. J'aimerais le voir dès que possible. »

« Pas de problème, Frankie. »

Pendant qu'il mitraillait de photos, je me suis agenouillé, examinant l'endroit où son dos touchait l'arbre. « Son sac à main est coincé derrière elle. »

Derrick s'est approché. « Bizarre. »

« Cette scène est une mise en scène. »

« Quel pourrait être le message ? »

« On le saura bien assez tôt, s'il y en a un. »

Gianelli s'est tourné vers moi. « C'est bon pour toi. J'ai pris une vingtaine de clichés. »

J'ai regardé derrière moi ; Bilotti était à une vingtaine de mètres. « Merci. »

Alors que je tendais le bras pour prendre l'étui, Bilotti a dit : « Doucement, Frank. Ne touche à rien. »

« Elle tient un étui ; je dois voir s'il a une signification. »

« Une fois que j'aurai fini, tu pourras toucher au corps. »

« Gianelli a déjà tout photographié… »

Bilotti a haussé les sourcils. « On a bossé sur combien d'homicides ensemble ? »

« D'accord, d'accord. Fais ce que tu as à faire. »

« Eh bien, merci, Frank. »

« Pour moi, ça ressemble à une mise en scène. »

« C'est bien possible. »

« Fais ton travail. On va parler au type qui l'a trouvée. »

Nous nous sommes présentés à Mike Breem, un homme sec d'une soixantaine d'années. Vêtu d'un jean usé et d'une casquette de baseball brodée d'une tortue de mer, il a dit : « Je n'arrive pas à y croire. Les gens de nos jours sont complètement fous. C'est tellement décevant. »

La déception, c'est de recevoir un steak saignant au lieu d'à point. « Que faisiez-vous quand vous avez découvert le corps ? »

« Je suis tout le temps ici. »

« Pourquoi ? »

« Je surveille la population de tortues gaufrées. »

« Pourquoi faites-vous cela ? »

« C'est une espèce menacée. Sans des gens comme moi, elles auraient disparu de la surface de la planète. »

C'était un expert en tortues. J'ai eu envie de lui demander si c'était vrai qu'elles pouvaient vivre plus longtemps que les humains. « C'est une bonne chose. Maintenant, depuis combien de temps étiez-vous dans le parc avant de trouver le corps ? »

« Environ une heure. »

Le parc ne faisait que 1,6 hectare. « Pour un parc, c'est petit. Qu'est-ce que vous faisiez pendant tout ce temps ? »

« J'observais un terrier. »

« Un terrier ? »

« Là où vivent les tortues. Elles y pondent leurs œufs, et c'est fascinant de voir leurs bébés en sortir. »

« Oh. »

« Saviez-vous que le sexe d'une tortue est déterminé par la température de la terre où les œufs sont enterrés ? »

« C'est intéressant. Alors, comment avez-vous trouvé le corps ? »

« Je parcours toujours le parc, à la recherche de signes de nouveaux terriers. Ça me donne une idée de la taille de la population. »

« Je vois. Qu'avez-vous fait quand vous l'avez vue ? »

« Je n'en revenais pas. Au début, j'ai cru que quelqu'un se reposait ou était blessé, mais en me rapprochant, j'ai vu le sang. J'ai crié, mais elle n'a pas répondu, alors j'ai appelé le 17. »

Nous allions écouter l'appel. Ça nous donnerait des indices pour savoir si l'Homme-Tortue disait la vérité. Derrick a pris ses coordonnées, et nous sommes retournés près du corps.

Bilotti écrivait dans un carnet. « Ça avance, Doc ? »

« Ton hypothèse semble correcte ; je crois qu'elle a été mise en scène. »

« Heure du décès ? »

« Pour l'instant, je dirais entre il y a quatre et six heures, mais on affinera ça avec l'autopsie. »

Il était 10 h 30. J'ai demandé : « Morte de coups de couteau ? »

« Oui. Trois plaies dans la région thoracique. Tu peux examiner l'étui. »

J'ai passé mes doigts autour de son poignet gauche et j'ai fait glisser l'étui marron de ses genoux. Il y avait du sang sous son avant-bras. En me relevant, je me suis demandé si elle avait essayé de se défendre contre son agresseur.

Le vieil étui semblait vide. M'attendant à y voir une paire de lunettes, je l'ai ouvert. « Oups. »

2

Derrick a levé les yeux de son écran quand je suis entré dans le bureau. « Alors, qu'a dit le shérif ? »

« Pas grand-chose, mais je crois qu'il est d'accord sur le fait que ça pourrait être un tueur en série. »

« Pourquoi d'autre aurait-il laissé la découpe avec le numéro un dessus ? »

« Remin s'inquiète pour l'image. Il ne veut pas affoler la population. Il ne veut pas que l'affaire soit ébruitée. »

« Et pour l'analyse de la douille et du papier ? »

« Il a appelé pendant que j'étais là-bas. Le labo est sur le coup. »

« Ce sera une pièce à conviction capitale. »

J'ai haussé les épaules. « Peut-être, mais si la marotte du tueur est de numéroter ses victimes, on doit garder ça secret. »

« Ouais, si on l'attrape, on s'en servira pour confirmer que c'est bien lui. »

« Pas "si", "quand" on pincera ce salaud. »

« Absolument. »

Le téléphone de mon bureau a sonné. La conversation a été brève. J'ai raccroché violemment. « Aucune empreinte sur la douille ou le papier. »

« Le tueur est prudent. »

« La plupart des tueurs en série le sont. »

« Par où est-ce qu'on commence ? »

« Pas de caméras au parc ni de témoins, à part l'Homme-Tortue. Renseigne-toi sur lui, et moi, je vais creuser du côté de la victime. »

———

LE SAC à main de Melissa Wright ne contenait pas son téléphone. Était-ce un autre signe de la prudence du tueur ? Dans son portefeuille se trouvaient un permis de conduire, un ticket de pressing, douze dollars en billets de un et une carte de visite appartenant à Jonathan Ong, un agent immobilier.

J'ai fait glisser la carte entre mes doigts. Avec un marché immobilier en plein essor et ce qui semblait être un quart de la population vendant des maisons, est-ce que ça avait une signification ?

L'adresse de Wright était indiquée comme étant le 3939 Francis Ave. C'était dans un quartier au sud de l'aéroport de Naples, près d'Airport Pulling Road. Elle ne portait pas d'alliance, mais ça ne voulait rien dire. Le taux de cohabitation sans mariage approchait les 70 pour cent.

Melissa Wright avait trente-huit ans. J'ai eu l'estomac noué à l'idée que sa famille l'attendait à la maison. J'ai prié pour qu'elle n'ait pas d'enfants. Encouragé par le fait que personne n'avait signalé sa disparition, je suis parti.

Alors qu'un jet privé amorçait sa descente, j'ai tourné à

droite juste avant le bar-restaurant Alice Sweetwater's. Francis Avenue était bordée de maisons en parpaings de plain-pied sur des parcelles étroites. Une Honda Civic argentée était garée dans l'allée de Wright.

Retenant mon souffle, j'ai sonné. Rien. J'ai frappé et toujours pas de réponse. Faisant le tour de la maison, j'ai regardé par les fenêtres. Aucun signe que quelqu'un d'autre y vivait. J'ai envoyé un texto à Derrick pour qu'il fasse venir une équipe de la police scientifique.

Mettant mes mains en coupe, j'ai regardé à l'intérieur de la Honda Civic. Un livre était posé sur le siège passager. J'ai composé un numéro sur mon portable. « Je suis sur le point de commencer l'autopsie, Frank. »

« Je sais, Doc. Mais peux-tu vérifier si elle est enceinte ? »

« Bien sûr. Pourquoi me demandes-tu ça ? »

« Wright a un exemplaire de *The Best Baby Names of 2022* dans sa voiture. »

« Hmmm. Je vais vérifier. Ce sera dans le rapport préliminaire. »

« Ça va te prendre combien de temps pour faire l'autopsie ? »

« Encore une interruption et… »

« Désolé, Doc. Je voulais juste te prévenir. »

« Pas de problème, Frank. Je pense avoir terminé dans la soirée. »

———

LES VOISINS de Wright nous ont dit qu'elle travaillait au Hyatt House, un hôtel sur la Cinquième Avenue Sud, en face de Tin City. Avec le trafic qui filait, la plupart des voitures en excès de vitesse, je me suis demandé ce que ça faisait de séjourner là. Je me suis engagé dans le parking et je me suis garé.

L'hôtel était sur une île. J'ai jeté un œil à l'arrière. La rivière Gordon s'étendait au-delà de la piscine. L'endroit avait un accès incroyable au golfe du Mexique, et ce n'était pas une surprise que Captain Joey D Charters opérait à une centaine de mètres de là.

Paul Norris était le directeur général de l'hôtel. Grand et mince, avec une épaisse chevelure blanche, j'ai deviné que c'était une seconde carrière pour lui. « Je ne saurais vous dire à quel point nous sommes choqués. Melissa était une femme merveilleuse. Un plaisir de travailler avec elle. »

« Quelles étaient ses responsabilités ici ? »

« Elle était directrice générale adjointe. En fait, nous avons trois personnes avec ce même titre. »

« Quelles étaient ses tâches ? »

Il a eu un mince sourire. « Tout ce qui se présentait. C'est un métier sans aucune prévisibilité. On ne sait vraiment jamais ce qui va nous tomber dessus quand on arrive au travail. »

Nous avions ça en commun. « Pouvez-vous me donner des détails sur son quotidien ? »

« Elle travaillait à la réception quand c'était nécessaire, vous savez, pendant les coups de feu, quand les gens s'enregistrent. Melissa avait un bon contact avec les gens. » Il a froncé les sourcils. « Ses collègues sont anéantis. »

« Y a-t-il eu un incident avec un client ou un collègue, quelque chose qui aurait pu dégénérer ? »

« Non, la force de Melissa était sa capacité à désamorcer une situation. »

« Pouvez-vous préciser ? »

« Les clients ont parfois des attentes irréalistes. Les tarifs pendant la saison sont assez élevés, et les gens estiment, eh bien… disons simplement qu'ils peuvent devenir furieux pour le moindre détail. Melissa les calmait. Elle leur parlait, leur assurait qu'ils étaient appréciés. Elle leur offrait un dîner ou un déjeuner si c'était justifié, au Latitude 26, notre restaurant. »

« D'un tempérament calme ? »

« Oh oui. Elle était ici depuis deux ans et n'a jamais haussé la voix. »

« Savez-vous si elle avait une relation avec quelqu'un ? »

« Elle voyait un homme sympathique, Bobby, euh… Bobby Ryan. Oui, c'est ça. »

« Savez-vous comment je peux le contacter ? »

3

LES RIDEAUX DU SALON ÉTAIENT TIRÉS ET LES PERSIENNES DE la cuisine, fermées. La maison n'était pas seulement sombre, elle était silencieuse. Ce n'était pas bon signe.

Je suis entré sur la pointe des pieds dans la chambre parentale. Mary Ann dormait. Je me suis changé et me suis glissé près du lit en murmurant : « Mary Ann, tu vas bien ? »

Elle a bougé et ouvert les yeux. « Salut. »

« Qu'est-ce qui se passe ? »

Elle a plissé les yeux. « Grosse migraine. »

« Une migraine, ou une poussée ? »

Elle a haussé les épaules. C'était une crise de SEP.

« Quand est-ce que ça a commencé ? »

« En milieu de matinée. »

« Tu n'as rien dit quand j'ai appelé. »

« Tu avais un homicide sur les bras. »

« Ça n'a pas d'importance. Tu passes avant tout. J'ai besoin de savoir ce qui se passe. »

Elle s'est forcée à sourire.

« Tu as appelé le docteur Gentile ? »

« Oui, elle a dit que ça devrait passer et de l'appeler si ça devenait sévère ou si ça durait plus de cinq jours. »

« C'est tout ? Tu dois vivre avec la douleur ? »

« Il n'y a pas grand-chose qu'ils puissent faire. »

« Pour tout l'argent qu'on dépense dans ce traitement expérimental, tu devrais courir des marathons. »

« Je suis désolée qu'il soit si cher. Je ne suis pas obligée de le prendre. »

« Non, non. Il fonctionne un peu. C'est juste que je suis frustré. »

Ses yeux se sont embués.

J'ai attrapé sa main. « Je suis un crétin. Désolé. Je n'ose imaginer à quel point tu dois être frustrée. »

Sa lèvre a tremblé. « Parfois… »

« Tout va bien se passer ; on va surmonter ça ensemble. »

Elle a fermé les yeux. Des larmes ont coulé. Je suis monté sur le lit, je l'ai prise dans mes bras, en cuillère, et j'ai fermé les yeux.

« Maman ? Papa ? Tout va bien ? »

Je me suis appuyé sur un coude. « Ouais, maman avait mal à la tête et j'étais crevé. On s'est endormis. »

« Tu vas bien, maman ? »

« Oui, ma migraine est passée. Je crois que la sieste m'a aidée. »

J'ai basculé mes jambes hors du lit. « Jessie, va chercher le menu de True Foods. Maman aime bien ce resto ; on va commander quelque chose à emporter. »

« Super, je meurs de faim. »

Quand Jessie est partie, j'ai demandé : « Tu te sens bien ? »

« Oui, la migraine va dix fois mieux. »

« Tu vois, j'ai toujours le tour. »

Elle a secoué la tête et s'est levée. À sa façon de bouger, je voyais qu'elle se sentait mieux. C'était un soulagement, mais cette vie de montagnes russes commençait à me peser.

———

JE SUIS RESTÉ à la maison pour m'assurer que Mary Ann allait toujours bien. Elle s'est forcée à aller dans la piscine. Elle n'a fait que la moitié de ses longueurs habituelles, mais ça voulait dire qu'elle récupérait. Je l'ai embrassée et j'ai pris la route de Fort Myers.

Derrick m'a appelé alors que j'arrivais sur Corkscrew Road. Il n'avait pas réussi à localiser de proches pour Melissa Wright. Ses parents étaient morts et elle était fille unique. Je lui ai demandé de contacter le Hyatt House pour voir s'ils savaient de quel État elle avait pu venir et de chercher des oncles et des tantes.

La porte ne s'était pas encore refermée derrière moi qu'une vendeuse était déjà en mouvement. Elle m'a gratifié d'un large sourire. « Bienvenue chez MINI Cooper de Fort Myers. Êtes-vous intéressé par un modèle en particulier ? »

« Je suis ici pour voir Bobby Ryan. »

« Oh, je vais le chercher. Je peux lui dire qui l'attend ? »

« Frank Luca. »

Pendant que j'attendais, je n'arrivais pas à décider si j'aimais les larges bandes de course qui ornaient le capot d'une décapotable rouge. Les voitures étaient mignonnes, mais petites. Je n'aurais pas voulu que Jessie se balade dans l'une d'elles.

Ryan était grand et bel homme. Il m'a tendu la main. « Monsieur Luca ? » Il a scruté mon visage pendant que nous nous la serrions. « Je suis désolé, mais est-ce qu'on travaillait sur une voiture ? »

J'ai baissé la voix. « Je suis du bureau du shérif du comté de Collier. Je suis ici au sujet de Melissa Wright. »

« Melissa ? Il lui est arrivé quelque chose ? »

« On peut parler dehors ? »

Nous sommes sortis sur le parking. « Qu'est-ce qui se passe ? »

« Tu n'es pas au courant ? »

« Au courant de quoi ? »

La façon dont ses sourcils se sont haussés m'a fait douter de sa sincérité. « Melissa Wright a été retrouvée assassinée. »

« Oh mon Dieu. Où ? Comment ? »

« Son corps a été découvert dans la réserve de Cocohatchee Creek. »

« Coco quoi ? »

« Cocohatchee Creek. C'est un parc près de Veteran's Park Drive. »

« Qu'est-ce qui lui est arrivé ? »

« Elle est morte de plusieurs coups de couteau. »

Il a secoué la tête. « C'est terrible. Qui a bien pu faire ça ? »

« J'espérais que tu aurais quelques idées. »

« Je n'arrive pas à réfléchir. Là, tout de suite, je suis… je suis sous le choc. »

« Quelle était la nature de votre relation avec Mme Wright ? »

Il a haussé les épaules. « On était amis. »

« Une liaison amoureuse ? »

Ses yeux bruns ont balayé les environs. « Écoutez, je suis

marié. C'est fini, mais il ne faut pas que ma femme l'apprenne. »

Il aurait dû y penser avant de briser ses vœux. « Nous garderons l'information confidentielle. Quand l'as-tu vue pour la dernière fois ? »

« Oh, je ne sais pas. Il y a environ deux semaines. »

Je prenais ça pour pas plus de cinq jours. « Depuis combien de temps la connaissais-tu ? »

« Un an ou deux. »

« Quand la relation a-t-elle pris fin ? »

« Il y a environ un mois. »

« Avait-elle de la famille dans le coin ? »

« Pas que je sache. »

« D'où venait-elle ? »

« Du Michigan. Grand Rapids, j'en suis presque sûr. »

« Des amis ? »

« Elle était plutôt du genre solitaire. »

« Tu n'es jamais sorti en couple avec d'autres ? »

Son visage s'est crispé. « Non. On ne faisait pas ce genre de trucs. »

Je savais très bien le genre de trucs qu'ils faisaient. « Elle a bien dû mentionner quelqu'un. Dis-moi. »

« Elle allait parfois dans ce bar au bout de sa rue, le Alice Sweetwater's. Mais je n'ai jamais eu le nom. »

« Elle y allait souvent ? »

« Je ne sais pas. Elle y prenait un morceau à manger. Elle aimait bien le bar extérieur. »

« Tu y allais avec elle ? »

« Non. Jamais. »

« Qui, à ta connaissance, aurait pu lui faire ça ? »

« Je ne sais pas. Franchement, j'essaie juste de digérer tout ça. »

« Je comprends. Si quelque chose te revient, même le plus petit détail, voici ma carte. »

« Je n'y manquerai pas. Et si vous avez besoin d'une MINI Cooper… »

« Elles sont sympas, mais ce n'est pas pour moi. »

« Vous seriez surpris. Ce sont d'excellentes voitures, un vrai plaisir à conduire. »

« Ça fait combien de temps que tu travailles ici ? »

« Six ans. »

« Tu as déménagé d'où ? »

« De nulle part. Je suis né à Estero. »

Un natif du sud-ouest de la Floride, et il ne savait pas prononcer Cocohatchee ?

4

Le bar près de chez Wright se trouvait à l'extrême sud de Fort Myers. J'ai regardé la photo que j'avais prise de la carte de visite de Jonathan Ong. Il travaillait pour le Willis Group, une agence immobilière de prestige. Leur bureau à Mercato me permettait de couper la route. J'ai pris rendez-vous.

Un flot de circulation dense serpentait à travers Mercato. Je n'aurais jamais imaginé devoir tourner en rond pour chercher une place où me garer. Après en avoir raté une tout au bout du parking de Whole Foods, je me suis créé une place de stationnement et j'ai posé ma carte de service sur le tableau de bord.

Le Willis Group occupait une boutique à côté de Design West. L'entreprise de décoration d'intérieur était la référence… si on avait vingt mille dollars à mettre dans un canapé. J'ai jeté un œil aux photos des maisons à vendre affichées sur la vitrine de l'agence. La moitié d'entre elles arboraient une pancarte « Vendu ».

Me demandant combien de temps il leur avait fallu pour

les vendre, je suis entré. Une commerciale enjouée s'est dirigée vers une rangée de bureaux privés, et Jonathan Ong est apparu. Il portait un costume bleu foncé à la coupe très ajustée. C'était tendance, mais il avait l'air trop petit pour lui.

Ses cheveux noir de jais venaient d'être coupés. « Monsieur Luca. Que puis-je faire pour vous aujourd'hui ? »

Son sourire s'est effondré quand je me suis présenté. « Le bureau du shérif ? Oh, est-ce au sujet de l'expulsion de Mme Morrow ? »

« Non. Melissa Wright. »

« Pouvez-vous m'aider ? Je ne vois pas qui c'est. »

« Elle avait ta carte de visite dans son portefeuille. »

Son sourire est revenu. « Je suis agent immobilier. Nous distribuons toujours nos cartes. Ça n'a rien d'exceptionnel. »

« On l'a retrouvée assassinée hier. »

« Oh mon Dieu. Vraiment ? »

« Oui. Il faut que je sache comment elle a eu ta carte. »

« Je n'ai rien à voir avec ce qui s'est passé. »

Sortant mon téléphone, je lui ai montré une photo de Wright. « Tu la reconnais ? »

« Hmmm. Elle me dit quelque chose. Où habite-t-elle ? »

« Sur Francis Avenue, près du… »

« Oh, maintenant je vois. Elle loue cette maison. La propriétaire, Sally Johnson, m'a contacté pour la vendre. J'y suis allé il y a une semaine pour faire une première visite pour elle. Ce n'est pas vraiment le type de bien que notre agence gère. »

« Tu as rencontré Mlle Wright là-bas ? »

« Oui. Elle était très gentille et m'a demandé de l'aide pour trouver un logement, mais nous ne faisons pas vraiment dans la location. Ça ne vaut tout simplement pas le coup. »

« Y avait-il quelqu'un d'autre ? »

« Non, juste elle. »

« Et c'était quel jour ? »

« Je crois que c'était mardi, mais laissez-moi vérifier. » Il a sorti son téléphone pour confirmer. J'ai noté les informations sur la propriétaire et je suis parti.

Le parking d'Alice Sweetwater's était à moitié plein. C'était peut-être le flamant rose au milieu de leur enseigne, mais Jimmy Buffett m'est venu à l'esprit alors que je montais les escaliers menant au restaurant.

Un long bar en chêne dominait la pièce très éclairée. Une caisse enregistreuse à l'ancienne et le fond en miroir ont fait passer l'ambiance de « Margaritaville » à une ville minière du Colorado. Ça n'a pas duré longtemps ; mes yeux se sont posés sur un marlin suspendu au-dessus de l'entrée de la cuisine.

Le barman discutait avec deux hommes qui tenaient des bières. Je lui ai fait signe, et il s'est approché. « Qu'est-ce que je te sers ? »

En lui expliquant, je lui ai montré une photo de Wright. « Tu connais cette femme ? »

« Ouais, elle vient de temps en temps, mais elle s'assoit dehors. On a un bar et quelques tables hautes à l'arrière. »

« Elle venait seule ? »

« Je crois, oui. Pourquoi ? »

« Il y a quelqu'un qui s'occupe du bar extérieur ? »

« Ouais, Philly est là-bas. »

C'était un autre long bar, celui-ci couvert d'un auvent couleur canneberge. Cinq types, tous en train de fumer, étaient assis au fond. Un ventilateur derrière le bar soufflait la fumée dans ma direction. J'ai reculé d'un pas tandis que le barman bedonnant s'approchait en se dandinant. « Qu'est-ce que tu prends ? »

J'ai sorti mon badge et lui ai tendu mon téléphone. « Je cherche des infos sur cette femme. »

« Ah ouais, c'est Mary ou un truc du genre. Elle vient de temps en temps. Elle s'assoit tout le temps là-bas. » Il a montré du doigt une table dans un coin, surmontée d'un parasol bleu qui penchait.

« Elle venait avec quelqu'un ? »

« Je ne crois pas, mais demande à Sheila, c'est la serveuse. » Comme par enchantement, la porte s'est ouverte et une femme aux cheveux platine, portant deux assiettes pleines, est apparue. « Sheila, ce flic veut te parler. »

« Une seconde, mon chou. » Elle a posé les assiettes. Ses lunettes se balançant au bout d'une chaîne de perles autour de son cou, elle s'est approchée. « Qu'est-ce que je peux faire pour toi, mon chou ? »

Lui montrant la photo, j'ai dit : « C'est Melissa Wright. Elle vient souvent, n'est-ce pas ? »

« C'est une habituée, ou presque. Une fille sympa. »

« Elle est déjà venue avec une amie ? »

« Pas que je sache. »

« Des hommes ? »

« Non, mais je sais qu'elle était mêlée à une histoire avec un type marié. »

« Et comment tu sais ça ? »

« Elle n'avait pas le moral un soir, il y a peut-être trois mois. Melissa, c'est une fille qui s'en tient à un seul verre, et ce soir-là, elle en a bu trois. »

« Pourquoi donc ? »

« Il n'y avait pas grand monde ce soir-là, et tu sais, entre filles, il faut bien qu'on se serre les coudes. »

« Elle t'a dit le nom de cet homme ? »

« Nan. Ça n'avait pas d'importance ; ils sont tous pareils. Ils te promettent du champagne, mais il n'arrive jamais. C'est toujours de l'eau du robinet. »

J'ai dû réfléchir à ça, en me le répétant silencieusement pour m'en souvenir. « Elle a déjà mentionné des amis ? »

« Elle travaillait en ville, au Hyatt. Allez voir avec eux. »

« Et tu es certaine qu'elle n'est jamais venue avec quelqu'un ? »

« Oui. »

« Est-ce qu'elle s'est déjà disputée avec quelqu'un ? »

« Non. Ce n'était pas son genre. Melissa était un amour. C'est pour ça que ce type lui marchait sur les pieds. »

« Tu connais quelqu'un qui aurait pu lui vouloir du mal ? »

Ses yeux se sont écarquillés. « Qu'est-ce qui s'est passé ? Ne me dis pas que quelqu'un lui a fait quelque chose. »

Je lui ai annoncé la mauvaise nouvelle et je l'ai remerciée.

En sortant, je me suis arrêté pour lire une citation de Virginia Woolf : « On ne peut bien penser, bien aimer, bien dormir, si on n'a pas bien dîné. » Pour quelqu'un comme moi qui deviens grincheux quand il a faim, Woolf n'avait pas tort.

5

CE N'ÉTAIT PAS FACILE DE RÉSISTER À L'ENVIE D'APPELER Bilotti. J'ai passé un pacte avec moi-même en me rendant au bureau : s'il n'avait pas appelé avant que j'arrive, c'est moi qui l'appellerais. Il m'a fallu vingt minutes pour arriver au complexe municipal sur Airport Pulling Road.

Au moment où je me garais, mon portable a sonné. « Hé, Doc. Qu'est-ce qui se passe ? »

« Désolé d'avoir mis autant de temps. Mais un transformateur a sauté, et le... »

Même si je n'aimais pas l'expression, elle m'a échappé. « Pas de problème. Qu'est-ce que tu as ? »

« Mlle Wright était enceinte. C'était le début. J'estimerais la grossesse à environ douze à quatorze semaines. »

« Navré de l'apprendre. Quoi d'autre ? »

« Elle avait trois coups de couteau, dont un qui a perforé son ventricule droit. Elle n'a pas pu survivre plus d'une heure, et le fœtus est probablement mort peu de temps après. »

« L'enfoiré. L'arme, c'était un couteau ? »

« Oui. Apparemment un couteau à lame dentelée, d'une longueur d'environ vingt centimètres. »

« Une idée de la taille du tueur ? »

« En supposant que l'agression a eu lieu alors que la victime était debout, je dirais qu'il ou elle mesure entre un mètre soixante-cinq et un mètre quatre-vingts. »

« Heure du décès ? »

« D'après le contenu de son estomac, je situerais l'heure de sa mort entre deux heures trente et cinq heures du matin, le seize janvier. »

« A-t-elle été tuée à Cocohatchee Park ? »

« Je le crois. Mais je suis d'accord sur la mise en scène. »

Un point pour Luca. « Autre chose ? »

« Aucune drogue ni alcool lors des analyses préliminaires, mais on fait un bilan toxicologique complet. »

« Des fibres ou des cheveux qui auraient pu être laissés par le tueur ? »

« Rien, sauf que la victime avait du sang à l'intérieur de l'avant-bras. Ça ne correspond pas aux traces des blessures. C'est peut-être quand l'agresseur a retiré le couteau que des gouttelettes de sang ont été projetées dans l'air. »

« De la matière sous ses ongles ? »

« Ils semblent avoir été coupés récemment, mais nous avons fait des prélèvements qui sont au labo. »

« A-t-elle été agressée sexuellement ? »

« Non, mais d'après des abrasions mineures, j'estimerais qu'elle a eu un rapport sexuel dans les quarante-huit heures précédant sa mort. »

« Ça pourrait nous aider. »

« Je vais retranscrire l'autopsie et je te ferai parvenir le rapport préliminaire dès que possible. »

Je suis entré d'un pas vif dans le bureau. « Je viens de parler à Bilotti. Wright était enceinte. »

Derrick a dit : « Merde. C'est révoltant. »

« On commence par ses amis masculins. Une serveuse du bar où elle allait a dit qu'elle sortait avec un homme marié. »

« Bobby Ryan est marié. »

« Et comment. Et c'est par là qu'on va commencer. »

« Qu'est-ce que tu as pensé de lui ? »

« Difficile à dire, c'est un commercial. Un truc, c'est qu'il est né ici, mais il a fait comme s'il ne savait pas prononcer "Cocohatchee". »

« Je ne sais pas, Frank. La moitié des gens que je croise ne prononcent jamais "Immokalee" correctement. Les noms indiens sont difficiles. »

« Je n'y crois pas, pas pour un gars du coin. » J'ai décroché le téléphone de mon bureau qui sonnait. « Brigade criminelle, inspecteur Luca. »

« Frank, c'est Eddie. Quelqu'un a signalé un corps à Baker Park. Un agent en patrouille à Bayfront a répondu à l'appel et a confirmé que c'est une femme, la trentaine, près du râtelier à kayaks. »

« Est-ce que ça avait l'air d'une mise en scène ? »

« Ils n'ont rien dit. »

« D'accord, on arrive. Dis-leur de boucler le parc. »

Je me suis glissé derrière le volant et j'ai dit à Derrick : « Tu es déjà allé à Baker Park ? »

« Non, on n'arrête pas de se dire qu'on doit y aller. Et toi ? »

« J'y suis allé quelques fois. C'est un bel endroit, avec des sentiers et un accès à l'eau. »

« On y emmènera peut-être nos vélos. J'ai entendu dire

que la famille Baker a donné quelques millions pour lancer le projet. »

« Ça doit être sympa d'avoir ce genre de fric. »

« Ils le distribuent à tour de bras, mettant leur nom sur tout, comme l'hôpital, mais c'est pour de bonnes causes. »

Pourquoi ne pouvaient-ils pas m'en envoyer un peu ? Payer deux mille dollars pour un médicament expérimental, n'était-ce pas une cause louable ? « Laisser une trace doit être important pour eux. »

« Ou voir leur nom partout en public. »

« On a tous besoin de reconnaissance, mais là, ça semble excessif. »

Une voiture de police banalisée bloquait l'entrée de Baker Park. Il s'est avancé, et nous avons remonté une longue allée pour nous garer près du bâtiment principal. Je me souvenais d'un râtelier à kayaks sur la droite, mais un agent nous a conduits sur environ quatre cents mètres, sur un chemin en béton qui s'est transformé en une promenade surélevée.

Le soleil me cuisait le dos. Au détour d'un virage, la rivière Gordon s'étendait des deux côtés de la passerelle. Un deuxième agent montait la garde à une ouverture, juste avant la rive ouest de la rivière.

« Elle est en bas. »

Nous avons enfilé des gants et des surchaussures et avons descendu le petit escalier. J'ai tendu la main pour arrêter Derrick et j'ai balayé la zone du regard. Le corps n'était pas visible. Une table de pique-nique se trouvait à gauche et, juste au-delà, une rampe pour mettre à l'eau les kayaks et les paddleboards. L'accès se faisait par un sentier qui disparaissait derrière un bouquet de palétuviers.

Un râtelier rempli de kayaks jaunes masquait une partie de la vue. « D'accord. Voyons ce qu'on a. »

En position assise, le corps était appuyé contre le côté du râtelier faisant face à l'eau. Il était caché du sentier principal, mais quiconque utilisant la rampe ou se trouvant sur la rivière pouvait le voir. C'était un détail curieux, qui me portait à croire qu'elle avait été placée là de nuit.

Les longs cheveux blond sale du corps étaient ébouriffés, masquant son œil gauche. Une grande tache de sang souillait le devant de son chemisier rose en satin. Mes yeux ont dérivé vers ses genoux. « Elle a un autre étui à lunettes. »

6

Le shérif Remin a été fidèle à lui-même. Il n'a pas esquissé le moindre sourire. En grognant, il m'a indiqué une chaise d'un coup de menton.

« Ce ne sont pas de bonnes nouvelles, monsieur. Nous avons affaire à un tueur en série. »

« En êtes-vous certain ? »

« Oui. Il ou elle a laissé un autre mot, avec le "numéro deux" dans un autre étui à lunettes. »

« Ça pourrait être un imitateur. »

« Sauf s'il y a eu une fuite, nous n'avons jamais révélé le fait que le tueur numérotait ses victimes. »

Les rides sur le front de Remin se sont creusées.

« Le mode opératoire est le même, et j'ai parlé au Dr Bilotti. Il doit encore faire l'autopsie, mais pense que le même type de couteau a été utilisé, et… »

« Très bien. Très bien. Nous devons étouffer cette affaire au plus vite. Je ne veux pas que les médias s'en mêlent. S'ils mettent la main là-dessus, cet endroit va devenir une ville fantôme. »

« Nous serons aussi discrets que possible. Mais ça va finir par se savoir. La nouvelle victime est le Dr Sarah Bigham. Elle avait un cabinet sur Piper Boulevard et était très connue. Bilotti la connaissait. »

« Nous devons identifier le lien entre ces femmes. »

« On y travaille. »

« J'espère que nous n'avons pas affaire à quelqu'un qui tue les gens au hasard. »

« Alors nous sommes deux, monsieur. »

Les liens entre les victimes étaient aussi importants que les preuves matérielles pour résoudre un homicide. Ils fournissaient une feuille de route menant au tueur. Les meurtres commis au hasard étaient plus difficiles à élucider.

« Qu'est-ce que vous avez comme personnes d'intérêt ? »

Nous n'avions rien, et après que Remin se fut attribué le mérite de ce que j'avais découvert dans l'affaire du lac de Pine Ridge, j'étais réticent à partager des informations concrètes. « Il est encore tôt, monsieur. Dès que j'aurai quelque chose, vous serez le premier au courant. »

« Il va me falloir quelque chose pour le communiqué de presse. Quelque chose d'encourageant, un message qui inspire confiance. »

Le voir mal à l'aise ne me dérangeait pas le moins du monde. J'aurais pu lui dire que je me rendais chez le docteur après notre discussion, mais j'ai dit : « Nous ferons de notre mieux. »

« Si vous avez besoin de ressources supplémentaires, venez me voir. »

Peu importe le nombre de fois où je roulais le long de Gulf Shore Boulevard, les maisons m'impressionnaient toujours. C'était la raison pour laquelle les gens croyaient que seuls les richissimes vivaient à Naples. J'appelais ça le facteur Bentley. Les gens remarquaient une Bentley ou une Ferrari quand ils en voyaient une, mais pas les dizaines de Toyota sur la route.

J'ai tourné sur la Troisième Avenue Sud. Le Dr Sarah Bigham vivait près de la plage et de la Cinquième Avenue, bordée de restaurants. Le quartier verdoyant s'appelait Olde Naples et coûtait cher.

Une voiture de patrouille était garée dans l'allée d'une structure de plain-pied peinte en bleu, avec un garage indépendant. C'était une maison modeste, plus ancienne et pas encore rénovée. Les maisons de chaque côté avaient leurs volets anticycloniques baissés. Ça n'avait rien à voir avec un ouragan ; leurs propriétaires étaient en voyage.

En regardant de l'autre côté de la rue, j'ai été soulagé de voir des poubelles près du trottoir. J'ai commencé à remonter l'allée, mon regard se posant sur un panneau planté dans sa pelouse. Le docteur vendait sa maison. Je me suis arrêté net. L'agent immobilier était Stephen Ong.

Était-ce « le » lien ou « un » lien ? Ong avait prétendu que le fait de donner sa carte de visite était purement routinier. Nous n'avions pas contacté la propriétaire de la maison où vivait Wright. Ça n'avait pas paru important. L'histoire d'Ong était crédible. Mais était-ce une erreur qui avait mené au meurtre du docteur ?

Sortant mon téléphone, j'ai appelé Derrick. « Je suis chez le Dr Bigham, et sa maison est à vendre. »

« Ne me dis pas que c'est Ong l'agent immobilier. »

« Si, c'est bien lui. »

« Coïncidence ou pas ? »

Il savait que je ne croyais pas aux coïncidences. « Contacte la propriétaire de la maison où vivait Wright. Je crois que c'est une Mme Johnson. Vérifie le dossier de l'affaire, c'est dedans. Vois si elle a demandé à Ong de jeter un œil à la maison. »

« Compris. »

« Et fouille sur le Dr Bigham. Il nous faut des informations sur elle. »

« Je m'en occupe. »

J'ai signé le registre, mis des gants et trouvé la bonne clé dans le sac à main du docteur. La maison était trop sombre, avec des plafonds bas et un agencement mal fichu. Elle avait été construite dans les années soixante, quand Naples était un village endormi, et ne me donnait pas l'impression d'être en Floride.

Le Dr Bigham était une femme occupée, si l'on en jugeait par le manque d'entretien, mais je me demandais si un indice se cachait dans le désordre de sa maison. Le marché immobilier était-il si dynamique que les acheteurs potentiels étaient prêts à passer outre ? Ou cette maison habitable était-elle vendue pour être démolie ?

Dans l'évier de la cuisine, il y avait de la vaisselle de quelques jours. J'ai ouvert les tiroirs, trouvant le tiroir fourre-tout à la troisième tentative.

En sortant une poignée de choses, j'ai trié des élastiques, des stylos et une pile de coupons. De combien de coupons Bed Bath & Beyond une personne pouvait-elle bien avoir besoin ?

Je suis passé à la chambre principale. Un lit à baldaquin défait dominait la pièce. Le tiroir de sa table de chevet était rempli d'une Bible, de mouchoirs, d'une bouteille d'Excedrin, d'un appareil de contention et, au fond, d'une bombe de spray au poivre.

C'était comme un abonnement à la salle de sport : si tout

ce que vous faisiez était d'acheter un moyen de dissuasion, vous n'en tiriez rien d'autre que le sentiment d'avoir agi.

Le placard était bourré de vêtements, aucun pour homme.

Stephen Ong ne cessait de me revenir à l'esprit. J'ai décidé d'envoyer une équipe expérimentée pour une fouille approfondie et je suis entré dans une chambre qui servait de bureau au docteur. Deux grands tableaux ont attiré mon attention. L'un était une représentation du squelette et l'autre une affiche identifiant chaque muscle du corps humain.

J'ai regardé un certificat accroché entre eux. C'était un diplôme de médecine que Bigham avait obtenu quatorze ans auparavant. En m'approchant d'un bureau en bois sombre surchargé de dossiers, j'ai trébuché sur le bord d'un tapis. Me rattrapant, j'ai poussé la chaise en cuir bordeaux sur le côté et j'ai fouillé dans les tiroirs.

Rien ne sautait aux yeux, mais ce n'était jamais le cas. J'étais préoccupé, et ce n'était pas bon. J'ai pris une profonde inspiration et j'ai essayé d'en identifier la raison. Ce n'était pas Ong. On allait s'occuper de ça. En essayant de mettre le doigt dessus, je suis sorti du bureau.

Une porte à droite du salon a attiré mon attention. Elle menait à l'extérieur, vers un court chemin relié au garage. J'ai ouvert la porte du garage et je me suis figé sur place.

7

L'ESPRIT EN ÉBULLITION, J'AI SAUTÉ DANS MA VOITURE ET JE suis resté là, sans bouger. Quelle était la probabilité ? On voyait bien des MINI Cooper en circulation, mais elles n'étaient pas si communes. J'ai cherché sur Google combien il s'en vendait chaque année. Le chiffre était plus bas que je ne le pensais : environ 10 000 par an pour leur modèle deux portes, dans tout le pays.

Celle de la Dre Bigham était une 2019, et le support de plaque d'immatriculation portait la publicité de MINI of Fort Myers. Peu importait que Bobby Ryan ait été le vendeur ou pas. L'occasion de leur rencontre était bien réelle. La docteure n'était pas mariée. Elle avait quelques années de plus que Ryan. Je ne l'imaginais pas sortir avec lui, mais qu'est-ce que j'y connaissais en matière d'attirance ?

J'ai passé une vitesse et je suis parti. Nous avions deux hommes qui connaissaient les deux femmes. Il était temps de creuser pour savoir lequel des deux c'était. Restait à décider par qui commencer. Alors que je pesais le pour et le contre, mon portable a sonné. C'était Bilotti.

« Salut, Doc. T'as quelque chose sur la Dre Bigham ? »

« Je n'ai même pas encore commencé. C'est dur de croire qu'elle ait été tuée si brutalement. »

« C'était une femme bien ? »

« Je ne l'ai rencontrée que deux ou trois fois. Mais je l'aimais bien. »

« Elle était douée ? »

« Elle est morte, Frank. »

« Ça pourrait aider l'enquête. »

« Disons simplement qu'il y a de meilleurs praticiens dans le coin. »

« Est-ce qu'elle a eu des problèmes, sur le plan médical ? »

« Non. Rien de ce genre. Je sais bien que les attentes envers les médecins sont plus élevées que pour la plupart des gens, mais la réalité, c'est qu'il y a de bons médecins et d'autres qui le sont moins. »

« Compris. Pourquoi tu m'as appelé ? »

« Concernant Melissa Wright. Le sang sur son bras s'est avéré être le sien. »

« Merde. »

« Le labo a terminé l'analyse ADN du fœtus. Quand tu identifieras un suspect, ça pourrait être lié à un mobile. »

« Tu ne sais pas que la paie est bien moins élevée pour les inspecteurs ? »

Bilotti a gloussé. « Après toutes les fois où tu te mêles de nos affaires, je me suis dit que tu apprécierais la réciprocité. »

Ça aurait été trop facile d'avoir le sang du tueur. Je savais que les meilleurs plans tombaient à l'eau quand la violence éclatait, mais celui qui était derrière ces meurtres était prudent. Il avait laissé un indice, mais c'était un choix délibéré. L'étui à lunettes était plus une provocation qu'une piste.

La grossesse pouvait être une piste, mais il nous faudrait obtenir des échantillons d'ADN des pères potentiels. Pour l'instant, nous avions Ryan et Ong comme personnes d'intérêt. Ryan était marié ; s'il ne se protégeait pas, il était inconscient, mais les hommes réfléchissent avec leur bite, pas avec leur tête, quand il s'agit de sexe.

En entrant sur le parking, j'ai ignoré l'appel de Derrick. Je serais au bureau dans deux minutes. Un éclair a zébré un ciel qui s'assombrissait. Par réflexe, j'ai compté les secondes en attendant le tonnerre. Ma main a atteint la poignée de porte au moment où un coup de tonnerre a retenti. Cinq secondes s'étaient écoulées. L'éclair était à environ un kilomètre et demi.

À peine un pied dans l'embrasure de la porte, Derrick a bondi. « La Dre Bigham avait une ordonnance restrictive contre un certain Micky Carbo. »

« Ça datait de quand ? »

« Il y a un an. »

« Il a un casier ? »

« Agression, mais ça remonte à 2010. »

« N'empêche qu'il est colérique et violent. »

« Qu'est-ce que tu veux faire ? »

Je lui ai parlé de la MINI Cooper. « On commence par Ryan. »

« Ouais, et la proprio — la dame, Johnson — elle a confirmé avoir demandé à Ong de jeter un œil à la maison. »

« Ça ne veut pas dire grand-chose. Il a rencontré Wright. N'importe quoi a pu se passer à partir de là. »

« Il aurait pu vouloir quelque chose d'elle qu'elle n'était pas prête à lui donner. »

« J'ai vu ce film trop de fois. Écoute, tu creuses tout ce que tu peux sur ce Carbo. Moi, je retourne à Fort Myers pour parler à Ryan. »

Debout à côté d'un cabriolet blanc, Ryan discutait avec une cliente. Il a ouvert la portière côté conducteur. La femme a regardé à l'intérieur et a secoué la tête. « C'est joli, mais je n'ai pas besoin d'un intérieur spécial ; c'est trop cher. »

« J'en ai une d'occasion qui rentre en reprise. Une vraie beauté, seulement 32 000 kilomètres. Laissez-moi faire quelques calculs dessus. »

« Je ne sais pas... »

« Quand pouvez-vous amener l'Audi pour une expertise ? »

« Peut-être lundi. »

« Super. Je vous verrai à ce moment-là. »

Souriant, il lui a serré la main. Elle s'est dirigée vers la porte et Ryan s'est retourné. Ses épaules se sont affaissées quand il m'a vu. Il s'est vite ressaisi. « Vous avez changé d'avis pour une MINI ? »

« Peut-être. Il y en a une rouge dehors. » Je me suis dirigé vers la porte et Ryan m'a suivi.

La porte a claqué en se refermant. « Vous ne m'avez jamais donné votre carte de visite. »

Il en a sorti une de la poche de sa chemise. « La voici. »

« Merci. »

« La rouge vous a plu ? »

« Peut-être. Mais parlons plutôt de la Dre Sarah Bigham. »

Son visage s'est rembruni. « J'ai entendu ce qui s'est passé. Quel dommage. »

« Qu'est-ce qui s'est passé ? »

« Elle a été assassinée, n'est-ce pas ? »

« Oui. Comment la connaissiez-vous ? »

« C'était une cliente, elle a acheté une Cooper S. Bleu électrique, toutes options. »

« Il y a combien de temps ? »

« Pfiou, environ un an, ou peut-être plus. Je peux vérifier. »

« Quand l'avez-vous vue pour la dernière fois ? »

« Ça fait une éternité. »

« Est-ce que vous et elle aviez une quelconque relation ? »

« Qu'est-ce que vous voulez dire ? »

« Est-ce que vous la baisiez ? »

« Moi ? »

« Oui, vous. »

« Je suis marié. »

« Vous étiez marié quand vous étiez avec Melissa Wright, n'est-ce pas ? »

« Oui, mais... »

« En parlant de Melissa, saviez-vous qu'elle était enceinte ? »

« Elle l'était ? J-je ne savais pas. »

« Êtes-vous le père ? »

« Non. »

« Êtes-vous prêt à donner un échantillon d'ADN pour comparaison ? »

« De l'ADN ? Pour quoi faire ? »

« Pour voir si vous êtes le père. »

« Je vous ai dit que non. »

« Comment le savez-vous ? »

« Elle prenait la pilule. »

« Ce n'est pas efficace à cent pour cent. Allez-vous nous donner votre ADN ? »

« Hé, je n'aime pas la tournure que ça prend. J'ai l'impression que vous essayez de me faire porter le chapeau pour son meurtre. Je n'ai rien fait. »

« Alors vous n'avez rien à craindre. »

« Vous savez quoi ? J'ai fini de parler. Je pense que j'ai besoin d'un avocat. »

Je sentais qu'il en avait besoin aussi. Tenant toujours la carte de visite qu'il m'avait donnée par un coin, je l'ai glissée dans un sachet de preuves en plastique. Ce n'était pas idéal, mais il y avait laissé son ADN de contact, et nous allions découvrir s'il était le père de l'enfant mort de Melissa.

8

Le panneau annonçait : « Le Paradis Sublimé ». C'était une formule accrocheuse, mais la réalité, c'était que vivre à Naples Square vous coûterait au moins deux millions. La collection de bâtiments était de style contemporain côtier et proche de la Cinquième Avenue. Ils appelaient ça le centre-ville, mais bien que ce fût agréable, l'ambiance n'avait rien à voir avec celle du Vieux Naples.

Me demandant si Stephen Ong avait acheté l'un des premiers ou s'il avait bénéficié d'une réduction pour avoir ramené des acheteurs, j'ai sonné à sa porte. Vêtu de pantoufles bleues et d'un peignoir en soie, l'agent immobilier a ouvert la porte. Il a fixé mes chaussures pendant une longue seconde avant de dire : « Entrez, inspecteur. »

« Bel endroit. »

« C'est le nouveau Naples. Contemporain, et pourtant élégant. »

Il avait oublié « hors de prix ». « Bien situé, mais est-ce que c'est calme, ici ? »

« Absolument. Avec les fenêtres antichocs, on n'entend rien. »

Sauf si on était assis sur sa terrasse couverte. « Ça fait l'affaire. »

Je l'ai suivi dans la cuisine. Blanc sur blanc. La crédence avait une légère teinte grise, et le carrelage était posé en chevrons.

Rien ne souillait les comptoirs en quartz, à l'exception d'une machine à expresso professionnelle en acier inoxydable. Il était soit minimaliste, soit maniaque de la propreté. Six tabourets étaient disposés autour de l'îlot central, et à quelques pas de là se trouvait une table à plateau de verre pouvant accueillir huit personnes.

Je n'arrivais pas à imaginer Ong recevoir autant de monde sans prendre un Valium. Il a tiré un tabouret, et j'ai pris celui d'à côté en disant : « Vous connaissiez le Dr Bigham ? »

Ong a dit : « Je commence à croire que je porte la poisse ou quelque chose comme ça. »

La question ne portait pas sur la chance. « Quand avez-vous rencontré le Dr Bigham pour la première fois ? »

« Lors d'une journée portes ouvertes. C'était pour les agents immobiliers ; je ne fais plus celles qui sont ouvertes au public. »

Sa façon de dire « public » était étrange. S'il n'aimait pas les gens, il n'était pas dans le bon secteur.

« Où et quand ? »

« Il y a environ cinq ou six mois. J'avais un bien à tomber par terre à vendre sur la Septième, et elle est entrée. Je lui ai dit que c'était réservé aux agents immobiliers, mais elle était si gentille que je lui ai fait faire une visite rapide. »

« Et ensuite ? »

« Elle tâtait le terrain sur le marché avant de décider de mettre sa maison en vente. C'était une démarche avisée de sa part. »

« Où comptait-elle déménager ? »

« Elle voulait quelque chose de plus sécurisé. Plus qu'une simple résidence fermée, quelque chose avec un accès restreint et des caméras dans les espaces communs. »

« Était-elle particulièrement préoccupée par sa sécurité ? »

« Quelque chose semblait la tracasser. »

« Pouvez-vous être plus précis ? »

« J'aimerais bien, mais c'était une personne discrète. »

« A-t-elle mentionné être inquiète à propos de quelqu'un ? »

« Rien de spécifique, mais chaque fois que nous étions ensemble, elle semblait regarder par-dessus son épaule, si vous voyez ce que je veux dire. »

« Comme pour vérifier si tout allait bien ? »

« Exactement. Même lorsque nous allions visiter un bien, elle hésitait à se promener seule. J'aime laisser un client découvrir une propriété par lui-même, mais elle voulait que je visite la maison avec elle. »

Bigham était une femme seule. À mon avis, elle était prudente. Mais Naples était une ville sûre.

« A-t-elle déjà mentionné un certain Micky Carbo ? »

Il a fermé les yeux une seconde. « Non. Ce nom ne me dit rien. »

« Où étiez-vous lundi soir et mardi matin ? »

« Moi ? »

« Oui. »

« Mardi, c'était hier, n'est-ce pas ? »

Il cherchait à gagner du temps. « Oui. »

« Oh, j'étais chez un ami pour dîner. Puis je suis rentré chez moi. »

« Qui est cet ami ? »

« Vous ne me croyez pas ? »

« Ce n'est pas une question de confiance. Dites-moi avec qui vous étiez. »

« Sal Takeya. »

J'ai noté ses coordonnées. « Et mardi matin ? »

« J'étais au travail. »

« À quelle heure êtes-vous arrivé ? »

« Vers neuf heures. Vous me traitez comme un suspect ou quelque chose du genre. C'est incroyable. »

« Je suis désolé, monsieur Ong, mais je dois faire mon travail. »

« J'imagine. »

« Dernière question, pourquoi avez-vous accepté de vous occuper de la vente de sa maison ? »

« Que voulez-vous dire ? Sa maison était bonne à démolir, dans un super quartier, et elle allait devoir acheter autre chose. » Il a souri.

J'allais vérifier son alibi et voir si son sourire allait tenir la route.

———

AYANT FINI de rédiger un rapport, j'ai cliqué sur imprimer et je suis allé à l'imprimante. Derrick était au téléphone avec la police de Plain City, dans l'Ohio. Mickey Carbo y avait déménagé après avoir purgé neuf mois pour coups et blessures. Il a vécu dans l'Ohio pendant deux ans avant de revenir en Floride.

J'ai ramassé les feuilles de papier encore chaudes au

moment où Derrick a raccroché. « Ils ont quelque chose sur Carbo ? »

« On dirait que toute la famille est composée de fauteurs de troubles. Carbo s'est battu deux fois pendant son séjour là-bas. Il n'a pas été arrêté, mais son frère et son père, si. »

« Tel père, tel fils. »

« Des armes étaient impliquées ? »

« Non. »

« Des femmes étaient impliquées ? »

« Apparemment non, même si ça aurait pu être à cause d'une femme. »

« On doit voir s'il a un alibi. »

« Tu veux aller le voir ? »

« Pas tout de suite. Mais bientôt. »

« Tu veux d'abord voir où ça mène avec Ryan et Ong ? »

« En quelque sorte, mais on ne peut pas attendre ; il y a un tueur en liberté. Demande à Sullivan de le garder à l'œil. »

« D'accord. »

« Et qu'est-ce qui se passe avec les relevés téléphoniques de Bigham ? »

« Le juge Williams a signé le mandat et je l'ai transmis à Verizon. »

« Ne les lâche pas. On ne sait jamais ce qui pourrait apparaître. »

« Je ne vais pas les lâcher d'une semelle. »

Je me suis levé. « Et mets la pression au labo. Remin a dit qu'il allait leur dire que le traitement de l'ADN de Ryan était une priorité. »

« C'est noté. Où vas-tu ? »

« Il y a quelque chose qui me tracasse à propos d'Ong. Il cache quelque chose. »

———

JE ME SUIS FAUFILÉ à travers les lèche-vitrines et j'ai poussé une porte. La femme enjouée m'a de nouveau accueilli. Elle a souri. « Bienvenue chez Willis Group. »

J'ai brandi mon insigne et son sourire a disparu. « Est-ce que Stephen Ong est là ? »

« Non, il est en séance photo. »

« Qui est le responsable de l'agence ? »

« Nous n'en avons pas vraiment. »

« Qui s'occupe de savoir qui travaille et quand ? »

« Nous sommes flexibles. Les agents peuvent travailler quand ils en ont besoin. »

« Vous ne contrôlez pas quand ils travaillent ? »

« Non. Oh, sauf quand on assure la permanence. Il doit y avoir un agent ici quand nous sommes ouverts. »

« Qui travaillait mardi ? »

« C'était moi. C'est le cas la plupart du temps. Je suis la bleue. »

« Vous êtes arrivée à quelle heure ? »

« J'arrive toujours à huit heures et demie. »

« Est-ce que Stephen Ong était là ? »

« Non. Il est arrivé juste après midi. »

« Vous en êtes sûre ? »

« Oui. Il m'a acheté une salade de chez Bravo pour le déjeuner, genre dix minutes après son arrivée. »

9

En me précipitant vers la voiture, j'ai sorti mon téléphone qui vibrait. C'était Derrick. « J'allais justement t'appeler. »

« L'ADN de Ryan correspond à celui du fœtus de Wright. »

Je me suis arrêté devant le Narrative Coffee Shop. « Un bébé avec une autre femme, c'est bien la dernière chose qu'il fallait à un homme marié. »

« Bingo. Il n'avait pas dit qu'elle prenait la pilule ? »

« Si, tout à fait. Il est possible que Wright ait arrêté de la prendre pour le piéger dans une relation… »

« Et qu'il ait pété les plombs et l'ait tuée. »

« Ce n'est pas la première fois que ça arrive. »

« Il faut être un salaud sans cœur pour faire une chose pareille. »

J'ai répondu : « Je ne voyais pas Ryan comme ça. Je pensais qu'il avait pu perdre la tête en découvrant que quelqu'un d'autre l'avait mise enceinte. »

« La jalousie peut être mortelle. »

« Ouais. Est-ce que la police scientifique a terminé chez Bigham ? »

« Ils ont eu un problème avec leur fourgon. Il est tombé en panne sur Collier Boulevard. »

« Tu te fiches de moi ? »

« Ils sont toujours là-bas. »

« Je vais y faire un saut. Appelle Ryan et convoque-le pour demain. Il a dit qu'il voulait un avocat ; on verra où ça nous mène. »

———

UNE CAMIONNETTE blanche bloquait l'allée. Je me suis approché. Une pancarte du bureau du shérif du comté de Collier était posée sur le tableau de bord. C'était un véhicule de location.

La porte du garage était ouverte. Je m'y suis dirigé. Un technicien en tenue de protection était penché sur le coffre. « Bonjour, comment ça avance ? »

« Frank. Comment allez-vous ? »

« J'espère que vous allez égayer ma journée. »

« Nous avons collecté plusieurs fibres et trois échantillons de cheveux différents à l'intérieur. »

« C'est tout ? »

« La voiture était impeccable. Le concessionnaire a dû la nettoyer à fond lors de la révision. »

« Elle a eu une révision ? »

« Oui, le reçu était dans la boîte à gants. »

« De chez MINI of Fort Myers ? »

« Oui. »

« Quand ? »

« Lundi. »

« Il faut que je le voie. »

« Le reçu ? »

« Oui. »

Le technicien a grogné. « D'accord. » Il est allé à la camionnette et a déverrouillé les portes arrière. Plongeant la main dans une sacoche, il en a sorti un sac en plastique. À l'aide de pinces, il en a extrait le document. « N'y touchez pas. »

« Promis. » Je me suis penché. C'était une révision des 16 000 kilomètres. Une vidange, des essuie-glaces neufs et une permutation des pneus. J'ai regardé la signature. C'était un gribouillage, mais ce n'était pas le nom du Dr Bigham.

Sortant mon téléphone, j'ai dit : « Tenez-le bien droit. Je veux en prendre une photo. »

———

JE NE M'ÉTAIS pas rendu compte que je sifflotais en entrant dans la maison. Mary Ann transférait du linge de la machine à laver au sèche-linge. « Quelqu'un est de bonne humeur. »

« Laisse-moi t'aider. »

« C'est bon. J'ai presque fini. »

« Tu te sens bien ? »

Elle a fermé la porte et a appuyé sur le bouton. « Mieux que je ne me suis sentie depuis plus d'une semaine. »

Alors que je la suivais dans le couloir, elle a demandé : « Comment s'est passée ta journée ? »

« Bien. Je ne peux pas dire que ça me surprenne, mais l'ADN a confirmé que Ryan est le père du fœtus de Wright. »

Elle a allumé la télé. « C'est terrible. Tu penses qu'il l'a tuée, elle et son propre bébé ? »

« On dirait bien. »

Les informations étaient en cours. Encore des discussions sur la météo. « Tu penses que c'est aussi lui qui a tué le docteur ? »

« J'espère qu'on le découvrira demain. Ryan et son avocat viennent. Je veux le voir s'expliquer… »

Elle a montré la télé du doigt. « Regarde, c'est son avocat. »

C'était Leo Feldman. Ventripotent et dégarni, l'homme était un avocat de la défense efficace. Remin avait voulu garder l'affaire aussi discrète que possible, mais Feldman cherchait à la retourner contre nous.

« C'est un triste jour pour le comté de Collier lorsque, une fois de plus, un de ses citoyens est pointé du doigt et interrogé sans motif. »

Une fois de plus ? « Mais qu'est-ce que… »

« Chut. »

Feldman a poursuivi : « Le bureau du shérif a deux morts malheureuses sur les bras, et au lieu de mener une enquête approfondie, il harcèle mon client. M. Ryan est un membre travailleur de la communauté avec rien de plus qu'une contravention pour stationnement interdit à son actif. »

« C'est des conneries. »

L'émission est revenue au présentateur. « En réponse à notre entretien avec M. Feldman, le bureau du shérif du comté de Collier a publié la déclaration suivante : "Il est du devoir de ce bureau de mener une enquête approfondie sur tout crime commis dans notre juridiction. Contrairement à la croyance de certains membres de la communauté, c'est exactement ce que nous sommes en train de faire. En tant que tel, nous continuerons à interroger de nombreuses personnes dans notre quête pour appréhender la ou les personnes responsables de ces meurtres odieux." »

Mary Ann dit : « Ouah. Le shérif ne se laisse pas faire. »

« Il a dû se trouver une colonne vertébrale ces deux dernières heures. »

« Il est en colère à cause de ce que Feldman essaie de faire avec son numéro. »

« Je déteste quand la presse s'en mêle. »

« Tu ne peux pas avoir le beurre et l'argent du beurre. »

« Qu'est-ce que tu veux dire par là ? »

« Tu vas voir la presse pour faire passer le mot quand tu as besoin d'aide pour identifier quelqu'un, non ? »

Je détestais quand elle me balançait des trucs comme ça à la figure. « Oui, mais c'est différent. »

Elle a souri. « Non, mais je vais laisser tomber. »

Si je devais gagner, je voulais que ce soit une vraie victoire, mais je me suis souvenu de ce que le Dr Bruno m'avait appris et j'ai dit : « Les gens pensent-ils vraiment que nous nous focalisons sur des gens sans raison ? Quelqu'un a tué deux femmes, et Ryan est lié à toutes les deux. »

« Tu dois faire ce que tu sais faire, Frank. Ne laisse rien te distraire. »

« Crois-moi. Je vais rester concentré. » J'ai dit cela avec plus de conviction que je n'en ressentais.

10

J'AI VÉRIFIÉ LE RETOUR VIDÉO. FELDMAN ET RYAN ÉTAIENT dans la salle d'interrogatoire. J'ai souri en voyant l'avocat s'éponger le front avec son mouchoir. J'avais poussé le thermostat jusqu'à vingt-six degrés.

Derrick est revenu des toilettes en boitant et a demandé : « Tu es prêt ? »

« Après sa façon de parler du service, laisse-le mariner encore un quart d'heure. »

Derrick a grimacé en secouant la tête. « Tu ne peux pas le sentir, ce type, hein ? »

« En fait, c'est un assez bon avocat. Mais il a dépassé les bornes en l'ouvrant. »

« Je me demande s'il pense que Ryan est coupable. »

« C'est un avocat de la défense. Peu importe qu'il se soit fait prendre la main dans le sac, la règle, c'est de nier, nier et encore nier. »

« Carrément. »

« Comment tu te sens ? »

« Pas terrible. Le médecin pense que ça pourrait être des lésions nerveuses dues à la fusillade. »

« C'est étrange que ça se manifeste seulement maintenant. »

Il a soupiré. « J'ai eu des trucs bizarres de temps en temps. »

« Comme quoi ? »

« Des pincements et des engourdissements. »

« Merde. Pourquoi tu n'as rien dit ? »

« Ils ont dit que je devais vivre avec. Si j'en avais fait tout un plat, ils ne m'auraient pas laissé reprendre le travail. »

Je me suis senti coupable qu'il se soit fait tirer dessus, et la paix que j'avais faite avec ça venait d'être pulvérisée à la mitrailleuse. « Je veux que tu y ailles doucement. »

« Arrête avec ça, on a un tueur en série à coincer. »

« Tu dois me dire quand tu n'es pas en état. On trouvera un moyen de s'organiser. Tu peux faire ça ? »

« Je le ferai. Allez, on y va. »

Je lui ai serré l'épaule. « J'assure tes arrières, tu le sais, pas vrai ? »

Il a posé sa main sur la mienne. « Et moi les tiens. »

« Amen. Allons nous amuser un peu. »

J'ai ouvert la porte à la volée. « Messieurs… Waouh, il fait chaud ici. Laissez-moi régler le thermostat. »

Feldman jouait avec son téléphone quand je suis entré. Ryan, lui, me lançait un regard noir et évitait de me regarder. J'ai posé mon dossier sur la table et Derrick a récité les formalités d'usage.

J'ai dit : « Merci d'être venus aujourd'hui. Monsieur Ryan, comment connaissiez-vous Melissa Wright ? »

« Je vous l'ai déjà dit. »

« Veuillez répondre à la question. »

« Nous avions une relation. »

« Une relation sexuelle ? »

« Oui. »

« Comment l'avez-vous rencontrée ? »

« Chez Publix. »

« Vous avez fait une petite emplette supplémentaire ? »

Feldman a dit : « Inspecteur Luca. »

« Désolé, c'était déplacé. Monsieur Ryan, êtes-vous marié ? »

« Vous savez bien que oui. »

« Depuis combien de temps étiez-vous avec Mme Wright ? »

« Environ un an, peut-être plus. »

« Et c'était toujours d'actualité ? »

« Non. C'était fini. »

« Quand ? »

« Il y a environ deux semaines. »

« Juste avant son meurtre ? »

« Ça n'a rien à voir avec ce qui lui est arrivé. »

« Lors de notre premier entretien, vous avez prétendu ne pas savoir que Mme Wright était enceinte. »

« C'est exact. »

« Vous êtes sûr de vouloir maintenir cette réponse ? »

« Mon client a nié avoir connaissance de la grossesse de Mme Wright. »

« Est-ce que vous et Mme Wright utilisiez un moyen de contraception ? »

« Je vous ai dit qu'elle prenait la pilule. »

« Savez-vous qui était le père du bébé qu'elle portait ? »

« Aucune idée. »

J'ai souri. « Eh bien, c'est vous, monsieur Ryan. »

« Quoi ? C'est impossible. »

« Vous savez, il y a un dicton que j'adore : "Impossible n'est qu'une opinion". »

Feldman a dit : « Est-ce une théorie, ou avez-vous des preuves ? »

« Son ADN correspond à celui du fœtus. »

« Mon ADN, comment l'avez-vous obtenu ? Je vous avais dit que je ne vous donnerais pas d'échantillon. »

« Vous m'avez donné une carte de visite. L'ADN de contact est une chose merveilleuse. »

Le visage de Ryan s'est empourpré.

Feldman a dit : « Être le père d'un enfant, même dans cette malheureuse affaire, ne prouve rien. »

« C'est vrai, mais cela indique un mobile. M. Ryan est un homme marié qui a une liaison. Mme Wright voulait plus, et un bébé était le moyen de pression qu'elle utilisait pour le piéger. M. Ryan s'y est opposé et l'a tuée pour garder sa relation et le bébé secrets. »

« Inspecteur Luca, c'est une belle histoire, mais il vous faudra plus que de l'imagination pour la présenter devant un tribunal. »

« Nous l'obtiendrons. »

« Si c'est tout ce que vous avez, nous aimerions mettre fin à cet interrogatoire. »

« Pas encore, maître Feldman. J'aimerais interroger votre client sur une autre victime de meurtre, le docteur Sylvia Bigham. »

« Oh, allez. Vous allez essayer de me faire porter le chapeau pour ça aussi ? »

« Comment connaissiez-vous le Dr Bigham ? »

« Je lui ai vendu une voiture. »

« Chez MINI à Fort Myers ? »

« Oui. »

« Quand avez-vous vu la Dre Bigham pour la dernière fois ? »

« Il y a un bon moment, au moins six mois. »

« Vous en êtes sûr ? »

« Oui, pourquoi ? »

J'ai ouvert le dossier d'un geste sec et j'ai pris une feuille de papier. « Ceci dit le contraire. »

« Quelles conneries allez-vous encore me sortir ? »

J'ai souri. « Un reçu d'entretien de votre employeur. »

« Quoi ? Faites voir ça. »

Il a tendu la main pour la prendre et je l'ai retirée.

« Puis-je examiner le document ? »

Je l'ai tendu à Feldman. « C'est pour l'entretien effectué sur la voiture de la Dre Bigham. Vous noterez la signature : c'est celle de votre client. »

« Hé, attendez une minute. Je lui rendais juste service. Elle était occupée. J'ai déposé sa voiture pour lui faciliter la vie. »

« Vous avez vu la docteure juste un jour ou deux avant qu'elle ne soit retrouvée assassinée. »

Derrick a dit : « L'inspecteur Luca ne croit pas aux coïncidences. »

« Pourquoi avez-vous menti ? »

« Hé, je vous ai dit la vérité. Je lui ai juste rendu service. Nous, les vendeurs, on fait ça tout le temps, c'est le service client. »

« Vous aimez faire du kayak, monsieur Ryan ? »

« Du kayak ? Qu'est-ce que… »

« Répondez à la question. »

« Oui, j'en fais. Et alors ? Je n'ai pas le droit de m'amuser ? »

« Vous faites du kayak à Baker Park ? »

« Hé, une minute, je n'étais pas là-bas. » Il s'est tourné vers Feldman. « Ils essaient de me piéger. Il faut que vous fassiez quelque chose. »

« Inspecteur Luca, utiliser les loisirs de quelqu'un, c'est un peu tiré par les cheveux. »

« Ce qui est tiré par les cheveux, Maître, ce sont les explications de votre client sur la façon dont il connaissait non seulement les deux femmes, mais qu'il les a aussi vues peu de temps avant qu'elles ne soient retrouvées assassinées. »

11

DERRICK ÉTAIT EN TRAIN DE RÉDIGER UNE DEMANDE POUR obtenir les relevés téléphoniques de Ryan tandis que je mettais la dernière main à un mandat de perquisition pour le domicile du vendeur de voitures. Mon téléphone de bureau a sonné : « Brigade criminelle, inspecteur Luca. »

« Bonjour, inspecteur. Annie Bryant à l'appareil, du *Naples Daily News*. »

« Bonjour, madame. Que puis-je faire pour vous ? »

« Nous couvrons l'affaire du tueur en série. Vous dirigez l'enquête, et nous aimerions avoir la confirmation qu'une arrestation est imminente. »

« Je ne peux faire aucun commentaire sur une enquête en cours. »

« Alors c'est vrai. C'est Bobby Ryan, le tueur. »

« Je n'ai pas dit ça. Nos services ne commentent jamais les affaires en cours. Un point, c'est tout. »

« Mais vous l'avez interrogé. »

« Nous interrogeons beaucoup de gens, dans chaque affaire. »

« Nos sources nous disent que vous avez des preuves accablantes. »

Au lieu de rétorquer que si c'était le cas, il serait déjà derrière les barreaux, j'ai dit : « Bonne journée, madame. »

J'ai raccroché brutalement le combiné. « Il y a des fuites vers la presse. »

Derrick a pointé le plafond du doigt. « Ça doit venir d'en haut. Remin subit une sacrée pression. »

J'ai cliqué sur l'icône d'impression et j'ai dit : « C'est lui qui a voulu ce poste, merde. »

« Il sait qu'on touche au but. »

J'ai attrapé la demande de mandat et j'ai dit : « Je vais monter ça. Remin a dit que le juge Williams allait le signer. »

————

Nous avons pris Wiggins Pass en direction de l'est. Derrick a pris le virage sur Mimosa Court, et j'ai dit : « Tu te fous de moi ? »

Trois camionnettes, arborant les logos de leurs chaînes respectives, étaient garées en face de la maison de Ryan.

« Ils sont arrivés avant nous. Quelqu'un les a prévenus. »

Tandis que Derrick se garait le long du trottoir, mon regard s'est porté sur la maison des Ryan. C'était une petite maison en parpaings, de plain-pied, peinte en jaune avec des finitions bleues. Des statues de grenouilles sur des nénuphars bordaient l'allée.

Je suis sorti alors que quatre agents sortaient des voitures de patrouille. En me dirigeant vers la porte, j'ai été assailli par un flot de questions de la part des journalistes. « Reculez, ou on vous arrête pour obstruction. »

Une femme se tenait à une baie vitrée, secouant la tête en nous regardant. À six mètres de distance, je pouvais lire le dégoût sur son visage.

« Derrick, donne-moi une minute pour parler à la femme. Dis à tout le monde d'attendre mon signal. »

Alors que mon doigt allait appuyer sur la sonnette, la porte s'est ouverte. « Madame Ryan ? »

Elle a pincé les lèvres et a hoché la tête. « Qu'est-ce qui se passe ? »

« Je suis l'inspecteur Luca. Est-ce que votre mari, Bobby Ryan, est à la maison ? »

Elle a ricané : « Certainement pas. Il croit qu'il peut me tromper et s'en tirer avec de belles paroles ? Je ne suis pas stupide à ce point. »

J'avais envie de la féliciter. « Je comprends, madame. Y a-t-il quoi que ce soit que vous puissiez me dire sur sa relation avec Mlle Wright ou le Dr Bigham ? »

Ses yeux se sont écarquillés. « Oh mon Dieu, vous pensez que Bobby… non, c'est insensé, il ne ferait jamais une chose pareille. »

« Vous en êtes sûre ? »

« Il se croit malin, mais ce n'est pas un meurtrier. »

Je me suis abstenu de dire qu'on ne connaissait jamais vraiment les gens. « Très bien. »

« Maintenant, est-ce que vous pouvez faire en sorte que ces journalistes minables arrêtent de me harceler ? »

« Nous allons leur parler. » J'ai sorti le mandat de la poche de mon veston. « Écoutez, je sais que vous n'avez rien à voir avec tout ça, mais nous allons devoir procéder à une perquisition. »

« De ma maison ? »

« J'en suis vraiment désolé, mais nous devons le faire. »

« Je vous jure, je vais le tuer. »

J'ai fait signe à Derrick. « Vous avez un endroit à l'arrière où vous pourriez attendre avec un agent jusqu'à ce qu'on ait fini ? »

Elle a marmonné un « oui ».

Alors qu'on la conduisait sur sa terrasse couverte, j'ai dit aux autres : « Tout le monde doit être respectueux. Cette pauvre dame n'a rien fait. Faites votre travail, mais je ne veux pas voir cet endroit saccagé de quelque manière que ce soit. Prenez votre temps, et assurez-vous de laisser la maison dans le même état que nous l'avons trouvée. »

J'ai assigné les pièces à fouiller et j'ai vérifié que les journalistes gardaient leurs distances. Au moment de rentrer, la porte du garage a attiré mon attention.

Ryan était un passionné de voitures. Le garage serait un endroit tout naturel pour lui pour cacher quelque chose. J'ai hésité avant de me diriger vers la chambre principale ; au fil des ans, elle s'était avérée un terrain fertile lors de nombreuses perquisitions.

La chambre principale était de la taille d'une chambre d'amis et avait une teinte rosée. Un cache-sommier à frou-frous entourait un lit double que je trouvais trop petit pour deux. Madame Ryan allait pouvoir s'étaler.

Je suis allé directement au placard. Uniquement des vêtements de femme. Elle l'avait mis à la porte. En parcourant les vêtements sur cintre, une boîte à chaussures avec le logo Ecco a attiré mon attention. Je l'ai prise sur l'étagère. Une paire de mocassins marron, qui semblaient neufs, se trouvait à l'intérieur. Essayant de comprendre pourquoi il les avait laissés, je me suis dirigé vers l'unique table de chevet.

En ouvrant le tiroir, je me suis arrêté. Des piles bien rangées de sous-vêtements en satin remplissaient l'espace. J'ai soigneusement vidé et rempli le tiroir. Sur l'étagère du dessous se trouvait le dernier roman de Gillian Flynn. J'ai essayé de me souvenir de *Gone Girl* en le feuilletant.

Après avoir vérifié sous le lit et le matelas, je suis allé dans la salle de bain. Rien. J'allais fouiller le garage ensuite. Je suis sorti dans le couloir.

Derrick était devant la cuisine. « Frank ! Viens voir. »

« Qu'est-ce que tu as ? »

Il a montré les placards du doigt. « Je vérifiais le tiroir à fourre-tout. »

J'ai jeté un œil dans un tiroir.

« C'était au fond. Il a dû oublier que c'était là. »

L'illustration de la Terre était sans équivoque : le logo du Service des parcs et loisirs du comté de Collier. J'ai soulevé le dépliant à trois volets du tiroir. Il ne portait aucune inscription.

« Mettons-le sous scellés. Ça pourrait être une pièce à conviction. »

Derrick l'a placé dans un sachet. « Je dois encore fouiller le garde-manger. »

« Rien dans la chambre principale. Je vais au garage. »

Un kayak jaune à deux places était suspendu au-dessus d'un établi construit dans une petite alcôve. Avait-il attiré le docteur à Baker Park avec la promesse d'une sortie sur l'eau ? Le dessus de l'établi était jonché d'outils. J'avais deux mains gauches, mais les instruments paraissaient vieux.

Sous l'établi se trouvait un bac en plastique transparent avec un couvercle bleu. Je l'ai fait glisser et j'ai enlevé le couvercle. Au-dessus, il y avait une boîte. Elle était lourde.

J'ai retiré son couvercle fleuri. Elle était remplie de photos. Je les ai feuilletées. C'étaient apparemment des photos de famille de Ryan enfant.

J'ai sorti un pistolet à souder et un bateau-jouet fait main, avant de le voir. C'était un long couteau. Avec une lame dentelée.

12

Je suis entré dans le bureau du shérif. La main sur la télécommande, Remin a dit : « Assieds-toi. »

Le shérif avait l'air tendu. Il a regardé sa montre alors que je répondais : « Merci, monsieur. »

« Comment s'est passée la perquisition ? »

« Bien. Nous avons trouvé un couteau dont le fil correspond à celui de l'arme du crime. La longueur correspond aussi. »

« Une preuve qu'il y a du sang dessus ? »

« C'est possible. Nous l'avons remis au labo pour analyse. »

« J'espère qu'on va pouvoir boucler cette affaire. »

« Moi aussi, monsieur. En attendant… »

Il a mis la chaîne cinq : WINK News. « Attends une seconde. Je dois voir ce que dit Feldman. »

Le bandeau sous l'avocat dégarni affichait : « La police sur la piste du tueur en série ? »

Une photo de moi chez les Ryan a rempli l'écran. Le présentateur a dit : « Ce matin, le bureau du shérif du comté de Collier a mené une perquisition au domicile de Bobby Ryan, à North Naples. »

Une photo de Ryan a remplacé celle de son ancienne résidence.

« D'après nos sources à WINK News, Ryan, trente-neuf ans, est le principal suspect dans les meurtres de Melissa Wright et du Dr Bigham. Marié, Ryan avait une liaison avec Mme Wright et on pense qu'il entretenait également une relation amoureuse avec le Dr Bigham. »

Une photo de Feldman devant une forêt de micros a rempli l'écran. « Plus tôt dans la journée, l'avocat de Ryan s'est adressé aux journalistes devant son cabinet de Naples. »

L'avocat a déclaré : « La perquisition menée aujourd'hui au domicile des Ryan est la violation de la vie privée la plus flagrante que j'aie vue en vingt-cinq ans de carrière. Le shérif du comté de Collier n'a aucune preuve que mon client soit coupable d'autre chose que d'une aventure. Une relation consentie et certainement pas illégale.

Désespéré de calmer un public effrayé, le shérif poursuit M. Ryan avec rien de plus que des preuves circonstancielles. Nous explorons nos options, y compris le dépôt d'une plainte pour harcèlement. »

Le présentateur a repris : « Nous avons contacté le shérif Remin. Son bureau a promis une déclaration, que nous vous transmettrons dès que nous la recevrons. »

Remin a coupé le son de la télé. « Quel est ton instinct sur ce coup-là ? »

« La vérité, c'est qu'il est trop tôt pour le dire. Voyons ce que le labo… »

« Je t'ai demandé ce que tes tripes te disent. »

« Je ne sais pas quoi penser. Ryan couchait avec Wright,

qui portait son enfant. Sa femme était tellement furieuse qu'elle l'a mis à la porte. Le lien avec le Dr Bigham est moins clair. Il… »

« Il était assez solide pour qu'il conduise son véhicule. »

« Ça aurait pu être juste un bon service client. »

« Je n'y crois pas. Chez tous les concessionnaires où j'ai acheté, c'est le service après-vente qui s'occupait des véhicules de prêt et des récupérations. »

Il cherchait quelque chose de positif pour contrer Feldman. « C'est vrai. Si c'était moi, monsieur, je ferais profil bas en ce qui concerne la déclaration. Nous avons besoin de plus de temps, et nous enquêtons aussi sur Ong. »

———

L'ODEUR de cèdre brûlé s'est intensifiée alors que je passais devant Z Gallerie. Mon estomac a gargouillé. Est-ce que ça venait du Burntwood Tavern ? J'ai contourné deux femmes qui badaient devant la vitrine d'un Dunkin Jewelers.

Sur le point de saisir la poignée de la porte de l'agent immobilier, j'ai aperçu Ong assis à une table en terrasse du Bar Tulia. Les doigts autour du pied d'un verre à martini, l'agent immobilier parlait à un serveur. Une autre table a appelé le serveur, et Ong a attrapé son verre.

Alors qu'il mettait un cure-dent garni d'une olive dans sa bouche, j'ai tapoté la table de mes phalanges. Ses yeux se sont écarquillés. Je me suis glissé sur une chaise. « Tu m'as menti. »

« Mais de quoi tu parles ? »

« Ne joue pas à l'idiot. Tu as dit que tu travaillais le matin où le corps du Dr Bigham a été retrouvé. »

« Je travaille tout le temps. »

« Tu as prétendu être ici, au bureau de Mercato, vers neuf heures ce matin-là. »

« C'était quel jour ? »

« Mercredi. »

« D'habitude, je suis de permanence ce jour-là. Je devais être occupé. »

« T'étais où ? »

« Je ne me souviens pas. »

« Tu es arrivé vers midi et tu as déjeuné chez Bravo. »

« Quoi, tu m'espionnes ? »

« Tu vas me dire où tu étais, ou il faut que je t'embarque ? »

Il a bu une longue gorgée. « Je me souviens maintenant, j'étais chez moi. Je ne me sentais pas bien et je suis arrivé en retard. »

« Pourquoi as-tu menti ? »

« C'était un simple oubli. »

Il mentait. Encore.

« Comment quelqu'un peut-il oublier qu'il était malade et qu'il est arrivé au travail des heures après l'heure prévue ? »

« Ça arrive, d'accord ? »

« Quelqu'un peut confirmer que tu étais chez toi ? Toute la matinée ? »

Il s'est mordu la lèvre. « C'est vraiment ridicule, mais Sal Takeya peut se porter garant pour moi. »

« Donne-moi ses coordonnées. »

———

TAKEYA TRAVAILLAIT comme maître d'hôtel chez Sails. Le restaurant haut de gamme se trouvait au bout de la

Cinquième Avenue. Il était censé être bon, mais les beaux-parents de Derrick les y avaient emmenés pour fêter leur cinquantième anniversaire et son plat principal coûtait quatre-vingts dollars. Pour ce prix-là, je pouvais nous inviter tous les trois.

J'ai longé la Troisième Rue, en direction de la Cinquième Avenue. Quelques clients savouraient un déjeuner tardif sur la terrasse de Sails. Comment les serveurs faisaient-ils pour porter des vestes et des gants en plein après-midi ?

Me rappelant la photo du permis de conduire de Takeya, je l'ai vu. Le téléphone à l'oreille, Takeya se tenait à un pupitre extérieur. Il a souri et a levé un doigt. Après avoir raccroché, il a dit : « Bienvenue chez Sails. Avez-vous une réservation ? »

Je me suis penché vers lui. « Nous nous sommes parlé tout à l'heure. Je suis l'inspecteur Luca. »

« Un instant, je vous prie. »

Il est rentré et est ressorti avec une femme. « J'en ai juste pour une minute, Carol. »

J'ai suivi Takeya jusqu'à la devanture voisine. « Que puis-je faire pour vous, inspecteur ? »

« J'essaie de confirmer un alibi. Stephen Ong prétend que tu étais avec lui mercredi matin. »

Il a répondu trop vite. « Oui. C'est exact. »

« Que faisais-tu ? »

« Pardon ? »

« Réponds à la question. »

« Ça ne vous regarde pas. J'ai droit à ma vie privée, non ? »

« Oui, mais tout ce que j'essaie de faire, c'est de disculper ton ami. »

Une femme d'une soixantaine d'années, portant des sacs

de courses, s'est arrêtée devant nous. « Sal ! Quand es-tu rentré ? »

« Euh... »

« On est venus dîner il y a deux soirs, et tu n'étais pas là. »

« Ce n'était pas pareil sans moi ? »

Elle a ri. « Pas vraiment. Alors dis-moi, tu as adoré le sud de la France ? »

13

DE RETOUR DANS LA VOITURE, MON PORTABLE A SONNÉ :
« Salut, Derrick. Le deuxième alibi d'Ong vient de tomber à
l'eau. Il faut qu'on le cuisine, il cache quelque chose. »

« Ce ne sera peut-être pas la peine. Le labo vient d'appeler. Il y avait l'ADN de Ryan sur le couteau. »

« Il y avait du sang ? »

« Ils ont dit qu'il était propre, peut-être nettoyé à l'eau de
Javel. »

« Et le type de lame ? »

« Le labo a dit que ça pourrait être l'arme du crime. »

« Il faut qu'on mette Ryan sur le gril. Appelle Feldman et
dis-lui de faire venir son client. »

« Je m'en occupe. »

« Est-ce que Remin est au courant ? »

« Non, tu es le premier que j'appelle. »

« Merci. Occupe-toi de Feldman, et je préviens Remin. »

« Tu rentres au bureau ? »

« Non, je dois emmener Mary Ann pour une piqûre. »

« Ah oui, c'est vrai, j'avais oublié. Bonne chance. »

« Envoie-moi un texto quand tu auras eu Feldman. »

———

JE ME SUIS GARÉ dans le garage. Deux lézards se trouvaient près de la porte qui donnait sur l'intérieur de la maison. Attrapant un balai, je les ai chassés dehors. Mary Ann habitait en Floride depuis longtemps, mais quand un anole brun se faufilait dans la maison, elle réagissait comme si c'était un rat.

Je lui ai fait un baiser sur la joue : « Comment tu te sens ? »

« Bien. »

« Tu as fait tes longueurs ? »

« Je n'ai pas pu. Il y a une énorme grenouille dans la piscine. Je crois que c'est une de ces espèces venimeuses. »

Étais-je flic ou garde-chasse ? Je me suis dirigé vers la véranda. « Je vais la pêcher. »

Saisissant l'épuisette, j'ai pourchassé la grenouille. Je ne savais pas de quelle espèce il s'agissait, mais ce n'était pas un crapaud buffle. Les gens avaient peur des crapauds buffles, mais ils n'étaient pas dangereux pour les humains.

On disait que les chiens risquaient quelque chose s'ils en frôlaient ou en reniflaient un. Ce n'était pas vrai. La seule façon pour un chien de tomber malade était s'il en attrapait un pour le secouer ou le serrer.

J'ai attrapé la grenouille et l'ai déposée sur l'herbe, la poussant en direction de la clôture.

« Tu l'as eue ? »

« Ouais. Elle va chez Melanie. »

« C'était un crapaud buffle ? »

« Non. Ceux-là ont de gros yeux globuleux. »

« Beurk. »

« Elle est partie. Fais juste attention au lynx. »

« Quoi ? »

« Je plaisante. Allez, allons-y. »

Il ne restait qu'un seul siège de libre dans le cabinet du médecin. Mary Ann s'est assise et je suis resté debout près de la porte. J'ai fait le calcul ; il y avait neuf autres personnes dans la pièce, si un tiers d'entre elles recevaient des piqûres à deux mille dollars l'injection, quelqu'un se faisait des couilles en or.

Mon portable a vibré. C'était Derrick. Feldman et Ryan viendraient le lendemain matin. Je lui ai répondu pour lui dire que le shérif avait ordonné la surveillance de Ryan. J'aurais voulu lui dire que Remin avait suggéré de demander un mandat d'arrêt s'ils nous faisaient tourner en bourrique, mais ça ne donnait pas une bonne image de Remin qu'il soit si pressé de coincer quelqu'un pour les meurtres.

On a appelé le nom de Mary Ann, et on nous a fait entrer dans une salle d'examen de la taille de notre dressing. Une infirmière lui a pris sa température et a disparu. Au bout de quinze minutes, j'ai dit : « Pour ce que coûtent ces injections, on pourrait croire qu'ils seraient à tes petits soins. »

« Tu n'es pas obligé de venir, tu sais. »

« Je veux venir. »

« Ce n'est qu'une injection. »

« Ça m'est égal. C'est ta santé, et je veux entendre ce que le médecin dit. »

La porte s'est ouverte brusquement, et ce n'était pas le médecin, mais l'adjointe au médecin. C'était la deuxième fois d'affilée que nous tombions sur elle.

« Comment vous sentez-vous, madame Luca ? »

« Pareil. »

« Tenez bon. »

« Après celle-ci, s'il n'y a aucune amélioration, je vais arrêter de les faire. »

« Laissez-moi en parler au médecin, je suis sûre qu'elle voudra faire une évaluation complète, y compris une ponction lombaire. »

L'adjointe a frotté l'épaule de Mary Ann avec de l'alcool et lui a fait l'injection. « Attendez cinq minutes pour être sûre qu'il n'y ait pas d'effets indésirables, d'accord ? »

« Bien sûr. »

Une fois la porte refermée, j'ai dit : « Pourquoi tu as dit ça, que tu allais arrêter les injections ? »

« Allons, Frank. Elles ne marchent pas vraiment. »

« Qu'est-ce que tu en sais ? »

« Parce que je ne me sens guère mieux. »

« On a dit que ça prenait du temps. »

« Ça fait déjà six mois qu'on fait ça. »

« On a dit qu'il fallait au moins six mois. »

« Ça ne marche pas. »

« Ça ralentit peut-être la progression. »

La lèvre de Mary Ann s'est mise à trembler. J'avais une grande gueule. C'était le pire scénario possible.

J'ai été sauvé par un coup frappé à la porte. Une infirmière est entrée avec notre facture et un terminal de carte de crédit portable. J'ai tendu ma carte, agacé qu'ils ne vous laissent même pas quitter la pièce sans payer.

Deux pas devant Mary Ann, j'ai ralenti l'allure alors que nous nous dirigions vers la voiture. Il était difficile de savoir si ma femme traînait la patte à cause de l'émotion ou de la maladie.

Elle a mis quelques secondes à monter **dans la voiture.** « Ça va, Mar ? »

« Ça va. »

« Bien. Je pense qu'on devrait continuer **encore deux** ou trois mois. »

« C'est jeter de l'argent par les fenêtres. »

« Non, pas du tout et, de toute façon, ça n'a pas d'importance. »

« Bien sûr que si, ça a de l'importance. Je suis en train de mettre notre famille sur la paille avec tout ça. »

« Non, pas du tout. On s'en sort ; on peut gérer ça. »

« Même si on pouvait, et on ne peut pas, on gaspille de l'argent qu'on n'a pas. »

« On s'en sortira. »

« Non, ça peut servir pour les études de Jessica et pour nous, pour notre retraite. »

« On a l'argent pour l'université. »

« Ça, c'est pour une université locale. Tu sais bien qu'elle rêve d'aller à Princeton. »

« On se débrouillera ; on a de l'argent qu'on peut débloquer. »

« Quoi ? En liquidant nos plans épargne-**retraite** ? »

« Écoute, si je dois continuer à travailler **jusqu'à** quatre-vingt-dix ans, je le ferai. De toute façon, **je ne peux** pas rester assis à ne rien faire. »

Elle a murmuré : « On était censés voyager... »

« On trouvera bien le temps de le faire. »

Elle a ricané : « L'âge d'or, quelle connerie ! »

J'ai pris sa main. « Allons, chérie, tout va **bien se passer** ; non, ce sera même mieux que bien. »

« Je suis désolée. »

« Tu n'as aucune raison d'être désolée. »

« Ça gâche tout. »

« Non, pas du tout. Tu es tombée malade ; ce n'est pas de ta faute. On va faire face. »

Elle a baissé la tête.

« Écoute, si c'était moi, tu serais en train de me dire d'arrêter de m'apitoyer sur mon sort. »

Elle a haussé les épaules.

« Allez, je t'entends penser. » J'ai pris une voix de fausset : « Frank, arrête de t'apitoyer sur ton sort. T'es un bébé, ou quoi ? »

Elle m'a tapé la cuisse du poing et a esquissé un sourire.

14

Tout en passant en revue les questions que j'avais préparées pour Ryan, j'ai tourné sur Airport Pulling Road. La journée d'aujourd'hui pourrait être décisive. À peine arrivé sur le parking du complexe, j'ai pilé net. Trois camionnettes de chaînes d'information étaient garées devant l'entrée du bureau du shérif.

J'ai fait demi-tour et je me suis dirigé vers la porte de derrière. Se passait-il autre chose aujourd'hui, ou quelqu'un les avait-il prévenus de la venue de Ryan ? Encore une fois. En temps normal, entre les caméras embarquées, les caméras-piétons et tout le monde qui vous filme, on est déjà sous surveillance constante. Je comprenais cet aspect du métier, mais pas la presse. Ils rendaient mon travail plus difficile.

Le couloir sentait le café. J'ai ouvert la porte du bureau ; Derrick tapotait sur son clavier.

« Salut. Ne me dis pas que la presse attend Ryan. »

Il a secoué la tête. « Putain de vautours. »

« J'espère que ce n'est pas Remin qui les a prévenus. »

« C'est probable. Je ne suis pas sûr que Feldman veuille que Ryan soit plus sous le feu des projecteurs qu'il ne l'est déjà. »

J'ai pris une gorgée du café que Derrick m'avait préparé. « Je n'ai pas signé pour ce cirque. »

« Moi non plus. »

« On doit faire profil bas et voir où tout ça nous mène. »

« Bien vu. »

J'ai ouvert ma boîte de réception. « Merde, soixante e-mails. »

« Il y en a au moins dix sur la formation à la sensibilité et à la diversité. »

« Je deviens trop vieux pour ces conneries. »

« Comment ça s'est passé avec le médecin de Mary Ann ? »

« La routine. »

« Bien. »

J'étais plongé dans mon propre monde, ne lui demandant jamais comment il allait. « Et toi ? Comment tu te sens ? »

« Couci-couça. O'Reilly m'a dit d'essayer l'acupuncture, il paraît que ça a aidé sa femme. »

« Tu vas essayer ? »

« Je crois, oui. Ça vaut le coup de tenter. »

Un frisson m'a parcouru l'échine à l'idée de me faire piquer par des dizaines d'aiguilles. Une stagiaire a passé la tête dans l'embrasure de la porte. « Inspecteur Luca ? »

« Oui ? »

« Votre rendez-vous est arrivé. »

« Faites-le entrer dans la salle d'interrogatoire deux. »

« Bien, monsieur. »

Elle a failli faire un salut militaire avant de partir.

Derrick a dit : « La salle deux ? Qu'est-ce que t'as fait, t'as baissé la clim là-dedans ? »

« Qui ? Moi ? »

Il a secoué la tête. « T'es incroyable. »

J'ai regardé ma montre. Il était dix minutes trop tôt pour aller pisser. « Je vais aux toilettes. »

Assis sur la cuvette, j'ai réussi à faire sortir un filet de ma tuyauterie de fortune. J'ai effleuré la cicatrice là où ils m'avaient ouvert pour enlever ma vessie rongée par le cancer. C'était passé juste, et je n'avais rien eu depuis. Pour l'instant.

J'ai chassé ces idées noires et j'ai remonté ma braguette. En me lavant les mains, j'imaginais le moment où j'allais cuisiner Ryan. Ça allait être amusant.

En tournant au coin du couloir, j'ai ralenti. Le shérif se tenait devant la salle, discutant avec Derrick. Allait-il s'ingérer comme lors de la dernière affaire ? Devais-je lui poser un ultimatum s'il le faisait ? Derrick a grimacé en changeant de pied d'appui, et j'ai immédiatement remisé mon audace au placard.

Remin s'est retourné. « Inspecteur Luca. On est prêts ? »

On ? « Oui, monsieur. L'inspecteur Dickson et moi-même sommes prêts à interroger Ryan. »

« Bien. Le public sera rassuré de savoir que ce service fait tout son possible pour traduire le tueur en justice. »

Remin allait-il inviter la presse à assister à l'interrogatoire ? « Nous avons d'excellents résultats, monsieur. »

Le shérif a ricané. « Le public a la mémoire courte. Nous devons classer cette affaire, et vite. »

« Nous ferons de notre mieux. »

« Tenez-moi au courant dès que vous aurez terminé. »

Alors que Remin s'éloignait, Derrick a dit : « Ça, c'est de la pression. »

« Laisse tomber. On a un travail à faire. On ne peut pas se précipiter. »

« T'as raison. »

Alors que je posais la main sur la poignée, Derrick a chuchoté : « C'est Remin qui a mis la clim à fond. »

Je suis entré dans la pièce. « Bonjour, messieurs. »

Feldman m'a tendu la main et nous nous sommes serré la pince. Ryan arborait une mine renfrognée digne d'un adolescent de seize ans privé de sortie.

J'ai fait un signe de tête à Ryan. « Monsieur Ryan. »

« Vous m'avez fait virer avec toutes vos conneries. »

« Si vous êtes innocenté, je suis sûr qu'ils vous reprendront. »

« Je n'ai rien fait. Vous avez foutu ma vie en l'air. Ma femme m'a viré de la maison. »

J'allais lui dire qu'elle avait parfaitement le droit de mettre son cul d'infidèle à la porte. « Commençons. »

Après avoir récité les formalités d'usage, j'ai dit : « Merci d'être venu nous parler. Monsieur Ryan, nous avons mené une perquisition à votre domicile de Mimosa Court. »

« Ma femme est devenue folle furieuse. »

J'ai levé une main. « Au cours de l'exécution du mandat... » — j'ai ouvert le dossier et j'ai pris un sachet de preuves en plastique — « ... nous avons découvert cette brochure dans un tiroir de la cuisine. »

Feldman a dit : « Je peux voir ça ? »

Ryan a dit : « Et alors ? C'est une brochure du réseau des parcs du comté. »

« Pourquoi était-elle enfouie au fond d'un tiroir ? »

« Comment diable voulez-vous que je le sache ? On a dû la recevoir il y a cinq ans. »

« Non, elle ne date pas d'il y a cinq ans. Cette version a été imprimée il y a seize mois. »

« Vous faites tout votre possible pour me piéger. C'est… »

Feldman a levé la main, faisant taire Ryan. « La possession d'une publication, qui, je crois, a été distribuée à des dizaines de milliers d'exemplaires, n'a aucune pertinence. »

« Melissa Wright et le Dr Bigham ont toutes deux été retrouvées mortes dans des parcs présentés dans la brochure. »

Feldman a souri. « Je refuse de réfuter une insinuation aussi grotesque. »

« Votre client possède un kayak. Nous pensons qu'il est possible qu'il ait attiré le Dr Bigham à Baker Park sous le prétexte d'une activité récréative. »

« Avez-vous de vraies questions à poser à mon client ? »

Prêt à effacer ce sourire narquois du visage de Feldman, j'ai souri à mon tour et j'ai fait glisser une photo sur la table. « Nous avons également saisi ce couteau lors de notre perquisition. »

Ryan l'a attiré vers lui. « C'est un couteau de pêche qui appartenait à mon père. »

« Peu importe où vous l'avez obtenu ; ce qui nous intéresse, c'est ce que vous en avez fait. »

Ryan a ricané. « Quoi ? Vous pensez que je l'ai utilisé pour poignarder Melissa ? »

Il était intéressant de noter que nous n'avions jamais divulgué les causes de la mort d'aucune des deux femmes. « Comment savez-vous qu'elles ont été poignardées ? »

« Sinon, pourquoi parleriez-vous d'un couteau ? Pas besoin d'être un génie pour le deviner. »

« À propos de médecins, le médecin légiste a conclu que l'arme du crime, utilisée pour tuer les deux femmes, possède la même lame crantée et est exactement de la même longueur que celui-ci. »

« Je suis sûr qu'il en existe des milliers, si ce n'est des millions, en circulation », a dit Feldman.

« Et comme par hasard, l'un d'eux se trouvait caché dans le garage de votre client ? »

« Il n'était pas caché. »

« Nous l'avons trouvé au fond d'un bac, sous un établi. Pour moi, ça s'appelle être dissimulé. »

« Je n'ai rien caché. C'était le couteau de pêche de mon père. Il m'a donné tout un tas d'outils et de trucs quand il a déménagé. Je ne voulais même pas de ses affaires, mais je les ai prises et les ai mises dans le garage. »

« Avez-vous utilisé le couteau à un moment ou à un autre ? »

« Non. »

« Votre logique m'échappe, inspecteur, mais hypothétiquement, pourquoi mon client conserverait-il une arme liée à un meurtre ? » a dit Feldman.

« Les gens font toutes sortes de choses irrationnelles. Peut-être voulait-il s'en resservir sur une autre femme. »

« Outre les similarités concernant la lame et la longueur, avez-vous la moindre preuve pour étayer vos insinuations ? »

« Malheureusement, la lame a été nettoyée à l'eau de Javel. »

« Donc, vous n'avez rien. »

« Monsieur Ryan a affirmé il y a un instant ne pas avoir utilisé le couteau. »

« C'est exact. Je ne l'ai jamais utilisé. »

« Comment expliquez-vous que votre ADN se trouve sur le manche ? »

« C'est impossible. Oh, attendez, peut-être qu'il s'y est retrouvé quand j'ai regardé dans la boîte. Vous voyez, quand je l'ai récupérée, je l'ai fouillée juste pour voir ce qu'il y avait dedans. C'est tout ce que j'ai fait. »

15

LE MURMURE DE LA FOULE S'EST INTENSIFIÉ TANDIS QUE NOUS escortions Ryan et son avocat vers la sortie. J'avais proposé à Feldman de partir par la sortie arrière, mais il avait refusé. Il a chuchoté quelque chose à son client juste avant de se jeter dans la chaleur du soleil et la cohue des journalistes.

Une volée de questions a fusé de la part des journalistes. Feldman a levé les mains. « J'aimerais faire une brève déclaration. »

Quatre microphones se sont tendus vers lui. « Conformément à la demande du shérif, M. Ryan et moi sommes venus ici volontairement. Nous avons répondu à leurs questions, de manière satisfaisante, si je puis me permettre d'ajouter, et M. Ryan a hâte de mettre un terme à ces allégations troublantes. Il n'a rien à voir avec la mort prématurée de Mme Wright et du Dr Bigham. »

« Est-ce que Bobby Ryan va être arrêté ? »

« Bien sûr que non. Il n'y a aucune preuve… »

« Et le couteau ? »

« Mon client possède un couteau de pêche que son père lui a offert il y a des années. »

« Il correspond à l'arme du crime. »

« Il est peut-être similaire, mais ce n'est pas le couteau qui a servi à tuer ces pauvres femmes. Je suis désolé, nous avons un emploi du temps chargé. »

Ryan a gardé la tête baissée, et Feldman l'a conduit jusqu'à sa voiture.

J'ai dit : « Viens. Je dois mettre Remin au courant. »

Derrick a demandé : « Qu'est-ce que tu penses de l'histoire du couteau de Ryan ? »

« C'est plausible. Je me souviens que mon oncle me donnait toutes sortes d'outils. Je n'ai jamais eu le cœur de lui dire que je ne m'en servirais jamais. »

« Mon vieux a fait la même chose. Je n'ai jamais eu besoin d'acheter un seul outil. »

« Mary Ann m'a interdit de faire quoi que ce soit de plus compliqué que du simple bricolage. »

Derrick a ri : « Elle t'a rendu service. »

« On se voit après que j'aurai parlé à Remin. »

La porte du bureau du shérif était fermée. J'ai souri à sa secrétaire. « Il est occupé ? »

« Il est avec Parton. »

Remin recevait le chef des relations avec les médias du département. « Je repasserai. »

« Non. Il a dit de le prévenir quand vous arriveriez. »

Elle a pris le téléphone pour prévenir Remin. J'ai attrapé un exemplaire du magazine *American Police Beat*. Alors que je parcourais la table des matières, la porte s'est ouverte. Remin a dit qu'il rappellerait Parton. Je me suis penché en arrière en serrant la main du type des relations publiques et j'ai suivi Remin dans son bureau. L'endroit empestait son eau de Cologne musquée.

Il s'est glissé derrière son bureau. « Qu'est-ce qui s'est passé ? »

« Ryan a dit que le couteau appartenait à son père. »

« Qu'est-ce que vous en pensez ? »

« Il n'y avait pas de sang, mais il a pu être nettoyé à l'eau de Javel. »

« Quoi d'autre ? »

« Il a dit que la brochure était vieille. De toute façon, ce n'est qu'une preuve à peine circonstancielle. »

« Mais ça soutient la théorie sur la mise en scène des corps. Qu'a-t-il dit sur ses relations avec ces femmes ? »

« Il s'en est tenu à sa version : il n'avait aucune idée que Wright était enceinte, et il rendait juste service au Dr Bigham. Je l'ai pressé sur l'histoire du service de voiture ; ça ne sonne pas juste. Au départ, il a dit qu'il n'avait pas vu Bigham depuis longtemps, alors qu'il s'avère qu'il l'a vue quelques jours avant qu'on la retrouve morte. »

« Nous devons voir s'il avait une relation avec Bigham. Ou peut-être qu'il en voulait une et qu'elle l'a repoussé. »

« Il aurait pu essayer de se mettre dans ses bonnes grâces en lui rendant service, et n'avoir jamais rien eu en retour. »

« Et pour les problèmes de colère ? »

« On a cherché, mais rien de plus que ce qu'on fait tous. »

« Mettez la pression sur sa femme. Elle devrait le connaître mieux que personne. »

« Elle le devrait, mais elle est passée à côté de sa liaison. »

« Elle aurait pu être au courant et essayer de recoller les morceaux. »

« C'est vrai. Elle l'a mis dehors, mais c'était après avoir appris l'existence de la grossesse. »

« Nous devons savoir ce qu'elle sait. Pourquoi ne la faites-vous pas venir ? »

« Je préférerais ne pas l'interroger ici. Elle a traversé beaucoup de choses et, eh bien… »

« Vous savez, les gens ont tendance à être plus, euh, serviables quand on leur parle ici. »

Il avait raison, mais je compatissais avec Mme Ryan. « Je vais aller la voir. Si elle retient des informations, on la fera venir. »

« Ça me va. Parton se fait harceler à propos de cette affaire de tueur en série. Il a reçu quatorze demandes d'interview, et l'une d'elles vient d'Atlanta. Il craint que ça ne prenne une dimension nationale. »

« Feldman n'aide pas. »

« La presse peut être utile ici, avec l'attention portée sur Ryan ; quelqu'un pourrait se manifester avec des informations. »

« On peut lancer un autre appel à témoins. »

« Laissons quelques jours à la presse. Ils vont suivre Ryan de si près que le seul endroit où il aura un peu d'intimité, ce sera les toilettes. »

« Même ça, ça se discute de nos jours. »

Remin a souri. « Il sera traqué jusqu'à ce qu'il avoue ou que quelqu'un d'autre soit accusé. »

« Ou jusqu'à ce qu'un autre hochet brillant attire leur attention. »

« Il ne fait aucun doute que leur capacité d'attention est courte. » Il a expiré bruyamment. « Mais quand deux femmes sans défense sont retrouvées assassinées, nous devons changer le discours. Ils font comme si on se tournait les pouces, ici. »

« On attrapera celui qui est derrière tout ça. »

« Ça ne sera jamais assez tôt. Assurez-vous que je sois informé de tous les développements. »

———

En sortant de la voiture, Jessie est entrée dans le garage. « Salut, papa. »

« Salut, Jessie. Comment vas-tu ? »

« Ça va. »

« Comment va maman ? »

« Elle va bien. On a fait une promenade quand je suis rentrée. »

« Elle allait bien ? »

« Ouais, mais il faisait chaud ; on a juste fait deux fois le tour du pâté de maisons. »

« Bien. Où vas-tu ? »

« Je vais taper quelques balles avec Carolyn. »

« Amuse-toi bien. On se voit plus tard. »

Assise sur un tabouret de bar près de l'évier de la cuisine, Mary Ann rinçait des courgettes. Elle s'est tournée vers moi et a souri. « Juste un peu fatiguée. »

« Jessie m'a dit que tu avais fait une promenade. »

Elle a hoché la tête. « Ça m'a achevée. »

« C'était la chaleur. Tu aurais dû attendre. Je serais venu avec toi. »

« C'est Jessica qui l'a suggéré, alors il faut profiter de l'offre. »

Ça faisait du bien d'entendre que Jessie la poussait à

rester active. J'ai hoché la tête. « Il faut profiter d'elle au maximum avant qu'elle parte à l'université. »

Elle a froncé les sourcils. « Elle va me manquer. »

J'ai passé mon bras autour de son épaule. « À nous deux, mais on ira la voir, et elle reviendra pendant les vacances. »

« Je sais. Bref, comment s'est passée ta journée ? Que s'est-il passé avec Ryan ? »

Je l'ai mise au courant de l'interrogatoire. Elle a dit : « Ça passe en boucle aux infos. Les journalistes ont suivi Ryan jusqu'à une maison à East Naples. »

« Il a dit quelque chose ? »

« Non. Ils l'ont assailli devant l'entrée. J'ai presque eu pitié de lui en voyant la façon dont ils l'ont attaqué. Quand il a réussi à se frayer un chemin à l'intérieur, ils se sont mis à regarder par les fenêtres. Il a baissé les stores. »

16

DERRICK N'ÉTAIT PAS AU BUREAU, MAIS UNE TASSE DE CAFÉ m'attendait au milieu de mon bureau. J'ai retiré ma veste de sport et j'en ai bu une gorgée. Derrick n'était pas arrivé bien avant moi.

Alors que j'allumais mon ordinateur, il est entré. « Salut, Frank. »

« Salut, mon pote. Merci pour le café. »

Il a levé le pouce. « Quel est le programme ? »

« Parler à Mme Ryan. Elle pourrait nous éclairer sur les problèmes de colère de son mari et sur des accès de violence antérieurs qui n'étaient pas assez graves pour qu'on intervienne. »

Il s'est calé dans sa chaise. « Elle sera sans doute plus encline à parler, maintenant. »

« C'est ce que j'espère. Tu te sens bien ? »

« Plutôt bien, aujourd'hui. »

« Parfait. »

Le téléphone de mon bureau a sonné. J'ai jeté un coup

d'œil à l'heure. Il était neuf heures cinq. « Section Homicides, inspecteur Luca. »

« Bonjour, euh… je crois que j'ai des informations sur cet homme, Ryan. »

Je me suis redressé. « Merci de votre appel. Souhaitez-vous que cela reste confidentiel ? »

« Non, ce n'est pas la peine. Je m'appelle Mary Keane. »

« Très bien, Mme Keane. Qu'avez-vous à me dire ? »

« Voilà, nous habitons à Jacksonville, mais ma fille vit à Naples. Bref, j'étais en visite il y a deux semaines et je séjournais au Hyatt House. Un jour, en me garant, j'ai vu un couple se disputer. Je suis certaine que c'était cet homme, Ryan. »

« Avec qui se disputait-il ? »

« Melissa Wright. »

« Vous êtes sûre que c'était elle ? »

« Absolument. Je l'ai vue à l'hôtel un tas de fois. »

« À quel point êtes-vous certaine que c'était Bobby Ryan ? »

« Je ne savais pas qui c'était avant de voir les infos hier soir avant de me coucher. Je me suis dit : oh non, c'était lui. »

« Où les avez-vous vus ? »

« Le parking était assez plein, je suis allée sur le côté droit et je suis passée devant eux. Ils se tenaient près du bâtiment. »

« Comment savez-vous qu'ils se disputaient ? »

« À cause de la façon dont les gens bougent, et vous savez, après être descendue de ma voiture, j'ai dû passer devant eux. Ils criaient, mais se sont tus quand ils m'ont vue. »

« D'accord. Ce serait utile si vous pouviez préciser le jour et l'heure de ce que vous avez vu. »

« Je suis presque sûre que c'était un lundi. En général, je descends le jeudi pour éviter la circulation et je rentre le mercredi. »

« Quelle date exacte ? »

« Euh, laissez-moi vérifier mon agenda, ne quittez pas. » J'ai mis la main sur le combiné. « Derrick, ça pourrait être la piste qu'il nous faut. »

« Allô, vous êtes toujours là ? »

« Oui, madame. »

« D'accord, je suis presque sûre que c'était le lundi quatorze. »

« Janvier ? »

« Oui. »

« Quelle heure ? »

« Aux alentours de onze heures. »

J'ai noté ses coordonnées et j'ai raccroché. « L'informatrice a vu Ryan et Wright se disputer au Hyatt House juste avant qu'elle soit retrouvée morte. »

« Bingo. »

« Rends-moi un service et fonce là-bas pendant que je vais voir Mme Ryan. Il doit y avoir des images de vidéosurveillance d'eux deux. »

Je lui ai donné les détails. Derrick a attrapé sa veste. Alors qu'il partait, j'ai décroché le téléphone pour prévenir Remin que Ryan s'était peut-être disputé avec Wright quelques jours avant qu'elle soit tuée.

———

LA PRESSE AVAIT DÉSERTÉ la maison de Ryan. Je savais qu'elle reviendrait si Ryan restait le principal suspect. Des odeurs d'essence m'ont frappé alors que je me dirigeais vers la porte. Un voisin soufflait de l'herbe coupée avec un souffleur qui émettait un nuage de fumée. Le bruit des souffleurs de feuilles et des climatiseurs formait une musique de fond épouvantable.

Torchon à la main, Mme Ryan a ouvert la porte. « Bonjour, madame. Je suis l'inspecteur Luca. »

« Oui, je me souviens de vous. »

« J'aimerais vous poser quelques questions au sujet de votre mari. »

Elle a froncé les sourcils. « Je suppose que je suis obligée ? C'est ça ? »

« Pas exactement, mais j'apprécierais que vous le fassiez, et ça pourrait aider à mettre fin à ce, euh… »

« Cauchemar. »

J'ai acquiescé et elle s'est écartée.

Nous nous sommes assis dans la cuisine. Le panneau accroché au mur n'aurait pas pu être plus ironique : « Je préférerais être à la plage. » J'ai dit : « C'est nouveau ? »

« En quelque sorte. Bobby trouvait ça stupide, alors on ne l'a jamais accroché. »

Soulagé de ne pas l'avoir manqué pendant la perquisition, j'ai dit : « Moi, ça me parle. »

Elle a souri. « Je pourrais passer toute la journée à la plage, mais Bobby n'a jamais voulu y aller. »

Faisait-il partie de ceux qui détestent le sable ? « J'aime bien, mais je n'y vais plus aussi souvent qu'avant. »

« J'y suis allée trois fois depuis que tout ça, euh, est arrivé. C'est peut-être parce que je suis en maillot de bain ou quelque chose comme ça, mais personne ne me dérange là-bas. C'est mon refuge. »

Tout était une question de contexte. La plupart des gens avaient du mal à reconnaître quelqu'un dans un environnement différent. « Je suis désolé que vous ayez à subir tout ça. »

« C'est déjà assez pénible qu'il ait eu un bébé avec une autre femme, mais que les gens disent qu'il l'a tuée, elle et une autre femme ? C'est de la folie. »

« Que pouvez-vous me dire sur les problèmes de colère de votre mari ? »

« Des problèmes de colère ? Bobby n'avait pas de problème de colère. »

« Vous en êtes sûre ? »

« Oui. Il se mettait en colère de temps en temps pour un rien, comme tout le monde. »

« Et quand il se battait avec quelqu'un ? »

« Vous voulez dire, physiquement ? »

« Oui. »

« Il n'a jamais fait ça. »

« Est-ce qu'il chargeait quelqu'un de faire le sale boulot à sa place ? »

Elle a ricané. « Écoutez, après ce qu'il a fait, je ne me remettrai jamais, au grand jamais, avec lui, mais je n'arrive pas à l'imaginer tuer ces femmes comme ils le prétendent. »

« Il portait toujours son couteau sur lui, n'est-ce pas ? »

« Il n'avait pas de couteau. Du moins, pas que je sache. »

Je lui ai posé quelques questions supplémentaires avant de partir. Elle était convaincante. Je savais que l'amour poussait les gens à protéger les autres quand ils ne le devraient pas, mais elle était crédible. La grande question était de savoir si Ryan disait la vérité.

Alors que je faisais demi-tour, Derrick a appelé. « T'es libre ? »

« Ouais, je viens de quitter la femme de Ryan. T'as eu la vidéo ? »

« Yep, et ce sont bien Wright et Ryan. Ils se disputent, ça ne fait aucun doute. »

La situation venait de basculer dans l'autre sens. « Je te rejoins dans un quart d'heure. »

17

DERRICK ARBORAIT UN SOURIRE DE GAGNANT DU LOTO. J'AI balancé ma veste sur une chaise tandis qu'il brandissait une clé USB. « Tu veux du pop-corn pour la séance ? »

« Moi, je suis plutôt Milk Duds. »

Il a branché la clé sur son ordinateur de bureau. « Je ne supporte pas comment ça colle aux dents. »

Pendant qu'il naviguait sur la clé, je lui ai demandé : « Tu as déjà dit quelque chose à Remin ? »

« Non. Je t'attendais. »

« Merci. »

« On y est. Voilà Ryan, il a dû l'appeler. »

« Zoome. »

C'était bien Ryan. Il faisait les cent pas le long du côté droit de l'hôtel.

« Voilà Wright qui arrive. »

Vêtue d'une veste de sport grise et d'un pantalon noir, Melissa Wright s'est approchée de son amant. Ryan a fait quelques pas en avant. Il secouait la tête en lui parlant avec véhémence. Elle a ralenti.

Derrick a dit : « Merde, j'aimerais tellement entendre ce qu'ils se disent. »

« Bientôt, ils auront des caméras avec prise de son. »

Ryan a cogné le mur du poing. J'ai dit : « Peut-être qu'elle lui a parlé du bébé. »

« C'est possible. »

Ils ont regardé en direction du parking et ont semblé se calmer un peu. C'était probablement le témoin qui approchait. Vingt secondes plus tard, Ryan a agité son doigt sous le nez de Wright. Elle a reculé.

Une seconde après, Wright s'est retournée. « Fais un zoom avant. »

Les lèvres pincées et les yeux plissés, elle était en colère. « Bon, laisse tourner. »

Wright a disparu de l'image. Ryan, les mains sur les hanches, a fixé le vide dans sa direction. Il s'est appuyé contre le mur et a hoché la tête avant de sortir du champ. Il se passait quelque chose entre eux.

« Ça n'aide pas Ryan, tout ça. Repasse-la. »

Nous avons regardé la vidéo deux fois de plus. « Il faut que je dise à Remin ce qu'on a. »

« Tu penses que ça suffit pour obtenir un mandat d'arrêt ? »

« Je ne crois pas. L'histoire se tient, mais tout est circonstanciel. » Je ne voulais pas lui dire que Remin ignorerait probablement mon avis et prendrait la décision lui-même. « Rends-moi service et rédige un rapport là-dessus pendant que je vais voir ce qu'ils en disent à l'étage. »

En montant péniblement les escaliers, j'ai passé en revue mentalement les ressources dont je disposais. Une seule preuve matérielle solide, c'est tout ce dont j'avais besoin pour être tranquille. Si elle existait, où pouvait-elle bien se cacher ?

« Asseois-toi, Frank. »

Frank ? La manipulation avait commencé. « Merci, chef. »

« Comment ça s'est passé avec la femme ? »

« Elle l'a défendu. Elle a dit qu'il n'avait pas de problèmes de colère et qu'il n'avait jamais été violent pendant toutes les années où ils se sont connus. »

« Elle pourrait le protéger. »

« C'est possible, mais l'inspecteur Dickson a récupéré la vidéo de l'informateur que je vous ai mentionné. » Remin s'est penché en avant tandis que je continuais : « Ryan est allé au Hyatt House où Wright travaillait lundi, vers onze heures du matin. Il l'attendait dehors et il était clairement agité. »

« On est loin de ce que disait sa femme sur le fait qu'il ne perdait jamais son sang-froid. »

« Il avait l'air contrarié, mais pas enclin à la violence. »

« Un contact physique ? »

« Aucun, chef. »

« Quel est ton avis sur la question ? »

« Elle lui a peut-être parlé de la grossesse un peu plus tôt, ou alors il a exigé qu'elle avorte et elle a refusé. Il essayait peut-être de la faire changer d'avis. Qui sait ? »

« Pas de témoins dans le coin ? »

« Juste la dame qui nous a alertés, mais elle n'a rien entendu de la discussion. »

« J'aimerais avoir plus d'éléments avant qu'on l'arrête, mais ce que j'aimerais n'a pas d'importance. »

« Vous allez demander un mandat ? »

« Je n'ai pas encore pris ma décision. Je vais d'abord en parler aux procureurs. »

18

Mary Ann est arrivée sur la terrasse avec un saladier. Je le lui ai pris des mains et j'ai dit : « Regarde le ciel. Ces couleurs violettes et orangées sont magnifiques. »

Elle a attrapé la télécommande et a allumé la télé. « C'est superbe. »

J'ai servi les burgers de dinde dans les assiettes.

« La soirée parfaite pour manger dehors. » Je me suis approché pour éteindre la télé.

« Coupe le son, mais laisse-la allumée. Il y a une réunion du conseil scolaire à propos d'un nouveau programme. »

« Qu'est-ce qui se passe ? »

« Une autre de ces bêtises qui vient de Washington. J'espère bien qu'ils ne vont pas l'adopter. »

« Ils veulent tout contrôler. » Je me suis versé un verre de vin rouge. « Tu en veux un verre ? »

« Non. J'ai peur de boire. »

« Le docteur a dit qu'un verre de temps en temps pourrait t'aider. »

« Peut-être la prochaine fois. »

Je lui ai tendu mon verre. « Goûte. C'est Bilotti qui me l'a recommandé, et Total Wine le vendait vingt dollars. »

Elle a pris une gorgée. « Il est bon. C'est quoi ? »

« Un vin toscan d'Italie. »

« Il est bon. »

« C'est du Sangiovese, ce qui signifie "le sang de Jupiter". »

« Beurk. Ça ne me donne pas envie d'en boire. »

« Ce n'est qu'un nom. Tu en veux un verre ? »

« Non. L'affaire Ryan est partout aux infos ; qu'est-ce qui s'est passé avec sa femme ? »

J'ai coupé dans mon burger. « Elle ne le croit pas capable d'un meurtre. Elle a dit qu'il n'avait pas de problèmes de colère. Mais on a obtenu une vidéo de surveillance de là où Wright travaillait. À peine quelques jours avant qu'elle ne soit retrouvée morte, Ryan se disputait avec elle. »

« Oh mon Dieu. Tu crois qu'il l'a fait ? »

« J'ai tendance à le croire, mais il nous en faut plus. »

La bouche pleine, Mary Ann a pointé la télé du doigt.

En bas de l'écran, il y avait un bandeau rouge « Dernière minute ». J'ai remis le son.

Assis derrière un bureau, un présentateur a dit : « Nous vous présentons une autre exclusivité de WINK News. Ce reportage spécial concerne le principal suspect dans les meurtres de Wright et Bigham. Aujourd'hui, nous nous sommes procuré une vidéo de Bobby Ryan, une personne que la police a interrogée plusieurs fois en lien avec les meurtres. Ceci a été filmé par les caméras de surveillance du Hyatt House, où Mme Wright était employée comme directrice adjointe. »

J'ai laissé tomber ma fourchette alors que l'écran derrière le présentateur s'animait. Le journaliste continuait : « C'est

M. Ryan, qui attend sur le côté de l'hôtel. Voici Mme Wright. Il semble que les deux aient eu une discussion animée. Cette séquence est d'une importance capitale, car l'échange a eu lieu seulement deux jours avant que Mme Wright ne soit retrouvée morte dans la réserve de Cocohat-chee Creek. »

En repoussant ma chaise de la table, j'ai dit : « Comment diable ont-ils eu la vidéo ? »

« Quelqu'un l'a fait fuiter. »

« Je parie que c'est Remin. »

« Tu en es sûr ? »

J'ai sorti mon portable et j'ai composé le numéro de Derrick. « Les images de Ryan et Wright passent en boucle aux infos. »

« Quoi ? Je n'ai pas vu ça. »

Je me suis dirigé vers le fond de la piscine. « Tu as donné la clé USB à Remin ? »

« Non. »

« Qu'est-ce que tu en as fait ? »

« Je l'ai copiée sur mon ordinateur, je l'ai étiquetée et je l'ai descendue à la salle des scellés. »

« Quelqu'un a posé des questions dessus ? »

« Non. C'est quoi le problème ? »

« Il faut qu'on sache si Remin se joue de nous. »

« Tu as raison. »

« J'ai envie d'aller au bureau pour vérifier le registre des scellés. »

« Ça peut attendre demain matin. Ça ne changera rien. »

« Tu as un mot de passe pour ton PC ? »

« Ouais, tout le monde en a un. »

« D'accord, on s'en occupera demain. À demain matin. »

Mary Ann a demandé : « Qu'est-ce que Derrick a dit ? »

« Il l'a remise aux scellés. »

« Tu penses vraiment que Remin est derrière tout ça ? »

« Je n'en suis pas sûr. Il a besoin de résoudre l'affaire, et ce n'est pas le genre à hésiter à prendre des raccourcis. »

« Aux infos, ils ont dit que le bureau du shérif n'avait pas répondu à une demande de commentaire sur la vidéo. »

« Le mal est déjà fait. »

« Ils ont aussi affirmé qu'une source confidentielle avait indiqué qu'une arrestation était imminente. »

———

DERRICK ÉTAIT À SON BUREAU. « Salut, Frank. »

« Salut. »

Il a baissé la voix. « Je ne pense pas que quelqu'un ait touché à mon ordinateur. »

« D'accord. Tu t'entends mieux avec Gorman que moi. Pourquoi tu n'irais pas vérifier le registre ? »

Il s'est levé. « J'y vais. »

J'ai allumé mon ordinateur et j'ai parcouru mes e-mails. Il fallait qu'on confronte Ryan avec cette vidéo. Dès qu'il serait neuf heures, j'appellerais Feldman.

Alors que je me demandais si je devais reparler à Mme Ryan, Derrick est revenu.

« Personne n'a rien sorti. »

« Il a travaillé de nuit ? »

« Ne sois pas si parano, Frank. »

« Tu as raison. Ça me hérisse le poil, c'est tout. »

« Je vais faire un saut au Hyatt House. Voir s'ils l'ont diffusée. »

Derrick a jeté sa veste sur son épaule et est parti. En

consultant la liste des arrestations de la veille, mon portable a sonné. C'était Remin. « Bonjour, chef. »

« Salut. Il faut qu'on fasse venir Ryan. Mettez-lui une grosse pression. »

« C'est prévu. On attend juste que Feldman arrive. »

« On ne peut pas attendre un jour de plus. »

« Je ferai de mon mieux sans alerter Feldman. »

« Tenez-moi au courant. »

« Je n'y manquerai pas, chef. »

Je suis retourné à mes e-mails. Il était temps de renouveler mes qualifications de tir. Où était passé le temps ? L'imprimante a craché le formulaire dont j'avais besoin alors que l'horloge sonnait neuf heures. J'ai posé le papier encore chaud sur mon bureau et j'ai composé le numéro de l'avocat de Ryan.

Dès que j'ai raccroché, j'ai dû gérer la première folle de la journée au téléphone. J'ai dit à la dame que nous n'avions pas les effectifs pour vérifier si sa maison était hantée et j'ai raccroché.

Derrick a appelé. « Salut Frank, c'était l'agent de sécurité du Hyatt House. Il a vendu une copie à WINK. »

« Bon sang, son patron est au courant ? »

« Non, et je n'ai rien dit. Le vieux m'a dit qu'il avait besoin d'argent pour des soins dentaires. Je l'ai prévenu que la prochaine fois, je le signalerais. »

« Qu'est-ce qui cloche chez les gens ? »

« C'est une question plus difficile que le sens de la vie. »

« C'est à peu près ça. Tu as parlé à Feldman ? »

« Oui. Il ne m'a pas fait de difficultés. Il a dit qu'il parlerait à Ryan et nous rappellerait pour fixer une heure. »

19

Je me suis garé sur le parking de Lowbrow Pizza. Le nom était bizarre, mais leurs pizzas étaient bonnes. En sortant, j'ai demandé : « On se partage une pizza aux saucisses ? »

Derrick a répondu : « Ça me va, je meurs de faim. »

« Si Feldman n'a pas rappelé d'ici à ce qu'on ait fini de manger, je le rappellerai. »

« Tu penses qu'il nous évite ? »

Nous sommes entrés dans le bâtiment blanc. « Pas spécialement. Ils sont probablement en train de se concerter sur la façon de réfuter la vidéo. »

« Bon sang, ça sent bon. »

« Ils devraient en faire un parfum. »

Nous nous sommes partagé la dernière part et nous sommes partis. Nous avons ouvert les portières de la voiture, et j'ai sorti mon téléphone tandis que la chaleur s'échappait. « Monsieur Feldman. C'est l'inspecteur Luca. »

« Bonjour, inspecteur. »

« J'aimerais savoir à quelle heure vous et votre client comptez venir aujourd'hui. »

« Je n'ai pas encore réussi à joindre M. Ryan. Dès que je lui aurai parlé, je vous préviendrai, mais je dois vous informer que j'ai une audience au tribunal à trois heures aujourd'hui. Il faudra remettre ça à demain. »

« Je comprends, Maître. Notre préférence serait de faire ça dans la matinée. »

« C'est possible. Je vous le confirmerai dès que possible. »

J'ai raccroché. « Ils ne viendront pas aujourd'hui. Il a dit qu'il n'avait pas encore réussi à joindre Ryan. »

« Tu penses que Ryan est en cavale ? »

L'idée m'avait traversé l'esprit. « Non. Feldman a dit qu'il avait une audience à trois heures. Il n'avait probablement pas le temps aujourd'hui et il s'en sert comme excuse. »

« Ouais, les avocats, leur métier, c'est de mentir. »

C'était une façon intéressante de voir les choses. « Je veux voir si on peut déterrer quelque chose qui confirmerait la colère ou l'agressivité de Ryan. »

« On a déjà cherché. »

« Il faut remonter plus loin. »

« À quel point ? »

« Au lycée. Les gens sont déjà ce qu'ils sont avant ça, mais le lycée change beaucoup de monde. »

« C'est sûr. »

« Et il faut qu'on se penche sur son parcours professionnel. Il est chez MINI depuis deux ans, mais où était-il avant ? Les vendeurs de voitures ont l'air de beaucoup bouger. Ou peut-être qu'il vient d'un autre secteur. »

« Et qu'il n'a pas pu trouver de travail à cause d'une bêtise qu'il a faite, et qu'ils l'ont viré. »

Derrick avait une ceinture noire en spéculation, ce qui était un atout pour un inspecteur de la criminelle. « C'est l'idée. Ou alors il a ressenti le besoin de fuir son passé d'une manière ou d'une autre, d'entrer dans un nouveau monde. »

« On va le débusquer. »

Peut-être pas à la vitesse que voulait Remin, mais nous allions trouver les preuves nécessaires pour obtenir une condamnation. Si on s'en tenait aux bases.

« Pourquoi tu ne te renseignes pas sur le lycée où il est allé ? Parle à ses professeurs, à ses amis, y compris les petites amies que Ryan a eues. Tu me fais une liste, et je vais revoir Mme Ryan. »

« Je m'en occupe. Je suis presque sûr qu'il est allé au lycée Palmetto. »

———

Mme Ryan portait une tenue qui ressemblait à une tenue de yoga. Je me suis demandé si elle faisait toujours de l'exercice ou si elle essayait de se réinventer pour atténuer le choc de la débâcle de son mariage. « Merci de me recevoir. »

« Ça va prendre combien de temps avant que tout ça ne se termine ? »

La vraie réponse dépendait de si son mari était le tueur. Si c'était le cas, des décennies de tourments l'attendaient. « C'est difficile à dire, mais j'espère que ça ne durera plus très longtemps. »

« C'est comme être dans un film ou quelque chose du genre. La moitié du temps, j'ai l'impression que ce n'est pas réel. »

Le mot juste était cauchemar. « Je comprends. Euh, la

dernière fois qu'on s'est parlé, je vous ai interrogée sur les problèmes de colère de votre mari. »

Elle a froncé les sourcils. « La vidéo. C'est ça ? »

Le téléphone dans ma poche a vibré. « Pas entièrement, mais c'est la preuve qu'il a du tempérament. »

« Tout le monde se met en colère, et je ne vais certainement pas le défendre, pas après ce qu'il m'a fait, mais j'ai vu l'extrait aux infos, et ils le font passer pour quelqu'un qui l'a frappée ou quelque chose comme ça. »

« Il était clairement contrarié, et l'altercation a eu lieu quelques jours seulement avant que Mlle Wright ne soit retrouvée morte. »

Elle a expiré. « Je comprends. »

« Je me demandais si le fait de voir la vidéo vous avait rafraîchi la mémoire à propos d'autres désaccords qu'il aurait eus avec d'autres personnes. Qu'est-ce qui vous vient à l'esprit ? »

« Vraiment, rien. Je ne crois pas que ça prouve quoi que ce soit sur lui. »

J'ai haussé les sourcils et elle a ajouté : « D'accord. De toute évidence, je ne le connaissais pas comme je le pensais. Il a menti. » Ses yeux se sont embués, et j'ai craint qu'elle ne se mette à pleurer. « Bobby a trahi notre confiance et tout ce que nous avions ensemble. Comment ai-je pu être aussi stupide ? »

« Ne vous en voulez pas, madame. Je peux vous assurer que personne ne connaît vraiment personne. »

« C'est terrible. »

Ça l'était. « Souvent, nous ignorons les signes ou nous les rationalisons avec les gens que nous aimons. C'est la nature humaine. »

Elle a secoué la tête.

« Y a-t-il quelque chose, même datant d'il y a dix ans, que vous auriez pu ignorer et qui, avec le recul, aurait pu être troublant ? »

« Croyez-moi, j'ai repassé chaque détail de notre relation, en remontant au jour où j'ai rencontré Bobby. Ai-je manqué ce qui semble maintenant évident, qu'il m'était infidèle ? Sans aucun doute. Mais pour ce qui est de ce qu'on dit sur lui, je ne peux vraiment rien dire ; ce n'est pas l'homme que je connaissais. »

« Pas de bagarres, de colère, de crises ? »

« Rien de plus que les déceptions habituelles. C'est un vendeur. Le rejet est une chose à laquelle il fait face tous les jours ; ça ne le perturbe pas. »

Je suis remonté dans la voiture et j'ai appelé Derrick. « Désolé, j'étais avec Mme Ryan. »

« Comment ça s'est passé ? »

« Elle est catégorique. Elle ne se souvient d'aucune violence, d'aucune colère, de rien qui puisse l'incriminer. »

« Mince. Dis, on a un homicide possible. »

« Où ça ? »

« À l'intersection de Vanderbilt Beach Road et de Livingston. Un cycliste a été fauché par une voiture. On dirait que le conducteur était en état d'ébriété. »

« Bordel. »

« Je suis en route. »

« Je t'y retrouve. »

20

Avec le gyrophare et la sirène, j'ai rejoint les lieux en dix minutes. Des voitures de patrouille bloquaient l'intersection, et des agents détournaient la circulation loin de l'accident. En me garant sur le côté, j'ai aperçu deux ambulanciers qui se tenaient près d'une ambulance.

J'ai ajusté mes lunettes de soleil et je suis sorti de ma voiture. Le brouhaha de la circulation était bien plus faible que d'habitude. En marchant vers le carrefour, mon regard s'est posé sur trois agents en uniforme, debout au-dessus d'une forme recouverte d'un drap sur la deuxième voie de Livingston.

Derrick s'est approché d'un pas pressé. « La femme qui l'a percuté est à l'arrière de la voiture de Townley. »

« Elle a raté le test de sobriété ? »

« Ouais, mais ce n'est pas l'alcool. »

« Qui est arrivé le premier sur les lieux ? »

Il a désigné un agent trapu. « Mallory. Allons lui parler. »

Il fallait faire vite. Je me suis approché d'un pas rapide. « Agent Mallory, Frank Luca. »

Je lui ai serré la main. « Je crois comprendre que vous avez fait passer un test de sobriété sur le terrain ? »

« Oui, elle a échoué au test de la marche et du demi-tour. »

On demande à une personne sous influence de marcher : talon contre pointe, neuf pas, se retourner, et revenir. « Et pour le test de l'équilibre sur une jambe ? »

« Elle n'a pas pu tenir plus d'une seconde. Elle est défoncée à quelque chose. »

« Il nous faut un prélèvement sanguin et urinaire avant que ce qu'elle a pris ne quitte son organisme. »

« J'ai appelé un ambulancier certifié. Il devrait arriver d'un moment à l'autre. »

« Bien. Vous avez appelé Corny, l'expert en reconnaissance de drogues ? »

« Oui, il est à Marco Island, pour une présentation. »

« Dans combien de temps sera-t-il là ? »

« Soixante à soixante-quinze minutes. »

« Merde. Vous avez fouillé sa voiture ? »

« Non, inspecteur. J'ai pensé que ça pourrait être un homicide routier et que votre bureau préférerait mener la fouille. »

« Merci, vous avez parfaitement géré la situation. Qui est la victime ? »

« John Holt, soixante-six ans. Son permis de conduire indique une adresse sur Tiburon Drive. »

Tiburon était un quartier huppé organisé autour du deuxième Ritz-Carlton construit à Naples.

« Et les témoins ? »

« Deux personnes ont dit avoir vu Holt descendre Livingston vers le sud à vélo. Elles ont toutes les deux affirmé qu'il avait le feu vert et qu'il était sur la piste cyclable. La conductrice qui l'a percuté roulait vers l'est sur Vanderbilt, sur la voie pour tourner sur South Livingston. D'après les deux témoins, elle n'a jamais ralenti et l'a percuté. »

« Des traces de dérapage ? »

« Oui, mais après le point d'impact. »

« Quel putain de désastre. »

« Je sais. Vous voulez parler à la conductrice ? Elle s'appelle Helena Jackson. »

« D'accord. »

En marchant vers la voiture de patrouille, j'ai dit à Derrick : « Quand tu fais du vélo sur ces routes, tu joues ta vie à pile ou face. »

« Je sais. Les voitures roulent à près de cent kilomètres par heure, et la moitié des conducteurs ont un téléphone à la main. »

Le vélo de Holt n'était plus qu'un amas de ferraille tordue. « Le pauvre gars n'a rien vu venir. Il sort pour faire un peu d'exercice, et bam, sa vie est terminée. »

« Je suis pour les casques, mais quand tu te fais percuter comme ça, rien ne peut te sauver. »

L'agent a ouvert la portière et la conductrice, une jeune femme d'une vingtaine d'années, a dit : « Je ne l'ai pas vu, il a surgi de nulle part. »

« Vous avez consommé quelque chose. Pourquoi ne pas me dire ce que vous avez pris ? »

« Non, non, je n'ai rien fait. J'ai bu un petit verre de vin au déjeuner, vous savez. Je… »

« Vous avez raté le test de sobriété. »

« J'étais nerveuse, c'est tout. C'était juste après l'accident. Je me sens si mal. » Elle a eu les larmes aux yeux.

Une unité médicale est arrivée. « Nous allons vous faire

une prise de sang. Si vous n'avez rien pris, vous n'avez pas à vous inquiéter. »

« Du sang ? Vous ne pouvez pas faire ça. »

« Si, nous le pouvons. Si nous soupçonnons quelqu'un de conduire sous influence, la loi de Floride nous autorise à utiliser une force raisonnable pour prélever votre sang dans le cadre d'une enquête pour conduite en état d'ivresse. »

« Non, non, je ne veux pas. Il faut que j'aille travailler. »

« Vous n'avez pas le choix, madame. »

« Mais… »

« Croyez-moi, madame, si vous coopérez, ce sera beaucoup plus simple pour vous. »

Des larmes coulaient sur son visage. Je me suis tourné vers Mallory. « J'aimerais examiner sa voiture. »

« Je m'en occupe. »

Je savais qu'il le ferait. Il était un autre exemple des agents hautement qualifiés que comptait le comté de Collier. Ça me mettait hors de moi quand la presse essayait de nous salir tous lorsqu'un rare agent dérapait. Mais je me souvenais toujours de ma mère qui disait que personne ne parlait des milliers d'avions qui atterrissaient chaque jour sans incident.

Gants enfilés, j'ai fait le tour de la Nissan argentée de la conductrice. L'avant côté conducteur présentait des dommages dus à l'impact. Le feu arrière était cassé. Un morceau de verre rouge pendait du feu brisé. J'ai pris des photos des dégâts.

Dans le passage de roue du côté passager se trouvait un sac de Burger King. J'ai posé le dos de ma main sur l'emballage ; il était encore chaud. J'ai vérifié la boîte à gants : cinq stylos, un paquet de mouchoirs, de la crème pour les mains et le manuel du propriétaire.

Les deux pare-soleil avaient des crayons coincés dedans. Cette gamine était une sorte d'écrivaine ? Je me suis agenouillé et j'ai regardé sous les sièges : une pièce de vingt-cinq cents et un élastique à cheveux, c'était tout. Les vide-poches et la console ne contenaient rien de compromettant. Avait-elle pris ce qu'elle avait pris avant de monter au volant ?

J'ai ouvert le coffre. Mon regard s'est posé sur un sac de sport. J'ai tiré sur la fermeture Éclair et j'en ai sorti un tablier noir. J'ai fouillé dans la poche, en sortant une poignée de stylos. C'était une serveuse.

Ses appareils photo se balançant sur ses épaules, Gianelli se dirigeait dans ma direction. J'ai dit : « Derrick, appelle une dépanneuse. On va mettre le véhicule sous scellés et voir où ça nous mène. »

Gianelli a secoué la tête. « Avons-nous besoin d'une preuve supplémentaire que faire du vélo sur une route principale est dangereux ? »

« Ça revient à jouer à la roulette russe. Ce pauvre gars est le troisième mort de l'année. »

« J'ai arrêté il y a dix ans. Avec tout le monde qui envoie des textos, je n'aime même plus marcher sur les trottoirs. »

Il n'avait pas tort. Je l'ai mis au courant des directives et, alors qu'il commençait à documenter la scène, nous sommes partis annoncer la mauvaise nouvelle à une épouse qui ne se doutait de rien.

21

Je me suis garé dans notre garage. Nos vélos étaient suspendus au mur. Avant de rentrer, j'ai songé à dégonfler les pneus de Jessie.

Mary Ann lisait dans mon fauteuil inclinable. J'ai demandé : « Salut, comment te sens-tu ? »

« Bien. »

Je lui ai déposé un baiser sur la joue. « Jessie fait beaucoup de vélo ? »

« Pas que je sache. Pourquoi ? »

Je lui ai parlé du cycliste.

« C'est terrible. »

« C'est trop dangereux de faire du vélo ailleurs que dans un parc. Même dans une résidence privée, il faut faire attention. Tout le monde est distrait et roule trop vite. »

« Pourquoi la sécurité routière n'installe-t-elle pas plus de radars ? »

« Ils vont sûrement faire quelque chose après ça, mais personne ne retient jamais la leçon. »

« Ils devraient trouver un moyen de désactiver les téléphones quand une voiture est en mouvement. »

« Ça aiderait, mais ça n'aurait pas aidé ce pauvre type. »

« Si triste. Si absurde. »

« Je sais. »

« Que s'est-il passé avec Ryan ? »

« J'ai appelé son avocat il y a une heure. Son cabinet prétend qu'ils n'ont pas réussi à le joindre. »

« Il est en cavale ? »

« J'espère bien que non. Feldman n'était soi-disant pas là, mais il essaie peut-être de gagner du temps. »

« Peut-être qu'il essaie de convaincre Ryan de négocier un accord. »

« Ce serait bien, mais Ryan ne ferait jamais ça. Ce n'est pas son genre. »

« N'est-ce pas toi qui dis toujours qu'on ne connaît jamais vraiment les gens ? »

Je lui ai lancé un regard qu'une gamine de douze ans n'aurait pas renié et j'ai dit : « Je vais me changer. »

———

À HUIT HEURES, à mon bureau, je sirotais une deuxième tasse de café en parcourant mes e-mails. Je n'arrêtais pas de regarder ma montre, avec l'envie de faire avancer les aiguilles manuellement. Les techniciens du labo avaient dit qu'ils auraient les résultats du test de dépistage de la conductrice le plus vite possible, et je devais parler à Cornelius de son évaluation de la conductrice sur le terrain.

Il serait intéressant d'avoir l'avis d'un expert pour savoir si elle était sous influence ou non, mais l'appel que j'attendais avec impatience était celui à Feldman. Qu'est-ce que l'avocat manigançait ? Si je devais attendre un jour de plus pour confronter Ryan à l'enregistrement, le peu de patience qu'il me restait serait à bout.

« Bonjour, Frank. »

« Salut, Derrick, tu as réussi à traîner ta carcasse de feignant jusqu'ici aujourd'hui. »

Souriant, il a posé une tasse de café sur mon bureau. « Une fois sur cent, il n'y a pas de quoi se vanter. »

J'ai tapoté le dessus du café qu'il m'avait apporté. « Je vais en avoir besoin aujourd'hui. Je n'ai pas beaucoup dormi. »

« Moi non plus. J'ai rêvé que j'étais sur mon vélo et que je me faisais percuter par un des camions-bennes qu'ils utilisent pour recharger les plages. »

« Je suis sûr qu'ils ont leurs raisons, mais je ne comprends pas pourquoi ils utilisent des camions. J'ai lu qu'il faudrait sept mille chargements de sable par camion pour la première phase. »

« Une circulation et une pollution monstrueuses. »

« Je sais. Pourquoi ne le pompent-ils pas simplement depuis le large comme avant ? »

« Ça a un rapport avec la perturbation de la vie marine. »

« Mais semer le chaos sur nos routes et gaspiller une énergie folle, ça ne pose pas de problème ? »

Il a haussé les épaules. « Tu devrais te présenter à la mairie. »

« Maire ? Si je me présente à une élection, ce sera pour être roi ou empereur. »

« Le roi Luca. Ça sonne bien. »

J'ai ri.

« Sérieusement, quelle serait la première chose que tu ferais si tu dirigeais tout ? »

La question était intéressante. J'avais de nombreux avis sur la façon dont les choses devraient fonctionner, mais là, j'étais à court d'idées. « Assez plaisanté. Tu veux bien vérifier quand la conductrice doit comparaître ? »

Tasse de café à la main, Derrick s'est dirigé vers la porte. « Bien sûr. Des nouvelles pour le sang ? »

« Pas encore. »

Mes pensées sont revenues au cycliste, John Holt. En se levant ce jour-là, il ne se doutait pas que sa vie prendrait fin quelques heures plus tard. Sa fille devait venir lui rendre visite la semaine suivante. Maintenant, au lieu de s'enfouir les pieds dans le sable, elle allait devoir enterrer son père.

Les témoins oculaires disaient que Holt avait la priorité. Ce que nous devions déterminer, c'était s'il s'agissait d'un tragique accident ou si Holt était une nouvelle victime des drogues qui rongeaient notre société.

J'ai sursauté au son du téléphone de bureau qui sonnait. « Homicides, inspecteur Luca. »

« Frank, c'est Sully, du labo. »

« Qu'est-ce que vous avez pour moi ? »

« On a trouvé des traces de THC dans son sang. »

Elle avait fumé ou ingéré de la marijuana. « Au-dessus de la limite légale ? »

« Juste en dessous. »

« Vous vous foutez de moi ? »

« Désolé, Frank. »

« Et pour l'alcool ? »

« Rien. »

Ce qu'elle avait dit sur le verre de vin était donc un mensonge. « Y a-t-il autre chose ? »

« C'est tout. On vous mettra les détails dans un rapport. »

J'ai raccroché et j'ai passé un autre appel.

« Dr Bilotti. »

« Salut, Doc, c'est Frank. Comment allez-vous ? »

« Tout va bien ? »

« Ouais, ouais. Je voulais juste discuter d'un truc. John Holt, le cycliste qui a été tué hier. »

« Je n'ai pas encore fait l'autopsie. »

« Ce n'est pas grave. Voilà, la conductrice avait du THC dans le sang, mais pas au-dessus de la limite légale. Elle a raté le test de sobriété sur le terrain, et j'essaie de comprendre ce qui se passe. »

« Le THC peut rester dans le sang jusqu'à trente-six heures. »

« Comment peut-on prouver qu'elle a fumé un joint ou mangé quelque chose infusé au cannabis juste avant l'accident ? »

« C'est un défi. La durée du THC dans le sang dépend de plusieurs facteurs, comme la fréquence de consommation de la personne, la concentration de la marijuana, son métabolisme et même son hydratation. »

Bilotti a confirmé ce que je savais sur la marijuana et la conduite : sans preuve tangible qu'elle était sous influence, monter un dossier était quasi impossible. Nous avions des lois de tolérance zéro pour les conducteurs de moins de vingt-et-un ans, mais toute personne plus âgée pouvait s'en tirer en conduisant sous l'influence du cannabis, contrairement aux buveurs.

Si cette gamine était défoncée et qu'elle avait tué Holt à cause de la distraction due à la drogue, je devais essayer de trouver un moyen d'obtenir justice.

Mon portable a sonné. C'était le shérif. J'ai rejeté l'appel et décroché le téléphone de bureau.

« Maître Feldman, ici l'inspecteur Luca. »

« Bonjour, inspecteur. J'allais vous appeler. »

Bien sûr qu'il allait le faire. « Quand est-ce que vous passez avec M. Ryan ? »

« Je n'arrive toujours pas à joindre mon client. »

J'ai bondi de ma chaise. « Il est en cavale ? »

« Je ne sais pas. »

« Allons, Maître, soyez franc avec moi. »

« Je le suis. Je n'ai aucune idée de l'endroit où se trouve M. Ryan. »

22

L'ESPRIT EN ÉBULLITION, J'AI RAPPELÉ LE SHÉRIF. « DÉSOLÉ, monsieur le shérif, j'étais au téléphone avec l'avocat de Ryan. »

« Quand est-ce qu'ils se présentent ? »

« D'après Feldman, il n'a pas réussi à joindre Ryan ces deux derniers jours. »

« Vous pensez qu'il a pris la fuite ? »

« C'est une possibilité. Je vais aller faire un tour chez lui pour voir par moi-même. »

« S'il est dans la nature, il a déjà deux jours d'avance. »

« J'en suis conscient, mais avec toute cette couverture médiatique, ça va être difficile pour lui d'échapper à une arrestation. »

« Appelez-moi dès que vous en saurez plus et nous lancerons un avis de recherche à l'échelle de l'État. »

J'ai raccroché et j'ai appelé la femme de Ryan. « Avez-vous eu des nouvelles de votre mari ? »

« Non. »

« Depuis quand n'avez-vous plus de contact ? »

« Il y a quatre jours. Pourquoi ? Il y a un problème ? »

« Je n'en suis pas sûr, mais son avocat a dit qu'il n'arrivait pas à le contacter. »

« Oh mon Dieu, s'il s'est enfui, ça veut dire qu'il est coupable. »

« Si vous avez de ses nouvelles, appelez-moi immédiatement. »

Au moment où je raccrochais, Derrick est entré dans le bureau en disant : « La mise en accusation aura lieu cet après-midi. »

« Oublie ça. Feldman a dit que Ryan est introuvable. »

« Quoi ? »

« En route. »

Dès que nous avons tourné dans la rue de Ryan, j'ai expiré. Une MINI Cooper verte était garée dans l'allée. « Il est là. »

« Feldman nous mène en bateau. »

« Ou alors il a dit à Ryan d'envisager un accord et Ryan l'évite. »

« Peut-être. Il faut du temps pour que la réalité fasse son chemin. »

« Gare-toi deux maisons plus loin. »

Nous sommes sortis de la voiture, et j'ai dit : « Passe discrètement par-derrière, je ne veux pas qu'il déguerpisse s'il nous voit. »

Derrick a bifurqué et s'est glissé entre la maison de Ryan et la suivante. J'ai examiné les fenêtres ; les stores étaient baissés. Je me suis placé sur le côté de la porte et j'ai appuyé sur la sonnette. J'ai laissé passer dix secondes, puis j'ai sonné à nouveau et martelé la porte du poing.

J'ai collé mon oreille à la porte. Aucun bruit. En regardant sa voiture, je me suis demandé s'il l'avait laissée là pour nous semer. Beaucoup de fuyards abandonnaient leur voiture dans des aéroports ou des gares. Ryan travaillait dans le secteur automobile. Il était suspendu de son travail, mais il avait probablement accès à un autre véhicule.

Descendant du perron, j'ai jeté un œil dans l'interstice entre le cadre de la fenêtre et le store. Je ne voyais que le dos du canapé. Passant à la fenêtre suivante, j'ai regardé par la fente. J'ai reculé la tête et cligné des yeux.

Me penchant à nouveau, j'ai plissé les yeux. « Derrick ! » J'ai couru vers l'arrière de la maison. « Quelque chose cloche. On dirait qu'il y a une mare de sang. »

« Où ? »

« Viens avec moi. » Nous avons couru vers l'avant.

« Là, regarde par ici. »

Derrick a approché son œil de la vitre. « Où ça ? »

« Un peu sur la gauche. »

« Putain de merde ! On dirait du sang. »

« Il faut qu'on défonce la porte. »

« Un, deux, trois. » Nous avons percuté la porte de nos épaules. Derrick a hurlé. J'ai dit : « Laisse-moi faire. »

J'ai levé le pied et j'ai défoncé la porte près de la serrure. Crac. J'ai enfoncé la porte de l'épaule et j'ai perdu l'équilibre quand elle s'est ouverte d'un coup. J'ai attrapé la main libre de Derrick. Il m'a remis sur pied. Mes yeux s'habituant à l'obscurité, j'ai dégainé mon pistolet.

« Monsieur Ryan ! Police. »

J'ai fait un geste en direction de la pièce où j'avais vu le sang. Nous nous sommes séparés et, en longeant les murs, nous nous sommes approchés à pas de loup. Les deux mains sur mon arme, je me suis approché de l'embrasure. J'ai braqué mon arme dans la pièce. J'ai baissé les bras et je me suis précipité vers le corps.

Derrick a dit : « Putain de merde ! »

Ryan était étalé sur le sol. Un impact de balle de la taille d'une pièce de dix centimes dans la tempe avait formé la mare de sang à côté de sa tête. Un pistolet, un Glock, gisait à soixante centimètres de sa main droite. Ce n'était pas la peine, mais j'ai vérifié son pouls.

J'ai secoué la tête et j'ai sorti un stylo de ma poche. En touchant le sang, j'ai dit : « Complètement sec. Il est mort depuis au moins un jour. »

« Je n'arrive pas à croire qu'il se soit suicidé. »

« Face à une peine de vingt-cinq ans à la perpétuité, qui sait, on ferait peut-être pareil. »

« Amen. »

« Je ne vois pas de mot d'adieu. »

« Moi non plus. »

« Il faut qu'on fasse venir Bilotti et la scientifique. »

Il a sorti son portable. « Je les appelle. »

Essayant d'imaginer Ryan se suicider, j'ai fait le tour de la pièce. À moins qu'il n'ait titubé, il se tenait au centre de la pièce, juste à côté d'une table basse. Une pointe de tristesse m'a envahi. Il fallait être au bout du rouleau pour se suicider. Ryan était soit rongé par la culpabilité, soit effrayé par les conséquences de ses actes.

Ce n'était pas si inhabituel. J'avais rencontré plusieurs cas où quelqu'un se suicidait pour éviter d'aller en prison. Et c'était pire derrière les barreaux ; le taux de suicide y était quatre fois plus élevé que la normale.

J'ai inspecté rapidement le reste de la maison et j'ai passé un appel. « Shérif Remin, c'est l'inspecteur Luca. »

« Que se passe-t-il ? »

« Ryan est mort. On dirait un suicide. »

« Hmmm. Quelle fin surprenante à toute cette pagaille. »

« En effet, monsieur le shérif. »

« Avez-vous besoin de quelque chose sur la scène de crime ? »

« Non, tout va bien. Le Dr Bilotti est en route, et la police scientifique envoie une équipe pour chercher des preuves liées aux meurtres. »

« Bien. Le public va être soulagé que ce soit terminé. »

Je parierais ma retraite qu'il prévoyait déjà une conférence de presse. « Nous le sommes tous. »

Je suis resté là, à essayer de donner un sens à la situation. Il fallait prévenir la femme de Ryan. C'était déconcertant qu'il n'ait apparemment pas laissé de message pour elle. Dans tous les suicides liés à un crime que j'avais vus, une lettre d'adieu pleine d'excuses avait été laissée.

23

DERRICK EST ENTRÉ ALORS QUE JE LISAIS LA DÉCLARATION QUE le shérif avait communiquée à la presse. J'ai dit : « Tu as vu ce que Remin a dit à propos de Ryan ? »

« Pas encore. »

« C'était un peu bizarre. Il n'a pas pu s'empêcher de féliciter le service pour l'enquête. »

« Je ne sais pas. Avec toutes les critiques que l'on se prend dans la presse, je peux comprendre. On dit qu'il faut saisir toutes les occasions de se jeter des fleurs. »

J'ai secoué la tête. « Je ne suis pas fan de l'autopromotion. C'est plus percutant quand c'est quelqu'un d'autre qui vous tresse des lauriers. »

« La moitié des réseaux sociaux, c'est de l'autopromo. »

« Je n'en saurais rien. »

« Tu rates les photos de chats mignons. »

Mon portable a sonné. C'était Bilotti. « Salut, Doc, quoi de neuf ? »

« Je viens de finir l'autopsie de Ryan et je me suis dit que j'allais t'appeler avant que tu ne cherches à me joindre. »

« Maintenant, je sais pourquoi je t'adore. »

« Et moi qui ai toujours cru que c'était pour le vin. »

« Eh bien, à bien y réfléchir… » J'ai ri. « Qu'est-ce que tu as pour moi ? »

« D'après le contenu de l'estomac et l'examen de la cornée, j'estimerais l'heure du décès entre vingt heures et vingt-trois heures, mardi. »

Feldman avait dit la vérité. « Des substances dans son organisme ? »

« Aucune. Mais on va faire des analyses de sang complètes. »

« Suicide ? »

« Ça en a tout l'air. »

« En a l'air ? »

« L'ecchymose au niveau de la tempe pourrait provenir de multiples tentatives pour, euh, trouver le courage. La trajectoire de la balle suggère un possible affaiblissement de sa résolution, étant donné qu'il n'y avait ni drogue ni alcool dans son organisme. »

« Et il n'a pas laissé de mot. »

« C'est vrai, mais il n'y a pas de mot d'adieu dans plus de la moitié des suicides. »

« Je l'ignorais. »

« Les suicides sont des cas difficiles à évaluer avec certitude, mais c'est la case que je cocherai sur le certificat de décès. »

Je l'ai remercié et j'ai raccroché. « Bilotti dit que Ryan a appuyé sur la gâchette mardi, entre vingt heures et vingt-trois heures. »

« Je ne trouve aucune trace indiquant qu'il possédait le Glock ou une quelconque arme à feu. »

« Sa femme a dit qu'il n'avait jamais eu d'arme. Elle a dit se souvenir qu'il affirmait n'avoir jamais tiré de sa vie. »

« Il aurait pu se le procurer à un salon de l'armement. Il y en a eu un grand à Fort Myers il y a une semaine. »

C'était une autre faille absurde créée par le gouvernement. Si vous achetiez une arme à un vendeur privé, vous n'aviez besoin de prévenir personne. « On a l'impression qu'il y en a un là-bas toutes les deux semaines. »

« Les Américains ont toujours été fascinés par les armes à feu. »

« Je comprends pour les antiquités et les vrais amateurs, mais nous devrions avoir plus de contrôle sur les acheteurs. Pourquoi un armurier agréé est-il tenu de faire une vérification des antécédents, alors qu'un vendeur privé, au même salon, n'a pas à le faire ? »

« Ils te diront que les gangs ne se procurent pas leurs armes dans les salons. »

« C'est vrai, mais si tu envisages de commettre un meurtre et que tu n'as pas de contacts dans la rue, tu vas à un salon de l'armement, tu trouves un vendeur privé et tu te procures quelque chose d'intraçable. »

« On ne le saura jamais. »

« Ils doivent bien avoir de la vidéosurveillance dans ces salons de l'armement. »

« J'en suis sûr. Mais je parie qu'ils ne la fourniront pas sans mandat. »

« Ça pourrait valoir le coup d'essayer. »

« Beaucoup de recherches pour trouver une plage horaire. »

« Je sais, mais quelque chose cloche. »

« À quoi tu penses ? »

On a frappé à la porte. « Vous êtes occupés, les gars ? »

C'était Larry Cornwallis, le seul expert en reconnaissance de drogues du comté.

Derrick et moi nous sommes levés. J'ai dit : « Comment vas-tu, Corny ? »

« Tout va bien, et vous, les gars, ça a l'air d'aller, j'imagine. Le suicide met fin à cette affaire. »

Nous nous sommes serré la main. Derrick a dit : « Qu'est-ce que tu fais ici ? »

« Barnett voulait revoir mon témoignage sur l'affaire Roberts. »

Derrick a secoué la tête. « Si tu défonce la vitrine d'un restaurant et que la scène est filmée, tu ne devrais pas avoir besoin du témoignage d'un expert. »

« Pas avec des avocats à cinq cents dollars de l'heure qui courent les rues. »

« Amen. »

« Écoutez, je suis passé, car je suis sur le point de retranscrire les notes de mon évaluation d'Helena Jackson dans un rapport officiel. »

La tournure que ça prenait ne me disait rien qui vaille. « Il y a un problème ? »

« Elle était peut-être sous influence quand elle a heurté le cycliste, mais je ne peux pas en témoigner sur la base de mes observations. »

« Pourquoi pas ? »

« Son nystagmus horizontal était normal, même s'il y avait un défaut de convergence de ses yeux lorsqu'elle essayait de faire le point. Ce qui serait compatible avec une consommation de cannabis. »

« Alors, quel est le problème ? »

« La dilatation de ses pupilles était à peine détectable, et ça pourrait être normal pour elle. Et le pouls et la tension artérielle de Jackson étaient légèrement élevés, mais dans une fourchette acceptable, vu les circonstances. »

« Je ne sais pas quoi dire. »

« Je suis désolé, les gars. »

Derrick a dit : « Pas autant que sa femme. Cette femme a percuté Holt de plein fouet et n'a freiné qu'après avoir écrasé ce pauvre gars. »

J'ai dit : « Tu sais sûrement que les analyses de sang n'ont rien donné non plus. »

« Ça ne me surprend pas. Le taux de métabolisation du cannabis est influencé par de nombreux facteurs. »

« Que t'en dit ton instinct, Corny ? »

« Je suis arrivé sur les lieux un peu plus d'une heure après l'impact. Jackson est jeune et a probablement une métabolisation rapide. Elle aurait encore pu être sous influence au moment de l'accident. »

Derrick a dit : « Il nous faut une tolérance zéro pour les conducteurs, quel que soit leur âge. »

« On devrait avoir les mêmes normes pour la consommation d'alcool et de drogues avant de conduire. Pour l'instant, c'est un vrai foutoir. »

Corny a dit : « Les évaluations comportementales sont trop subjectives, et les avocats de la défense sont doués pour les démolir. »

« J'ai lu qu'ils travaillent sur des tests et des normes comme pour l'alcoolémie. Ça facilitera les choses. »

« Ils ont intérêt à se dépêcher avant que d'autres vies ne soient perdues. »

Corny a souri. « Ils vont me mettre au chômage. On se voit plus tard, les gars. »

Après son départ, j'ai dit : « Je comprends l'émotion, surtout si tu as tué quelqu'un. Nous devons examiner ça sous tous les angles possibles ; si c'est un accident innocent, Jackson n'a pas de problème, du moins sur le plan pénal. Mais si elle était défoncée, nous devons faire notre travail. »

24

JESSIE A APPORTÉ L'HUILE D'OLIVE ET LA SALADE. LES YEUX rivés sur la télé, elle a failli rater la table en les posant.

J'ai dit : « Éteins la télé. »

« Je veux voir ça. »

« On ne regarde pas la télé pendant le dîner. »

Mary Ann a dit : « Ce qui s'est passé est difficile à croire. »

Jessie a dit : « M. Simon nous a montré la conférence de presse de l'avocat de Bobby Ryan. »

« Ah bon ? Pourquoi ? »

« Il a dit que c'était un bon sujet pour notre cours de débat. L'avocat a dit que le suicide équivalait à un meurtre commis par la police. »

« C'est ridicule. »

Mary Ann m'a fusillé du regard. « Et qu'est-ce que M. Simon en a dit ? »

« Il n'a pas pris position. Il a divisé la classe en deux, et on devait soit trouver des arguments pour défendre la police, soit contre. »

J'ai bondi de ma chaise. « J'en ai marre que tout le monde nous rejette la faute. On n'a fait que notre travail. Si quelqu'un a poussé Ryan à faire ce qu'il a fait, c'est la presse. »

Mary Ann a dit : « Calme-toi, Frank. Le professeur s'en est juste servi comme sujet de débat. »

« Ouais, bien sûr. C'est encore un de ceux qui empoisonnent l'esprit de nos enfants. »

« Je t'ai défendu, Papa. »

« Merci, ma chérie. Le travail de policier est difficile, et ce genre de choses est totalement hors de notre contrôle. »

« Papa a raison. C'est peut-être la culpabilité qui l'a poussé à faire ce qu'il a fait. »

Jessie a dit : « J'ai suggéré qu'il avait peut-être jugé qu'il ne pouvait pas supporter une longue peine de prison. »

« Exactement. » J'ai attrapé la télécommande et j'ai éteint la télé. « Mangeons. »

Je voulais voir par moi-même ce que Feldman avait dit, mais je savais que m'aventurer sur ce terrain glissant ferait monter ma tension. Même si Ryan était mort, ça ne me suffisait pas. Je devais savoir ce qui l'avait poussé à tuer.

S'en prendre à Wright parce qu'elle était enceinte était tordu, mais ça pouvait être considéré comme une motivation. Pourquoi il avait tué le Dr Bigham, c'était quelque chose que je devais découvrir. Si c'était lié à une liaison, qu'est-ce qui l'avait poussé à la poignarder ? Ça n'avait aucun sens si Ryan n'avait pas de gros problèmes de gestion de la colère.

Mary Ann regardait un film Hallmark, et moi, je passais en revue des scénarios qui auraient leur place sur la chaîne True Crime Network. Rien ne collait. On avait deux femmes mortes, et l'homme soupçonné de les avoir tuées avait décidé de tirer sa révérence.

L'image de Ryan sur le sol a envahi mon esprit. C'était l'un des rebondissements les plus surprenants dans toutes les affaires que j'avais traitées. Il avait poignardé les femmes à mort. Mais il avait utilisé une arme sur lui-même. C'était logique. Les coups de couteau étaient généralement personnels, et une arme à feu était un moyen rapide, mais pas facile, de mettre fin à ses jours.

Ce que Bilotti avait dit sur la blessure et la trajectoire revenait sans cesse à la surface. Il était normal d'hésiter au moment de se suicider. Je n'aurais jamais ce problème, car il n'y avait aucune chance que je puisse le faire.

Le film a été interrompu par une publicité, et Mary Ann a dit : « Oh mon Dieu ! Tu te rends compte de ce rebondissement ? »

« Euh, ouais, c'était bien. »

« C'était quoi ? »

« Euh… »

« Tu ne regardes même pas. »

« Je suis l'histoire. »

« Tu es obsédé par l'affaire Ryan. »

J'ai haussé les épaules. « J'essaie juste de rassembler les pièces du puzzle. »

« Tu ne peux pas être sur le qui-vive vingt-quatre heures sur vingt-quatre. Ce stress n'est pas bon pour toi. »

Elle avait raison. Et ce n'était surtout pas bon pour elle. « D'accord. Je débranche. » J'ai mis mon pouce et mon index sur ma tempe et j'ai fait un geste de torsion.

J'ai feint de m'intéresser à l'histoire d'amour qu'elle regardait, ravalant même un commentaire quand le couple séparé depuis longtemps s'est retrouvé par hasard dans une station-service.

Quelques minutes après la fin du film, un autre film

romantique a commencé. Avant même la fin de l'introduction, Mary Ann s'est endormie. J'ai attrapé la télécommande et j'ai baissé le volume. Fermant les yeux, je me suis allongé aussi loin que le fauteuil le permettait.

Mes pensées sont revenues directement à Ryan. Il était beau garçon et vendeur. Je me suis souvenu être allé le voir chez MINI of Fort Myers. Il avait un large sourire et des manières décontractées. Il vendait probablement beaucoup de voitures.

J'ai repassé notre conversation dans ma tête et je me suis redressé d'un bond. Ryan était-il gaucher ? Il m'avait tendu sa carte de visite de la main gauche. La blessure par balle à la tête de Ryan était du côté droit.

Il était vingt et une heures quarante. J'ai marché sur la pointe des pieds jusqu'au bureau et j'ai composé un numéro. « Madame Ryan ? C'est l'inspecteur Luca. »

« Inspecteur Luca ? »

« Oui. Je suis désolé de vous appeler si tard, mais je dois vous demander quelque chose. »

« Euh, d'accord. »

« Votre mari était-il gaucher ? »

« Oui, pourquoi demandez-vous ça ? »

« Était-il ambidextre ? »

« Non. Qu'est-ce qui se passe ? »

« Je cherche à savoir si votre mari s'est réellement suicidé. »

« Vous ne pensez pas que Bobby s'est suicidé ? »

« C'est difficile à dire à ce stade. »

« Que voulez-vous dire ? »

« J'ai quelques questions. »

« Vous pensez que quelqu'un a tué Bobby ? »

« Je ne sais pas. »

« Mais vous croyez qu'il y a une chance ? »

« Il est encore très tôt, madame. »

« Vous ne m'appelleriez pas à cette heure-ci si vous ne le pensiez pas. »

Elle ne savait pas que je n'aurais pas pu dormir sans le savoir. « Une question s'est posée, et je ne voulais pas attendre le matin. »

« Pourquoi quelqu'un voudrait-il tuer Bobby ? »

Ma première pensée a été le mari d'une des femmes avec qui il couchait. « Je sais que c'est difficile, mais ne tirez pas de conclusions hâtives. Nous devons d'abord clarifier la situation. »

J'ai raccroché et j'ai passé un autre appel. « Je suis désolé de vous appeler si tard, shérif. »

« Ce n'est rien, Frank. J'étais en train de lire. »

« Je ne voulais pas que vous fassiez d'autres déclarations sur le suicide de Ryan avant que nous ayons eu la chance de vérifier s'il s'agissait bien d'un suicide. »

« Il y a un doute à ce sujet ? »

« Ryan était gaucher, et le tir qui l'a tué est entré par sa tempe droite. »

« Ce n'est pas grand-chose, et Bilotti a dit que c'était un suicide. »

« Oui, mais il n'a pas pu expliquer l'ecchymose ou la trajectoire autrement que par de la nervosité. »

« S'il s'avère que ce n'est pas lui qui se l'est infligé, tu as des suspects ? »

« Pas pour le moment, mais nous allons nous y mettre immédiatement. »

« Tiens-moi au courant de toute évolution. »

« Entendu, monsieur. »

« Et garde ça pour toi jusqu'à ce qu'on en soit sûrs. »

25

HEUREUX D'AVOIR PENSÉ À METTRE UN T-SHIRT, JE SUIS RESTÉ au soleil pour me réchauffer. Deux minutes plus tard, j'ai boutonné le col de ma chemise et j'ai poussé la porte du bureau du médecin légiste. J'ai été accueilli par un air glacial à faire grelotter un ours polaire.

J'ai retenu ma respiration en passant devant les salles d'autopsie. L'odeur de produits chimiques me retournait l'estomac. La porte du bureau de Bilotti était ouverte. On finit par s'habituer à tout, j'imagine.

J'ai toqué à la porte. Bilotti a posé un document. « Salut, Frank. Tu veux un café ? »

« Non, merci. Si j'étais un peu plus caféiné, on pourrait me brancher sur le secteur. »

Il a souri. Je me suis assis et j'ai demandé : « C'est nouveau, ça ? »

Bilotti a pris la photo encadrée d'un vignoble. « Ça date de notre dernier voyage en Toscane. C'est une vue aérienne du domaine de Banfi. »

« Ouah ! Je me souviens que tu m'avais dit que ça appartenait à une famille américaine. »

« Oui, de Long Island. C'est grâce à eux que le Brunello di Montalcino a acquis sa renommée. »

« Un jour, j'irai là-bas. »

« Tu iras. Dis, je m'excuse de ne pas avoir pu te parler hier soir. Nous sommes allés au Off the Hook. Tu y es déjà allé ? »

« Non. »

« Il faut que tu y ailles. Ils ont les meilleurs comiques du pays. J'ai encore mal aux joues à force de rire. »

« Tu as vu qui ? »

« Je ne me souviens plus des deux premiers, mais la tête d'affiche était Bobby Collins. Il était hilarant, et sans vulgarité. »

« Les meilleurs n'ont pas besoin de tomber dans le caniveau. »

« C'est bien vrai. Qu'est-ce qui se passe ? »

« Ryan était gaucher, et le tir a atteint sa tempe droite. »

« Homicide possible ? »

« C'est ce que j'aimerais vérifier. Tu as dit qu'il y avait des contusions dans cette zone et que la trajectoire était orientée vers l'avant. »

Il a expiré. « C'est exact. L'angle pourrait s'expliquer par le réflexe de détourner la tête au moment du tir. »

« D'accord, mais ça s'applique à toi ou à n'importe qui qui tire. Vous pensez que les contusions pourraient avoir été faites par quelqu'un d'autre ? Un tueur ? »

« C'est possible. Il faudrait que j'examine à nouveau les photos, mais je me souviens avoir pensé à l'époque qu'elles n'étaient pas concluantes. »

« On ne se cogne pas la tête avec une arme. »

« Il faut prendre en compte qu'une personne avec des idées suicidaires est dans un état d'esprit frénétique et désespéré. Sous le coup de la frustration, elle aurait pu se frapper la tête pour trouver le courage de le faire. »

C'était un bon argument. « Je ne sais pas, Doc ; c'est peut-être dans mon ADN de considérer chaque mort avec suspicion. »

Bilotti a gloussé. « Je me souviens que tu as dit : "Mieux vaut être suspicieux tout le temps que de laisser un tueur s'enfuir." »

Ça ne sonnait pas aussi bien que je le pensais. « Ça m'empêche de dormir. »

« Tu dois apprendre à déconnecter quand tu vas te coucher. »

« Quand je m'allonge, mon esprit me dit : "J'ai attendu toute la journée pour te parler." »

Il a ri. « Tu dois y travailler. »

« Je le ferai, mais pour l'instant, la priorité absolue est de vérifier l'affaire Ryan. »

———

Je suis entré dans le showroom. Un père et son jeune fils planaient au-dessus d'une MINI Cooper de la taille d'un jouet. C'était un autre exemple d'une entreprise cherchant à fidéliser ses clients à vie. La petite voiture avait des bandes de course qui descendaient le long de son capot.

Le directeur général a fait entrer les vendeurs dans son bureau un par un. La première femme n'était là que depuis quelques mois et n'avait rien à apporter. Elle avait la cinquantaine et ne semblait pas être le genre de Ryan.

John Morris est entré ensuite. Crâne rasé, cet homme de

quarante ans était de carrure trapue. Il a pris place et j'ai dit : « Je vous remercie de votre temps. Nous examinons la possibilité que ce ne soit pas un suicide. »

« Ouah. Quelqu'un l'a tué ? »

« Nous ne le savons pas ; nous explorons cette piste. Je cherche quoi que ce soit d'inhabituel concernant Bobby Ryan. »

« C'était un type bien. On s'entendait bien, et il savait vendre, vous savez. »

« Pouvez-vous penser à quelqu'un qui aurait voulu lui faire du mal ? »

Il a plissé le visage. « N'importe quoi ? »

Je me suis penché en avant. « Oui. Même la plus petite chose. »

« Ça va vous paraître dingue, mais il y a environ six mois, il a vendu la dernière Sidewalk. »

« Qu'est-ce que c'est ? »

« Une décapotable en édition spéciale. »

« Compris. Que s'est-il passé ? »

« Comme je vous l'ai dit, il ne nous en restait qu'une. Elles sont très demandées et en quantité limitée. Bref, il avait deux personnes intéressées et il l'a vendue à un gars de Bonita. Juste après avoir conclu la vente, la fille qui la voulait est arrivée. Il lui a dit qu'elle était partie. Elle s'est énervée et en a fait toute une histoire. »

Même si j'avais vu des gens se faire tuer pour des baskets à New York, j'étais sceptique. « A-t-elle été violente avec lui ? »

« Non, non. Elle est partie et le lendemain, ce type arrive, des tatouages partout, et demande Bobby. Il dit à Bobby de sortir et il lui est rentré dedans. Il l'a plaqué contre la vitrine, et je suis sorti en courant pour les séparer. »

« L'a-t-il menacé ? »

« Oh oui, il a dit qu'il le tuerait s'il n'obtenait pas la voiture pour sa fille. »

« C'était son père ? »

« Ouais, et je n'en suis pas sûr, mais il était censé être un dealer de drogue de Lehigh Acres. »

« Est-il revenu à la concession ? »

« Juste une fois. Il est entré dans le parking et s'est mis à klaxonner comme un fou. Bobby n'est pas sorti et le type est parti au bout de cinq minutes. »

« Ryan l'a-t-il déjà mentionné ? »

« Il a balayé ça d'un revers de main, mais je pense qu'il avait peur. »

C'était une piste à creuser. J'ai demandé au directeur général de vérifier dans les dossiers le permis de conduire que la fille avait utilisé pour l'essai routier. J'ai parlé à quatre autres personnes, mais c'était tout ce que j'avais à examiner.

Je suis sorti au soleil et j'ai regardé l'autocollant sur une décapotable blanc cassé avant de remonter dans ma voiture ennuyeuse.

En passant devant le centre commercial de Coconut Point, mon portable a sonné. J'ai cliqué sur la console pour accepter l'appel. « Inspecteur Luca. »

« Euh, bonjour, vous étiez là, à la concession, à l'instant, n'est-ce pas ? »

« Oui. Qui est à l'appareil ? »

« Frankie, je travaille aux pièces détachées. On m'a dit que vous posiez des questions sur Bobby et sur qui l'a tué. »

« Vous avez des informations ? »

« Ouais, je crois que je sais qui a fait ça. »

26

Derrick a levé les yeux de son écran quand je suis entré d'un pas vif dans le bureau. J'ai dit : « On a deux pistes sur le meurtrier potentiel de Ryan. »

« Waouh. »

« L'une d'elles est vraiment intéressante. Ryan couchait avec une autre femme, une certaine Gloria. Son mari en a eu vent et a confronté Ryan au moins trois fois. »

« Ça remonte à quand ? »

« Il y a six mois. La chronologie ne colle pas, mais le mari, c'est Raymond Bolero. »

« Bolero ? Ne me dis pas que c'est la famille de la mafia cubaine. »

« Bingo. »

« Waouh. Ces types sont des sauvages, mais c'est un gang de Miami. »

« En effet. Raymond Bolero ne semble pas impliqué dans leurs activités criminelles, mais son frère et son oncle sont haut placés dans la hiérarchie. »

« Il fait quoi, lui ? »

« Il est propriétaire de la brasserie en face de l'hôpital. »

« La Bone Hook ? »

« Ouais. Je n'y suis pas retourné depuis qu'ils se sont agrandis. »

« Moi non plus, mais on va bientôt y remédier. »

« Il nous faut d'abord des renseignements. »

« Il se pourrait que Bolero ait demandé une faveur, qu'il ait décidé d'avoir besoin de la famille. »

« Ou qu'ils aient agi de leur propre chef. Ces types de la pègre n'aiment pas qu'on déshonore la famille. »

« C'est plus probable ; ça expliquerait le décalage dans le temps. »

« Je vais appeler mon pote de Miami, Longo. »

« Excellente idée. Il nous a vraiment aidés sur l'affaire Miller. »

J'ai composé son numéro, et il a répondu à la première sonnerie. « Inspecteur Longo. »

« Vinny, comment tu vas, mon pote ? »

« Frankie, ça roule ? »

« Oh, ça roule. »

Nous avons ri tous les deux. Il a dit : « Comment vont la petite ? Mary Ann ? »

« Tout va bien. Jessie est sur le point de partir à la fac. »

« Putain, mec. Le temps file. Et comment va Mary Ann avec sa sclérose en plaques ? »

« Elle va bien. »

« Super. »

« Et toi et Cathy ? »

« On compte les jours jusqu'à mes vingt ans de service. Ensuite, c'est la belle vie ; acheter un bateau, une glacière pleine de bières, et me la couler douce. »

« Ça a l'air sympa. Je me joindrai peut-être à toi, mais il faudra que je sirote du pinard. »

« Tout ce que tu veux, Frankie. Absolument tout. »

« Dis, j'ai besoin d'une autre faveur. »

« Tout ce que tu veux, frérot. »

Je l'ai mis au courant de la situation et j'ai raccroché.

Derrick a dit : « On dirait qu'il connaît le clan Bolero. »

« C'est le cas, mais il n'est pas directement impliqué. Il va se renseigner, voir ce qui remonte à la surface. »

———

UNE RANGÉE de cuves brillantes en acier inoxydable était visible à travers les fenêtres de la brasserie Bone Hook. Je ne savais pas à quel point la vinification se rapprochait de la production de bière. Étaient-ce des cuves de fermentation ?

Une douzaine de personnes profitaient d'un déjeuner tardif. Je sentais la sauce barbecue, pas la bière. Derrière l'hôtesse, le mur était couvert de casquettes et de T-shirts arborant le logo du restaurant. J'ai demandé à voir Bolero, sachant qu'il s'en sortait bien. Financièrement.

La jeune femme a disparu. Je me suis dirigé vers un canapé en velours bleu, passant devant un mur d'ardoises vantant les bières à la pression.

J'ai aperçu un type qui grignotait un bretzel de la taille d'une pizza, quand Raymond Bolero est arrivé d'un pas assuré. La boucle de sa ceinture était si grosse qu'elle aurait probablement pu capter HBO. Il m'a tendu la main. « En quoi puis-je vous aider ? »

« J'ai quelques questions à vous poser. »

« C'est à quel sujet ? »

J'ai baissé la voix : « Bobby Ryan. »

Il a froncé les sourcils. « Qu'est-ce qu'il y a avec lui ? »

« J'ai cru comprendre que votre femme et lui avaient eu une liaison. »

Ses yeux se sont plissés tandis qu'il secouait la tête. « C'est fini depuis longtemps. »

« Six mois, ce n'est pas si longtemps. »

« Où voulez-vous en venir, inspecteur ? Vous croyez que j'ai quelque chose à voir avec ce qui est arrivé à ce fumier ? »

« C'est moi qui pose les questions, monsieur Bolero. »

Son visage a rougi. « Alors, allez-y. »

« Quand vous avez découvert que votre femme sortait avec Ryan, vous vous êtes mis en colère. »

« Qu'est-ce que j'étais censé faire ? Bien sûr que j'étais furieux. »

« Assez en colère pour confronter Ryan. »

« Ouais, c'est exact. Je lui ai dit de rester loin d'elle, bordel. »

Il fallait être deux pour danser le tango. « On m'a dit que c'est devenu physique. »

« Ce n'était rien. Juste une petite bousculade et c'était fini. »

« Quelqu'un a dû vous séparer de Ryan. »

« Ce n'était rien du tout. J'essayais juste de lui faire peur. »

« Combien de fois avez-vous confronté Ryan ? »

« Juste cette fois-là. »

Il mentait. « Vous en êtes sûr ? »

Il a hésité. « D'accord, c'était deux fois, mais c'est tout. »

« Où étiez-vous mardi soir dernier ? »

« J'étais ici. Où voulez-vous que je sois d'autre ? »

« Jusqu'à quelle heure ? »

« Nous sommes ouverts jusqu'à une heure du matin. »

Il n'avait pas répondu à la question. « À quelle heure êtes-vous parti ? »

« Je ferme la plupart du temps et je ne sors pas d'ici avant une heure et demie du matin. »

J'allais vérifier son alibi personnellement. « Votre famille dispose de beaucoup de ressources pour gérer des situations comme celle de Ryan. »

« De quoi est-ce que vous parlez ? »

« Allons, nous savons tous les deux que votre famille dirige une organisation criminelle. »

« Je n'ai rien à voir avec ça. »

Il était intéressant de constater qu'il se distanciait de leurs activités illégales, mais pas de la famille. « C'est eux qui vous ont donné l'argent pour cet endroit ? »

« Non. J'ai économisé comme un dingue pour ça. Jusqu'à il y a un an, la banque en possédait plus que moi. »

« Mais ils vous donnent un coup de main, n'est-ce pas ? »

« Non. Ils sont à Miami, à faire je ne sais quoi. »

« Que savez-vous de leurs opérations ? »

« Rien. J'ai déjà assez à faire avec la gestion de cet endroit. »

« Vous allez souvent à Miami ? »

« Tous les deux ou trois mois. Pourquoi ? »

« Avez-vous demandé à votre famille de punir Ryan pour cette liaison ? »

« Oh, arrêtez. Vous vous accrochez à n'importe quoi. »

« Répondez à la question. »

« Écoutez, est-ce que j'étais plus que furieux ? Et comment ! Mais même si je haïssais ce salaud, ça ne serait jamais arrivé si ma femme avait dit non. »

Il n'avait pas tort sur ce point. « Et pourtant, vous vous en êtes pris à Ryan. »

« Je l'ai mise à la porte. Qu'est-ce que j'étais censé faire d'autre ? »

Je compatissais. « Vous êtes-vous réconcilié avec elle ? »

« Non. Enfin, comment aurais-je pu ? »

Il faudrait être un homme meilleur que moi pour lui pardonner. « Je suis désolé. »

« Toute cette histoire a détruit ma famille. Mon fils ne veut plus lui parler, et il m'en veut à moi, de tous les gens. C'est un bordel sans nom. »

La voix dans ma tête affirmait que c'était plus que ça. Elle hurlait que c'était un mobile.

27

Derrick était en train de vérifier l'autre piste que j'avais trouvée chez le concessionnaire automobile. Le père de la fille qui voulait la voiture spéciale était bien connu des services du shérif du comté de Lee. Dupree Johnson avait un casier judiciaire long comme le bras.

C'était un escroc, mais aucune de ses infractions n'était violente. Ça voulait dire quelque chose, mais il aurait très bien pu échanger de la drogue contre un contrat. Il était intéressant de noter que si Johnson ou Bolero n'avaient pas personnellement tué Ryan, ils connaissaient tous les deux des gens capables de le faire.

J'ai regardé l'heure. Longo avait dit qu'il m'appellerait à deux heures. Ça me laissait vingt minutes pour soulager ma vessie reconstruite. En marchant vers les toilettes, je me suis demandé si l'année sans alertes médicales que j'avais vécue était due au fait que j'avais suivi les ordres du médecin. Même quand ce n'était pas pratique. La dernière chose dont la famille Luca avait besoin, c'était d'un problème de plus.

Assis sur le trône, j'ai repensé aux difficultés qu'avait

eues Mary Ann la dernière fois que nous étions allés à la plage. Le sable était une surface difficile sur laquelle marcher et ça la déstabilisait. Elle est restée silencieuse une fois que nous avons trouvé un endroit où poser nos chaises. J'ai fait de mon mieux pour la ménager. Elle a fait semblant de ne pas vouloir se mouiller, mais je savais qu'elle n'était pas à l'aise à l'idée d'aller dans l'eau.

J'ai fini par la convaincre, en la tenant par la taille comme un adolescent, et ça a marché. Être dans l'eau lui faisait du bien, et elle faisait ses longueurs dans notre piscine chaque jour, religieusement. Nous avions prévu d'aller à la plage pour admirer le coucher de soleil ce soir. J'avais perdu le goût de ces choses-là, mais je savais qu'elle, elle y tenait beaucoup.

En retournant à mon bureau, je me suis rappelé de ne pas oublier de partir à l'heure. Mon portable a sonné. « Salut, Vinny, pile à l'heure. »

« Depuis quand je ne suis pas réglé comme une horloge ? »

J'ai gloussé. « Fiable comme la pluie de Floride un après-midi d'été. »

« Tu sais bien qu'on va passer, promis. »

Ça faisait des années qu'il promettait. « Quand tu veux. On va s'éclater. »

« Et comment ! Assure-toi juste que le frigo est rempli de bières. »

« C'est comme si c'était fait. Qu'est-ce que tu as trouvé ? »

« Le clan Bolero a été impliqué dans des exécutions. Un de leurs hommes de main va être inculpé pour un double meurtre. »

« Lié à la drogue ? »

« Non. Si tu peux le croire, c'était une bagarre qui a éclaté dans un club que les Bolero possèdent à Little Havana. »

« Impliquant un membre de la famille ? »

« Non. Il semblerait que deux types au bar n'aient pas voulu se décaler pour que d'autres puissent s'installer, des mots ont été échangés, et avant même qu'on s'en rende compte, une bagarre a éclaté. C'était un vrai bordel. Un type a été frappé à la tête avec une bouteille et a fini à l'hôpital, mais ce qui a énervé les Bolero, ce sont les dégâts causés à leur établissement. Ils ont tout saccagé et deux caisses enregistreuses ont été vidées. »

« Voler ce gang n'est pas sur la liste des choses recommandées. »

« Et comment. Une semaine plus tard, deux des mecs de la bagarre ont été retrouvés dans une benne à ordures avec des balles dans la nuque. On est sûrs que c'est Connie Rollin qui a appuyé sur la gâchette. »

« Des signes qu'ils auraient pu éliminer Ryan ? »

« Rien de concret, mais on va mettre la pression sur deux ou trois informateurs. »

« Bien, bien. »

« Et quand on arrêtera Rollin, je lui ferai miroiter un marché s'il a des infos sur ta victime. »

« J'apprécie. Tu penses l'arrêter quand ? »

« La procureure attend les relevés téléphoniques. Elle espère que ça prouvera qu'il était sur les lieux. »

« Ça prendra encore combien de temps ? »

« Le mandat a été émis hier. On devrait les avoir aujourd'hui, et ils devront trianguler les antennes-relais. »

« D'accord. Je te remercie pour ton aide, comme d'habitude. »

« Quand tu veux. Je t'appelle dès que j'ai quelque chose. »

Alors que je me repassais l'appel, Derrick est entré. J'ai dit : « Alors, ça a donné quoi ? »

« Le père a un alibi en béton. »

« Comme quoi ? »

« Il était en cellule de dégrisement chez les flics du comté. Johnson s'est fait embarquer pour conduite en état d'ivresse. »

J'ai secoué la tête en pensant au cycliste décédé. « C'est incroyable à quel point nos routes sont dangereuses. »

« Il nous faudrait un moyen de mesurer rapidement la quantité de drogue dans le système de quelqu'un. »

« J'ai lu un truc hier soir ; ils évaluent un test par prélèvement salivaire. »

« Ce serait génial. Peut-être que cette fille qui a renversé le cycliste ne s'en tirerait pas comme ça. »

Une idée m'est venue. « Je voulais voir quel genre de surveillance vidéo ils ont dans la résidence où elle vit. »

« Qu'est-ce qui t'intéresse ? »

« On pourrait peut-être la surprendre en train de conduire n'importe comment. Elle habite à Positano. Pourquoi tu ne passerais pas quelques coups de fil pour voir ce qu'ils ont ? »

« Je vais y faire un saut. »

« Pendant que tu seras dehors, ça te dérange de vérifier l'alibi de Bolero ? »

« Pas de problème, je passerai au Bone Hook, voir si on peut le confirmer. »

Il s'est dirigé vers la porte. « Merci. Je vais voir Remin. Il veut savoir où on en est. Il cherche à faire une déclaration au sujet de Ryan. »

Le sourire de Remin m'a décontenancé. « Entrez. »

Je me suis installé dans un fauteuil. « Merci, chef. »

« Comment va Mary Ann ? »

Je me suis immédiatement méfié. « Elle va bien. Merci de demander. »

« Content de l'entendre. La santé, c'est tout ce qui compte. »

Instinctivement, j'ai posé une main sur mon ventre. Après un cancer de la vessie, je n'avais pas besoin de piqûre de rappel. « Sans aucun doute. »

« Sommes-nous prêts à classer officiellement l'affaire comme un suicide ? »

« J'aimerais avoir un peu plus de temps. »

« Pourquoi ? »

« Nous travaillons sur une piste. Ryan avait une liaison avec la femme du propriétaire de la brasserie Bone Hook. »

« Quelles preuves avez-vous que le mari aurait pu tuer Ryan ? »

« Aucune, mais… »

« A-t-il un alibi pour la période en question ? »

« Oui. »

« Alors, c'est un suicide. »

« Chef, si je peux me permettre… Le mari est un membre de la famille Bolero. »

« Le gang de Miami ? »

« Oui. Il ne semble pas être impliqué dans leurs activités criminelles, mais vous savez comment sont ces gens-là. »

« C'est un lien, mais il est aussi fin que du papier de riz. Je vous donne quarante-huit heures. Si rien de concret n'apparaît, nous classerons l'affaire comme un suicide et nous passerons à autre chose. »

28

Derrick est entré en brandissant une clé USB. « On l'a filmée en train de reculer dans un arbre. »

« Elle avait l'air bourrée ? »

« Ouais. Après avoir heurté l'arbre, elle était du mauvais côté de la route. Une voiture a fait une embardée pour l'éviter. »

J'ai secoué la tête. « J'espère qu'on pourra s'en servir. »

« Laisse-moi te montrer. »

Il a branché la clé et a cherché la bonne plage horaire. « La voilà qui arrive. »

Jackson tapotait sur son téléphone en se dirigeant vers sa voiture. Derrick a dit : « Elle n'a pas l'air très stable. »

« Ça pourrait être parce qu'elle est scotchée à son téléphone. »

Jackson est montée dans sa voiture et a fait marche arrière, s'arrêtant net en heurtant un palmier. Une palme est tombée sur la voiture. Elle a passé la première et a démarré, en restant trop sur la gauche. « Elle n'est même pas sortie. »

« Regarde. Voilà une voiture qui arrive. »

« Waouh. C'était juste. »

« Le type a eu de la chance. »

« Lui, oui, mais pas Holt. S'ils avaient eu un simple accrochage, Holt serait encore en vie. »

Les gens aimaient dire : « Si j'étais parti dix secondes plus tôt, rien ne serait arrivé. » J'avais appris à voir les choses différemment. Combien de situations avais-je évitées en prenant une seconde de plus pour me laver les mains ?

« Pauvre type. »

« Je veux en parler aux procureurs. Ils ont dit non pour l'homicide involontaire par véhicule. Peut-être qu'on peut les amener à négocier une peine. »

« Tu crois ? »

« Je ne peux pas laisser Holt devenir une simple statistique. »

« C'est dommage. »

« Et Bolero ? Son alibi a été vérifié ? »

« Je n'ai rien pu obtenir. Il n'y avait que l'équipe de jour. J'y retourne après le travail. »

« D'accord. Il nous faut quelque chose. Remin ne nous donne que deux jours. »

———

J'AI ÉTENDU la serviette de plage sur la chaise. « Vas-y, assieds-toi. »

Elle s'est accrochée à moi et s'est assise. J'ai dit : « Cette chaise est mieux, non ? »

« Oui. J'aime bien qu'elle soit plus haute. »

Nos vieilles chaises étaient trop près du sable et s'y installer et s'en relever était un défi. « On aurait dû en acheter des neuves depuis longtemps. Ça faisait combien de temps qu'on les avait ? »

« Environ six ans. C'est tellement beau, on va avoir un joli coucher de soleil. »

« Une nuit parfaite. Le Golfe ressemble à un lac. »

« Il y a beaucoup de monde ici. »

« Tu te souviens comme c'était calme il y a dix ans ? On venait avec Jessie et on avait l'impression d'être dans les Caraïbes. »

« On n'est pas allés à la plage avec elle depuis deux ans. »

« Elle aime Wiggins Pass, elle a toujours aimé. Tu te souviens quand on traversait la zone boisée depuis le parking ? On faisait semblant d'avoir découvert une plage. »

Mary Ann a attrapé ma main. « C'est passé si vite. Je ne sais pas ce que je vais faire quand elle partira à l'université. »

« Il faudra s'y habituer, mais elle reviendra pour les vacances, et on ira la voir, si elle veut bien de nous. »

« La maison va être bien vide sans elle. »

Il était temps de changer de sujet. J'ai montré l'eau du doigt. « Regarde au large. Il n'y a pas un seul bateau en vue. »

« C'est si paisible. »

« Tu te rends compte que cette vue est la même qu'il y a mille ans ? »

« C'est vrai. Il y a cent ans, des gens assis exactement là où nous sommes la voyaient comme nous. »

« Il y a cent ans, il n'y avait personne ici. Il n'y avait rien entre Fort Myers et Everglades City. »

« Je n'arrive pas à l'imaginer comme ça. »

« Au large, aucun changement. » J'ai pointé mon pouce par-dessus mon épaule. « Derrière nous, des tonnes de changements. »

Elle a hoché la tête, inspirant profondément. « L'immensité de l'océan te fait te sentir petit. C'est relaxant, paisible. Ça apaise mes pensées. »

C'est là que nous étions différents. C'est à la plage que je réfléchissais le mieux. Quand je suis arrivé ici, je marchais le long de l'eau et je résolvais des problèmes. Je savais que dès qu'on arrêterait de parler, l'affaire Ryan s'insinuerait dans mon esprit.

C'était un de mes défauts. J'avais besoin de connaître les détails de ce qui s'était passé quand quelqu'un mourait de façon inattendue. Tout le monde était obsédé par le responsable d'un décès. Je comprenais. Ce n'était pas seulement la chose la plus importante, c'était l'essence même de mon travail.

Mais je devais connaître les détails du comment et du pourquoi. Quand ils étaient incertains, ma capacité à me détendre et à dormir était compromise.

Remin ajoutait une pression inutile avec sa date limite. Nous supposions que Ryan avait tué Wright à cause de la grossesse, mais nous n'avions rien sur le Dr Bigham, à part la spéculation que la liaison de Ryan avec elle avait mal tourné.

C'était difficile à accepter, mais on ne travaillait pas en vase clos. Les enquêtes devraient être une fin en soi. Mais la presse, le public et même notre propre département exerçaient une pression pour obtenir une conclusion. La plupart du temps, nous arrivions à tenir bon et à obtenir les réponses nécessaires pour résoudre une affaire.

Mais il y avait des moments où nous n'y arrivions pas. Des moments où une famille n'obtenait pas les réponses qu'elle méritait. Des moments où un tueur s'en tirait.

Allions-nous nous contenter d'une simple supposition pour Ryan et les deux personnes qu'il avait tuées ?

Mon estomac a gargouillé. « J'ai entendu. Pourquoi tu ne manges pas si tu as faim ? »

J'ai attrapé le sac de Jason's Deli. « Tu veux ta salade ? »

« D'accord. »

Je lui ai passé son dîner et j'ai pris une bouchée de mon wrap à la dinde. « Je ne m'étais pas rendu compte à quel point j'avais faim. »

Mary Ann a pointé le doigt. « Regarde comme le ciel est joli. Cette traînée rouge est incroyable. »

« Comme une peinture. Le soleil va toucher l'horizon dans cinq minutes. »

« C'est magnifique. »

Mon portable a sonné et Mary Ann m'a fusillé du regard. « On avait dit, pas de téléphone. »

« J'ai oublié de l'éteindre. »

Mary Ann a soupiré, et j'ai jeté un coup d'œil discret. C'était Derrick. J'ai refusé l'appel. Le soleil avait à moitié disparu et la lumière s'était estompée. J'ai déballé la deuxième moitié de mon sandwich quand une notification de texto a retenti.

C'était Derrick. Bolero avait menti sur son alibi.

29

En quittant l'allée, j'espérais que le fait d'avoir emmené Mary Ann voir le coucher du soleil m'autoriserait à m'éclipser. Elle savait que le shérif avait fixé une date butoir, et il était hors de question que je trouve le sommeil sans avoir confronté Bolero.

Je me suis rangé sur le côté pendant qu'une ambulance remontait Immokalee Road à toute vitesse et tournait en direction de NCH. Le parking du Bone Hook était bondé. Je suis passé devant le Komoon, un restaurant thaï que Mary Ann aimait bien, et je suis entré dans l'établissement de Bolero.

La musique était trop forte à mon goût, mais trois femmes se déchaînaient sur la piste de danse. Tandis que j'attendais Bolero, un serveur est passé devant moi, portant deux assiettes de travers de porc. Alors que je me demandais s'ils étaient fumés au bois de caryer ou de pécan, Bolero est apparu.

« Qu'est-ce que je peux faire pour toi ? »

« On ferait peut-être mieux d'en parler ailleurs ? »

« Allons dehors. »

Je l'ai suivi. Il a tourné à gauche et s'est **adossé au bâti-**ment. « Qu'est-ce qui se passe ? »

« Ce qui se passe, c'est que tu m'as menti. »

Il a cligné des yeux. « De quoi tu parles ? »

« Tu sais très bien ce que je veux dire. »

« Hé, mec, calme-toi. Je n'en ai aucune idée. »

« Tu as dit que tu étais là, au travail, la nuit où Bobby Ryan est mort. »

« Ouais, et alors ? »

« On a vérifié, et ce n'était pas le cas. »

« J'étais ici. »

« Pas toute la nuit. Tu es parti à huit heures. Où es-tu allé ? Rendre une petite visite à Ryan ? »

Il a secoué la tête. « Non, je n'ai rien à voir avec ça. »

« Où étais-tu ? »

« Ça ne doit pas s'ébruiter. D'accord ? »

« Qu'est-ce qui ne doit pas s'ébruiter ? »

« J'étais avec quelqu'un. »

« Qui ? Bon sang ! »

« Elle travaille pour moi. »

« Tu vas me donner son nom, ou je t'embarque au poste ? »

« Debbie Conover. »

« Elle est là ce soir ? »

« Ouais, mais elle est, euh, plus jeune, et, euh… »

« Plus jeune comment ? »

« Vingt-quatre ans. »

« Jésus ! Tu ne peux pas trouver quelqu'un de ton âge ? »

« Elle est très mature. »

« Épargne-moi tes conneries. Je veux lui parler. »

« S'il te plaît, si ça se sait, ça va être mauvais pour le moral et… »

« Je ne peux rien pour toi. Tu aurais dû y penser avant. »

« On ne peut pas garder ça pour nous ? »

« Fais-la sortir, ou j'irai la chercher moi-même. »

Bolero s'est traîné jusqu'à l'entrée et a disparu à l'intérieur. J'avais envie de lui flanquer une baffe pour lui remettre les idées en place. Il avait cinquante et un ans. C'était une gamine. Il se servait de sa position pour piéger quelqu'un qui avait la moitié de son âge.

Une fille, à peine plus âgée que Jessie, est sortie avec Bolero. Il m'a désigné du doigt et elle s'est approchée.

« Mademoiselle Conover ? »

« Oui, mais appelez-moi Deb. »

« D'accord, Deb. »

« Ray m'a dit que vous vouliez me parler, mais de quoi s'agit-il ? »

« C'est une longue histoire, mais M. Bolero a dit que vous et lui étiez ensemble mercredi soir dernier. »

« On était chez lui. »

« Toute la nuit ? »

« J'ai en quelque sorte emménagé il y a environ un mois. Enfin, j'ai toujours mon appartement et tout, mais… »

« Et vous êtes sûre que lui et vous étiez chez lui ce soir-là ? »

« Je ne me souviens pas exactement des jours. » Elle a souri. « On est ensemble pratiquement tout le temps, vous savez. »

« J'ai une fille un peu plus jeune que vous. Cette, euh, histoire que vous avez avec M. Bolero, eh bien, soyez prudente. Il n'en est pas au même stade de sa vie. Vous comprenez ce que je veux dire ? »

« On tient l'un à l'autre. Vraiment. »

« Je ne dis pas le contraire, mais la différence d'âge finira par vous rattraper. »

« Ce n'est pas un problème. Ray a un esprit jeune ; il a plus d'énergie que moi. »

« Ça, c'est aujourd'hui, mais quand vous aurez quarante ans, il en aura soixante-sept. À quarante-cinq ans, ça lui en fera soixante-douze. Faites ce que vous voulez, jeune femme, mais gardez les yeux bien ouverts. »

————

MARY ANN ÉTAIT PLONGÉE dans un autre film Hallmark. J'ai attrapé une bouteille d'eau et me suis installé dans mon fauteuil inclinable. Le programme a été interrompu par une page de publicité.

« Comment ça s'est passé ? »

J'ai secoué la tête. « Bolero a menti sur son alibi parce qu'il ne voulait pas que ça se sache qu'il se tape une employée. »

« Ce n'est pas rare. »

« La gamine n'a que vingt-quatre ans, et il a plus de cinquante ans. »

« Beaucoup de femmes aiment les hommes plus âgés. Regarde-moi. »

« Ce n'est pas drôle, Mary Ann. Cette fille est à peine plus âgée que Jessie. »

« Il faut que tu arrêtes de faire des transferts. Combien de fois vais-je devoir te le dire ? Tu ne peux pas projeter chaque affaire sur toi, sur nous. »

« Je sais, mais que ferais-tu si Jessie sortait avec un homme beaucoup plus âgé ? »

« Tant qu'elle est heureuse, ça me va. »

« Comment peux-tu dire ça ? Tu veux qu'elle épouse un vieil homme ? Que quand elle aura quarante ans, il touchera sa retraite ? »

« Tu es ridicule. »

L'étais-je ? Pourquoi ne pouvais-je pas souhaiter que Jessie ait un parcours similaire au mien ? D'accord, en omettant le divorce. Et je ne voudrais pas qu'elle vive ailleurs qu'à Naples.

La famille de Mary Ann était espagnole et la mienne italienne, plus semblables qu'on pourrait le croire. Tout ce que je voulais, c'était que Jessie trouve un partenaire qui ait le même bagage ou, du moins, les mêmes valeurs. Était-ce si mal ? Tout le monde ne voulait-il pas ça ? »

Comme Mary Ann, ce que je voulais, c'était que Jessie soit heureuse. Je savais que peu importait avec qui elle était, mais je savais aussi que choisir quelqu'un de beaucoup plus âgé ou d'un milieu complètement différent présentait plus d'obstacles à surmonter.

Pour moi, c'était un simple fait que j'avais appris par expérience. Une relation durable était déjà assez difficile ; y ajouter des problèmes potentiels me semblait manquer de prévoyance. Un texto de Derrick a retenti.

J'ai répondu : « Désolé. J'ai oublié d'appeler. Bolero était avec une fille. »

Nous devions encore le confirmer, mais je savais que c'était la vérité. Nous avions une piste, mais c'était un mince espoir et cela prendrait plus de temps que celui que Remin avait dit nous accorder. Alors que le film de Mary Ann s'éternisait, je me suis demandé si je devais dire au shérif de faire ce qu'il estimait devoir faire.

30

JE ME SUIS CALÉ DANS MON FAUTEUIL. « JE NE PIGE TOUJOURS pas ce que diable Bolero fout avec une fille qui a la moitié de son âge. »

Derrick a dit : « Lui, je le comprends. C'est elle que je ne saisis pas. »

« L'argent. C'est le patron, donc il y a une histoire de pouvoir, et qui sait si cette gamine a perdu son père jeune ou si c'était un père de merde. »

« Ou alors elle a eu un bon père, et elle est attirée par les hommes plus âgés pour la sécurité. »

Il n'avait pas tort, je n'y avais jamais pensé. « Tu ne voudrais pas que ta fille se retrouve mêlée à un truc pareil. »

« Lynn et moi, on se dit que tant qu'elle est heureuse, c'est tout ce qui compte. »

« Jusqu'à ce que ça arrive », j'ai ri. « Et là, elle est heureuse, mais pas toi. »

« On a encore pas mal de temps avant que j'aie à m'inquiéter de ça. »

Je me suis levé de ma chaise. « Je vais dire à Remin qu'on

a besoin de plus de temps. J'ai parlé à Longo, et il faudra une semaine ou plus avant qu'ils obtiennent quoi que ce soit. »

J'ai frappé à la porte ouverte du shérif. Il avait le menton posé dans la main. « Entrez. »

« C'est le bon moment ? »

Il a hésité. « Autant qu'un autre. »

« Tout va bien, monsieur ? »

« Juste le conseil municipal. Ils veulent une réduction de cinq pour cent dans tous les services. »

« On ne peut pas obtenir une dérogation ? »

« On l'obtiendra sûrement, mais je cherchais à obtenir une augmentation. Nos agents méritent plus ; ils risquent leur vie tous les jours. »

Il n'avait pas besoin de me convaincre. « Nous apprécions vos efforts, monsieur. »

Remin a secoué la tête. « Personne ne comprend à quel point c'est dur de travailler dans les forces de l'ordre. On doit faire notre boulot sous le feu des projecteurs des médias et du public. Tout le monde a un avis sur ce qu'on devrait faire. »

J'ai eu envie de lui demander ce qui se passait vraiment. Je me suis dit que quelques nouveaux venus devaient essayer d'imposer leur programme pour couper les fonds de la police. C'était un autre concept illogique, comme la dépénalisation du vol de moins de mille dollars en Californie. Comment diable ces politiques étaient-elles censées réduire la criminalité ?

« Il n'y aurait aucun moyen de proposer au public de nous accompagner en patrouille ? »

Remin a ri. « Voilà une idée qui me plaît. »

« Je voulais vous informer que la piste que nous avions sur l'affaire Ryan n'a rien donné. »

« Vous avez autre chose ? »

« On attend toujours plus de renseignements sur la famille de Bolero. Mon contact à Miami me dit qu'il faudra au moins une semaine avant que quelque chose de tangible n'en sorte. »

« À quel point êtes-vous confiant à ce sujet ? »

« Étant donné la famille dont on parle, c'est plausible, mais à ce stade, ça reste une piste peu probable. »

« Y a-t-il quelque chose que je devrais savoir avant de déclarer la mort de Ryan comme un suicide ? »

« Rien de plus que l'impression que quelque chose cloche. »

« J'ai besoin de plus que votre intuition. »

Il avait été inspecteur à la brigade criminelle. L'intuition était un autre mot pour l'instinct. Parfois, ça vous menait droit dans une impasse, mais il savait que les pressentiments, filtrés par des années d'expérience, généraient les pistes qui huilaient les rouages des enquêtes réussies.

« J'aimerais avoir plus, mais il faudra du temps pour confirmer ce qui s'est passé. »

« Le médecin légiste a dit que c'était un suicide. Continuez à travailler dessus. S'il s'avère que c'est autre chose, on a Bilotti pour nous couvrir. »

Il n'allait pas faire porter le chapeau à mon ami. « Le médecin légiste a émis des doutes. »

« Il n'a pas modifié le certificat de décès. »

« Non. Il ne l'a pas fait. Je veux juste éviter une situation qui jetterait le discrédit sur le service. »

« On ne peut pas attendre éternellement. Parfois, il faut prendre une décision sur la base de ce qu'on a. »

En reprenant les escaliers vers mon bureau, je savais que Remin avait raison. Souvent, il fallait prendre des décisions sans avoir tous les faits. Sans homicide sur lequel travailler, mes pensées se sont tournées vers la conclusion de l'affaire de l'accident mortel de la circulation avant de me plonger dans les dossiers non classés.

———

ANDRE BOSOCK ÉTAIT l'un des procureurs chargés du pénal pour le comté de Collier. Il avait joué au basket pour Florida State, puis avait fait ses études de droit à Ave Maria avant que l'école ne déménage à Naples.

« Comment vas-tu, inspecteur ? »

« Bien. C'est quoi, cet "inspecteur" ? »

J'ai levé les yeux et lui ai serré la main. « Les vieilles habitudes ont la vie dure. »

Je me suis tapoté le ventre. « Parle pour toi. »

« De quoi tu parles ? T'as l'air en pleine forme. »

« J'essaie, mais les pâtes et moi, c'est une vieille histoire d'amour. »

Il a souri. « Faut bien profiter un peu de la vie. »

« On dirait que tu pourrais encore jouer au basket. »

Il s'est plié en deux pour s'asseoir sur une chaise. « C'est mon métabolisme. Je mange comme un étudiant de première année. »

« T'as de la chance. En parlant de chance, avec Holt, le cycliste, ça ne pouvait pas être pire. »

« C'est trop dangereux de faire du vélo dans la majeure partie de la ville. »

« Sans aucun doute, mais il devrait être au bord de la piscine, pas au cimetière. Il a été tué, et je ne crois pas que c'était accidentel. »

« C'est peut-être vrai ; cependant, le rapport de l'expert

en reconnaissance de drogues ne confirme pas la conduite sous influence. »

« Elle a raté le test de sobriété. »

« Je suis au courant, mais les affaires de conduite sous l'emprise de stupéfiants sont impossibles à gagner au tribunal sans le témoignage d'un expert en reconnaissance de drogues. »

« C'est de la folie. »

« Je suis d'accord. C'est frustrant. Les législateurs doivent se pencher sur la légalisation de la marijuana à des fins médicales et, dans certains États, récréatives, ainsi que sur la conduite sous son influence. »

« Il faut qu'on lui colle quelque chose sur le dos, sinon elle continuera. »

« Je suppose qu'une conduite imprudente ne te satisferait pas. »

« Tu parles que non ! Elle était défoncée quand elle est montée dans sa voiture, elle a percuté un arbre et a failli faire un face-à-face dans son parking, avant de tuer Holt. »

Bosock s'est penché en avant. « Qu'est-ce que tu as sur ses agissements avant l'accident ? »

« On a obtenu une vidéo d'elle dans son parking. N'importe qui pourrait dire qu'elle n'était pas en état de conduire. Elle défonce un arbre et ne sort même pas de sa voiture ? »

« Tu sais… »

« Je sais que ça ne suffit pas, mais on ne peut pas s'en servir d'une manière ou d'une autre ? Lui dire qu'elle a plus de problèmes qu'elle ne le pense. »

« Son avocat connaîtrait la loi. »

« Allez, Andre, c'est on ne peut plus injuste. »

« On pourrait peut-être l'inculper pour conduite dangereuse. Elle a fait preuve d'un mépris délibéré et manifeste pour la sécurité des biens. »

« Tu peux l'inculper pour crime ? »

« La conduite dangereuse est qualifiée comme tel. »

« De la prison ? »

« C'est peu probable, mais pas à exclure. Et si peine il y avait, elle serait de trente à quatre-vingt-dix jours. »

Je ne savais pas ce qui était le pire pour Mme Holt : si aucune charge n'était retenue, ce serait un accident. Si une courte peine était prononcée, elle devrait alors tenter de rationaliser cet échange avec la perte de son mari.

31

« Derrick, où est la clé USB de Positano ? »

Il a ouvert un tiroir de bureau. « Juste là. Qu'est-ce qui se passe ? »

« Il faut qu'on la donne à Bosock. Il veut voir s'il peut s'en servir pour l'inculper de conduite dangereuse. »

« C'est le mieux qu'on puisse obtenir pour les Holt ? »

« J'en ai bien peur. Ce n'est pas juste, mais la loi est ce qu'elle est. »

« Elle va juste écoper d'une amende ou de trente jours au trou. »

« Je sais. D'après toi, qu'est-ce qui est le pire pour la femme de Holt ? Dire que c'est un accident ou coller une accusation de conduite dangereuse à la conductrice ? »

« Pas facile, ça. »

« Fais remonter ça à la direction pour moi. Laisse-les examiner le dossier et voir ce qu'ils en disent. »

Derrick a sorti la clé et a quitté le bureau.

Je suis resté assis là, dégoûté qu'une vie ait été fauchée si négligemment. J'ai affiché le site web de Mothers Against

Drunk Driving et j'ai cherché leurs coordonnées. Elles avaient une certaine influence, et j'espérais qu'elles seraient capables de faire pression sur les législateurs pour qu'ils promulguent des lois contre la conduite en état d'ivresse.

À peine avais-je cliqué sur Envoyer que le téléphone a sonné. « Homicides, inspecteur Luca. »

« Frank, je viens de recevoir un appel. Un type a trouvé un corps à Logan Woods. C'est un homme. »

« Je ne connais pas le quartier de Logan Woods. C'est où ? »

« C'est un parc, la réserve de Logan Woods. C'est à l'angle de Pine Ridge et Logan Boulevard. »

En entendant « Réserve », mon estomac s'est noué. « Compris. J'arrive. »

« Bien, une unité est en route. Arrivée prévue dans trois minutes. »

Alors que j'enfilais ma veste, Derrick est revenu. « On y va. On a un corps. »

« Où ça ? »

Je l'ai mis au courant pendant que nous nous dirigions vers le parking.

En tournant sur Airport Pulling Road, Derrick a dit : « Jamais entendu parler de ce parc. » Il a sorti son téléphone et s'est mis à tapoter sur l'écran.

« Moi non plus. »

« Ça dit que le parc entier fait un peu moins de trois hectares. Prends Logan, c'est juste au nord de Pine. »

« Je pense que ce parc est adossé aux Vineyards. C'est le cas ? »

« Ouais. À quoi tu penses ? »

« J'essaie juste de visualiser les accès. »

« Ils ont dit de quand datait le corps ? »

« Non. C'est presque mieux d'en savoir le moins possible. On voit la scène, on n'a pas d'idées préconçues à son sujet. »

« Ouais. »

J'ai allumé mes gyrophares et j'ai ralenti. « Tu vois une entrée ? »

« Non. Mais il y a une voiture de patrouille là-haut. Tu vois l'arrière ? »

« Ouais. » Je me suis garé sur l'herbe, juste avant le chemin où se trouvait l'unité banalisée.

Au moment où nous sortions, une autre voiture banalisée est arrivée. Je me suis glissé devant la voiture alors qu'un camion passait en vrombissant. « Derrick, dis-lui de bloquer toute la circulation jusqu'à ce qu'on puisse s'assurer que la zone est sécurisée. »

Je me suis dirigé vers un sentier en paillis menant à une zone boisée. L'air sentait la mousse humide. Une trentaine de mètres plus loin, le téléphone à l'oreille, un agent en uniforme tournait en rond. Il se trouvait devant une bande de ruban jaune qui traversait le chemin à l'endroit où il bifurquait. Il m'a aperçu et a raccroché.

« Vous êtes le premier sur les lieux ? »

« Oui, monsieur. »

« Vous avez vu quelque chose ? »

« Non. »

« Où est le type qui a appelé ? »

« Il est parti. Il devait aller aux toilettes, mais j'ai ses coordonnées et j'ai pris une photo de son permis de conduire. »

« Bien. »

« Il s'appelle Len Visick. Il a soixante-douze ans. »

Allais-je échapper aux problèmes que rencontrent tous

les hommes âgés depuis que j'avais une plomberie refaite à neuf ? « Ça explique tout. Il revient ? »

« Oui. Il habite dans les Vineyards. »

« Où est le corps ? »

Il a soulevé le ruban. « Prenez à droite. C'est à une trentaine de mètres. »

Les bras croisés sur la poitrine, une agente en uniforme montait la garde. Mes yeux se sont fixés sur un banc en bois. Je me suis arrêté net et j'ai cligné des yeux. Le corps était en position assise.

Cela me semblait bien trop familier. Plus je m'approchais, plus je me sentais mal.

« Inspecteur ? »

Levant une main, j'ai dit : « Attendez. »

Je me suis concentré sur les mains du corps. Il y avait quelque chose. On aurait dit que le corps avait quatre coups de couteau dans la poitrine. Les victimes précédentes en avaient trois. J'ai mis des gants. Le cadavre était rigide et froid. Je n'étais pas un expert, mais ce type avait rendu l'âme bien après la mort de Ryan.

Ryan n'était pas le tueur.

Je me suis tourné vers l'agente. « Désolé. J'avais besoin de m'imprégner de la scène. »

« Pas de problème, monsieur. »

« Vous avez vu quelque chose d'inhabituel ? »

« Non, monsieur. J'ai gardé les yeux sur les bois. »

J'ai hoché la tête alors que Derrick approchait. « Bon sang, même mode opératoire que Wright et le docteur. »

« Ouaip. On dirait que Ryan n'était pas le tueur. »

« Ça pourrait être un imitateur. »

Il avait raison, mais je savais que ce n'était pas le cas. « Je ne le crois pas. »

« On dirait qu'il y a quatre blessures. Les autres en avaient trois. »

« C'est vrai, mais c'est un homme. Celui qui a fait ça a peut-être dû poignarder une fois de plus pour le maîtriser. »

« Ce n'est pas un type si costaud. »

« Je dirais un mètre soixante-dix-huit. Soixante-douze kilos. Quand votre vie est en jeu, votre adrénaline monte en flèche. »

« Je me demande qui c'est ; il me dit quelque chose. »

« Je vois ce que tu veux dire. Je l'ai déjà vu, mais impossible de le situer. »

« Tu veux qu'on voie si on peut prendre son portefeuille ou ses papiers ? »

« Non. Je ne veux rien toucher tant que le corps et la scène n'auront pas été traités. »

Derrick s'est penché, désignant la cuisse droite du cadavre. « On dirait du sang. »

Je me suis agenouillé, me concentrant sur une petite tache rouge sur la couture extérieure. « Assurément. C'est un endroit bizarre pour que ça vienne des blessures à la poitrine. »

« Peut-être en retirant le couteau… »

« Je ne sais pas. Tout ce qu'on peut espérer, c'est que ce ne soit pas celui de la victime. »

J'ai inspecté les environs. « Ça va être difficile pour la scientifique avec tout ce paillis. On dirait qu'il l'a peut-être attaqué juste ici. » J'ai montré une zone où les feuilles et les aiguilles de pin semblaient avoir été remuées.

« Ouais, et il a été délicatement posé sur le banc. Il y a beaucoup de sang. »

« Peut-être une autre aorte sectionnée. Le tueur sait ce qu'il fait. »

« Mais pourquoi les coups de couteau répétés ? »

« Il ou elle a peut-être eu besoin de le maîtriser, comme je l'ai dit, ou ça pourrait avoir été personnel. »

« Tu penses que ça pourrait être une femme ? »

« Probablement pas, mais on ne sait jamais. »

« Voilà la scientifique et Bilotti. »

« Quand il aura fini, on verra ce qu'il en est avec ses mains. En attendant, allons parler à l'homme qui a appelé. »

32

Alors que je sortais, le Dr Bilotti s'est avancé sur le sentier. « Frank, qu'est-ce qu'on a ? »

Je l'ai mis au courant. « On n'a pas touché à la scène de crime ni cherché de papiers sur la victime. Derrick est sur place. »

« Bien. On va voir s'il y a quoi que ce soit qui puisse aider l'enquête. »

« On compte sur toi, Doc. »

Le premier agent s'est approché de moi avec un homme nerveux ; j'ai supposé que c'était lui qui avait trouvé le corps.

« Voici Len Visick. C'est lui qui a appelé. »

Je lui ai serré la main. Elle était osseuse, mais sa poignée de main était ferme. Visick a dit : « Je n'arrive pas à y croire. Je veux dire, j'en tremble encore. »

Visick avait le visage ridé, mais des yeux vifs et alertes. J'ai désigné un banc à environ six mètres de là. « Si on allait s'asseoir pour discuter ? »

« Je suis désolé d'être parti. Je sais que ça me fait passer pour un suspect, mais quand il faut que j'y aille, il faut que j'y aille. »

Son explication me soulageait, car je connaissais bien ce genre de problème. « Je comprends, ce n'est rien. »

Nous nous sommes assis et j'ai dit : « Racontez-moi ce qui s'est passé, ce que vous avez vu. »

« Eh bien, je viens ici deux ou trois fois par semaine. D'habitude, j'arrive vers cinq heures du matin. »

Un oiseau s'est mis à gazouiller. « À quelle heure aujourd'hui ? »

« Quelques minutes avant cinq heures. »

« Mais vous avez appelé juste après neuf heures. »

« C'est exact. »

« Vous êtes resté ici tout ce temps ? »

« Oh non. Je suis parti vers six heures. »

« Et vous êtes revenu à quelle heure ? »

« Oh, vers neuf heures. »

« Pourquoi venez-vous si tôt ? »

« J'aime bien voir les tatous. Il y a une belle colonie de tatous à neuf bandes qui vit ici, et comme ce sont des animaux nocturnes, il faut arriver tôt. »

Les passions des gens ne cessaient de m'étonner, mais un amateur de tatous, c'était une première. « Où étiez-vous entre six heures et neuf heures ? »

« Eh bien, je suis allé à pied au club-house pour utiliser les toilettes et prendre un petit-déjeuner. Depuis que Sandy est décédée, je prends la plupart de mes repas à l'extérieur. »

« Et pourquoi êtes-vous revenu au parc ? Vous faites ça d'habitude ? »

« Non, non. J'ai mangé et j'ai traîné un peu, j'ai discuté et, oh, j'ai lu le journal. Ensuite, je suis rentré chez moi, mais je n'ai pas trouvé ma clé pour entrer. J'ai pensé que je l'avais fait tomber en sortant la nourriture que j'avais apportée pour les tatous. »

Encore une première. « Qu'est-ce que vous leur avez apporté ? »

« Des raisins. Ils adorent ça. »

Les tatous avaient leur propre majordome. « Vous êtes revenu pour chercher vos clés. »

« Oui, et je les ai retrouvées. »

« Et comment avez-vous découvert le corps ? »

« Je marchais, et, vous savez, je savais que quelque chose n'allait pas. J'avais ce pressentiment. Je pensais que c'était à cause de la perte de mes clés, mais ensuite je l'ai vu. »

« Vous l'avez touché ? »

« Non. J'ai vu tout ce sang et j'ai paniqué. »

« Quand vous étiez au parc plus tôt, le corps n'était pas là ? »

« Je ne pense pas. »

Il semblait que nous avions une chronologie. « Vous l'au-riez remarqué, n'est-ce pas ? »

« Oui, c'est certain. »

« Donc il n'était pas là plus tôt, c'est bien ça ? »

« Je ne vais généralement pas sur la droite, là où il était. La plupart des terriers sont sur la gauche ; il y a beaucoup plus d'insectes dont ils peuvent se nourrir. »

Un chœur de gazouillis s'est élevé. Les oiseaux étaient-ils en train de discuter de la confusion de cet homme ? « Pour-quoi y être allé la deuxième fois ? »

Il a haussé les épaules. « Je cherchais mes clés, et à mon âge, je ne pouvais pas être sûr de ne pas être passé par là. »

Quelque chose clochait. « Comment avez-vous retrouvé votre clé ? »

« Après l'avoir vu, j'ai complètement paniqué. Je cherchais mon téléphone pour appeler le 911, et ma clé était là. Vous savez, cette petite poche à l'intérieur d'une poche ? Elle était là depuis le début. »

Les témoins étaient souvent peu fiables. La tournure que prenait cet échange était plus que préoccupante. « Avez-vous vu quelqu'un pendant que vous étiez dans le parc ? »

« Non. »

« Personne d'autre n'était dans le parc les deux fois où vous êtes venu ? »

« Non. Il est rare de voir quelqu'un. »

À cinq heures du matin, ce n'était pas surprenant.

J'en ai terminé avec lui et j'ai sorti mon portable. « Monsieur, je voulais vous informer que Ryan ne semble pas être le tueur. »

« Hum. »

« Nous avons un autre cadavre avec le même mode opératoire. Le Dr Bilotti est sur les lieux, et nous espérons pouvoir le confirmer ou l'infirmer avec certitude. »

« Il semblerait que votre instinct était le bon. »

« Nous verrons bien. »

« De quelles ressources avez-vous besoin ? »

« Pour le moment, ça va, mais nous aurons besoin d'aide pour faire les liens, si les meurtres sont connectés. S'ils sont aléatoires... »

« Tout ce dont vous aurez besoin. Je réaffecterai autant d'agents que nécessaire et je ferai pression pour obtenir tous les mandats utiles à l'enquête. »

La menace était bien passée. « Nous apprécions votre soutien, monsieur. Pour le moment, nous nous en sortons. »

« N'essayez pas de résoudre ça tout seul. Je sais que vous en êtes capable, mais nous n'avons pas le temps. »

J'ai eu envie de lui dire de ne pas s'en mêler, mais j'ai dit : « C'est toujours un travail d'équipe, monsieur. »

« S'il s'agit du même tueur, je veux une force d'intervention massive. Il faut que ça cesse ! »

J'étais d'accord avec ça, mais celui qui était derrière tout ça était doué. D'après les autres scènes de crime, les chances qu'il ait laissé un indice à Bilotti ou à la police scientifique étaient minces. Le dernier tueur en série auquel j'avais eu affaire était le criminel le plus intelligent que j'aie jamais rencontré.

Ethan Dwyer avait un QI qui le plaçait dans la même catégorie qu'Einstein. Il avait été méthodique et m'avait plusieurs fois égaré de sa piste. Après qu'on l'a coincé, il a organisé une évasion de prison qui me stupéfie encore. La personne responsable de laisser des cadavres mis en scène dans des parcs était-elle de son calibre ?

Alors que je retournais péniblement vers le corps, mon instinct tirait une sonnette d'alarme que je ne pouvais ignorer ; ce tueur était au moins aussi doué.

33

Loupes à la main, deux techniciens de la police scientifique passaient la zone autour du cadavre au peigne fin. Penché sur le corps, Bilotti s'est redressé. « Voilà son portefeuille, Frank. »

Il m'a tendu le mince étui en similicuir qu'il avait retiré de la poche avant du cadavre. La technologie avait réduit bien plus que la capacité de concentration. « Merci. »

J'en ai sorti le contenu. Une carte de crédit American Express, son permis de conduire et trois cartes de visite. Derrick s'est penché pendant que j'examinais le permis. « Victor Trent. Il a quarante-huit ans. Je suis presque sûr que cette adresse est dans le quartier des Moorings. »

Rangeant le permis derrière la carte de crédit, j'ai sorti une carte de visite. « Maintenant, je vois où je l'ai déjà vu. Il fait ces publicités dans les magazines, où il propose des conseils en investissement. »

« Ah oui. Je les ai vues. »

Me souvenant de ses publicités, j'ai secoué la tête. « Il a deux jeunes enfants et une femme. »

« Ils sont sur toutes les photos. »

C'était une bonne stratégie de se présenter comme un homme avec une jeune famille pour inspirer la confiance et attirer l'argent. Chaque victime a une famille, mais la pensée que je devrais annoncer la nouvelle à quelqu'un qui a de jeunes enfants me donnait des crampes d'estomac.

« Messieurs, voici le message. »

Je le lui ai pris et l'ai ouvert. Écrit sur un bout de papier : « Plus qu'un avant... »

« Avant ? Avant quoi ? »

Derrick a dit : « Il va tuer à nouveau. »

« Pas si je peux l'en empêcher. »

Derrick a crié : « Hé, vous ! »

Un homme courait vers les bois. Dégainant mon pistolet, j'ai détalé. « Arrêtez-vous ou je tire ! »

L'homme s'est immobilisé, levant les bras.

« À genoux, et gardez les mains en l'air ! »

Un officier est arrivé avant moi et a commencé à le menotter. « Hé, je suis journaliste. Vérifiez mes accréditations. »

Je l'ai fouillé et j'ai sorti son badge de presse. « Comment vous appelez-vous ? »

« Matt Grier. Je travaille pour le *Daily News*. »

Ça correspondait à sa carte d'identité. « Qu'est-ce que vous faites ici ? C'est une scène de crime. »

« J'étais en balade à vélo. J'ai vu l'agitation et j'ai voulu voir ce qu'il se passait. C'est dingue, le tueur en série a encore frappé. »

« Fouiner comme ça est un bon moyen de vous faire tuer. »

« Je voulais juste avoir le scoop. C'est une énorme

affaire. Il a laissé un message, comme le tueur du Zodiaque. C'est... »

« Écoutez, c'est une scène de crime active. Si vous ne voulez pas être arrêté pour obstruction, vous feriez mieux de ficher le camp. »

« D'accord, d'accord. »

« Enlevez-lui les menottes. »

« Seriez-vous d'accord pour une entrevue ? »

« Non. Et je vous préviens de ne divulguer aucune information sur un quelconque message qu'il ou elle aurait pu laisser. »

« Mais nous avons le droit... »

« Cette information est confidentielle. Nous devons garder quelques détails pour nous afin de nous assurer d'appréhender la bonne personne. »

« Je comprends vos préférences, mais le public a le droit de savoir s'il y a des menaces dans le secteur. »

« Nous devons travailler ensemble sur ce coup. Nous avons besoin de votre aide pour attraper les responsables, et il y a peut-être un moyen de vous utiliser comme intermédiaire. »

« On aurait l'exclusivité ? »

« Non, on ne peut pas faire ça, mais quelqu'un doit bien être le premier au courant, non ? »

« Il nous faudrait des garanties... »

« Je vais demander au shérif d'appeler votre patron pour régler les détails, mais vous ne pouvez rien dire de plus sur aujourd'hui, si ce n'est qu'il semble que le tueur ait de nouveau frappé. »

Il a montré le corps du doigt. « Il semble ? »

« C'est à vous de voir, si vous voulez publier en avant-première une histoire qui s'avère incorrecte. »

« Qui va la confirmer ? »

« Nous. Comme je l'ai dit, vous serez le premier au courant. Et si quoi que ce soit fuite sur les détails, je vous promets que je trouverai un moyen de vous coincer pour obstruction. »

———

« TU AS MANGÉ ? »

« Est-ce qu'un donut rassis, ça compte ? »

Mary Ann a secoué la tête. « Je peux te faire des pâtes aux petits pois. »

Pasta e piselli, un de mes plats réconfortants préférés. « Non, c'est bon. »

« Ça me prendra dix minutes. Va te changer. »

« Tu te sens bien ? »

« Je ne me suis pas sentie aussi bien depuis des mois. »

« Vraiment ? »

« Oui. Il y a quelques jours, je me suis sentie plus stable et ça n'a fait que s'améliorer. »

« Dieu merci. Tu penses que ce sont les injections ? »

« Je ne sais pas. La prochaine fois qu'on ira, on verra ce qu'ils disent. En attendant, je croise les doigts. »

Me dirigeant vers la chambre, j'ai dit : « Amen. »

———

MARY ANN A GLISSÉ un bol fumant devant moi.

« Ça sent bon. »

« Tu as eu une sale journée. Les infos n'arrêtent pas de parler de l'histoire du tueur en série. WINK fait une émission spéciale dessus. »

« Un salaud de journaliste s'est faufilé sur la scène de crime. Si on ne l'avait pas vu, la pauvre femme aurait appris la mort de son mari avant qu'on puisse la prévenir. »

« Comment ça s'est passé ? »

J'ai repoussé le bol. « Toute la journée a été un putain de film d'horreur. »

Elle m'a massé les épaules. « Désolée. »

« Et cette gamine qui a tué le cycliste ne fera pas un seul jour de prison. Ils ont passé un accord, et elle a eu cent heures de travaux d'intérêt général. La belle affaire. »

« Oh, je suis désolée. Tu as vraiment eu une sale journée. »

« Ce n'est pas grave. »

Elle a remis les pâtes devant moi. « Mange. »

J'ai enfourné une cuillerée. « Le shérif suspend tous les congés. On va devoir faire des patrouilles et poster des agents partout en ville. On va se croire dans un État policier. »

« Mais c'est une bonne chose. »

« Je ne sais pas si ça va aider. J'ai parlé à Haines du FBI, et il est d'accord ; ça n'a pas l'air d'être le fruit du hasard. »

« Le profilage pourrait aider. »

« On va avoir besoin de toute l'aide possible ; celui qui fait ça est plus que prudent. »

« Pourquoi les gens font-ils ce genre de choses ? »

« Si je réponds à ta question, peux-tu me dire ce qu'était Casper avant de devenir un fantôme ? »

———

J'AI RACCROCHÉ avec Bilotti et j'ai filé dans le couloir. L'autopsie a confirmé que la même personne était derrière les trois meurtres. Mais il n'y avait rien d'autre. Ni fibres, ni poils, ni fluides corporels, à l'exception de la trace de sang sur la couture du pantalon de la victime.

La salle était bondée de policiers en uniforme avant leur prise de service. Le capitaine Gesso a fait taire l'assemblée, et je me suis approché du pupitre.

« Le shérif Remin m'a demandé de vous faire un topo. Nous pensons que la ou les personnes responsables des trois meurtres sont la ou les mêmes. Tout le monde doit être sur ses gardes et particulièrement vigilant en ce qui concerne nos nombreux parcs et réserves. Il est probable que le tueur soit un homme, de type caucasien, âgé d'une quarantaine ou d'une cinquantaine d'années.

« Cela ne veut pas dire qu'il ne peut pas s'agir d'une femme. Nous allons avoir besoin d'aide pour établir des liens entre les victimes, car la théorie est qu'il ne s'agit pas de meurtres commis au hasard. Toute aide sera la bienvenue. Adressez-vous à l'inspecteur Dickson si vous pouvez aider. »

34

J'ai descendu Mooring Line Drive en direction de la mer, puis j'ai tourné à droite sur Bow Line Drive. The Moorings était un quartier huppé avec sa propre plage privée, mais la maison des Trent, en face de l'église luthérienne Emmanuel, se trouvait dans la partie la plus modeste du secteur.

Prenant mon courage à deux mains en approchant de la porte, j'ai espéré que les enfants Trent seraient là pour détendre l'atmosphère. Au moment où j'allais sonner, le grondement rauque d'une Ferrari m'a fait tourner la tête vers la rue. J'ai regardé la voiture de sport rouge accélérer dans un virage avant d'appuyer sur la sonnette.

La porte s'est ouverte et Robin Trent m'a adressé un petit sourire. « Entrez, inspecteur Luca. »

Elle était plus forte que ce à quoi je m'attendais. J'ai été d'autant plus rassuré par le bruit des enfants qui jouaient. « Merci, madame Trent. »

Je l'ai suivie dans la pièce principale. Du pied, elle a

poussé sur le côté une petite voiture et nous nous sommes assis sur un canapé d'angle gris.

« Je vous remercie de me recevoir si rapidement. Je sais que c'est une épreuve difficile. Vous allez bien ? »

Elle a froncé les sourcils. « Ma mère est venue m'aider avec les enfants. » Elle a joint les mains. « Je n'ai pas encore vraiment réalisé. »

« Je suis désolé, madame. »

Elle a cligné des yeux, et j'ai su qu'il fallait que je commence à poser mes questions, sinon les larmes allaient couler. « Pensez-vous à quelqu'un qui aurait pu vouloir du mal à votre mari ? »

« Non, c'est inconcevable. Victor était une âme charitable. Il aidait toujours les gens. »

« Depuis combien de temps connaissiez-vous votre mari ? »

« Environ huit ans. Nous nous sommes rencontrés au travail. J'étais assistante du directeur. »

« Est-ce qu'il avait eu des prises de bec avec quelqu'un là-bas ? »

« Non. Ils adoraient Victor. »

« Et ses clients ? Il était conseiller financier. Les gens peuvent s'énerver quand ils perdent de l'argent. »

« Ses clients l'adoraient. Il était comme dans ces publicités où le conseiller est invité aux événements familiaux de ses clients. »

Elle en faisait un portrait idyllique. Ça allait être compliqué d'insinuer avec délicatesse qu'elle ne connaissait peut-être pas son mari aussi bien qu'elle le pensait.

« Et un rival dans son entreprise ou dans le secteur ? »

« Je ne comprends pas ce que vous voulez dire par là. Vic n'était pas quelqu'un de compétitif. »

« Votre mari avait une belle carrière, n'est-ce pas ? »

« Oui. Les gens lui faisaient confiance, et il obtenait de bons résultats pour ses clients. »

« Comment trouvait-il ses clients ? »

« Je ne sais pas exactement, mais il rencontrait tout le temps des gens et on le recommandait, ce qu'il appréciait beaucoup. »

« Avait-il des clients avec beaucoup d'argent ? »

Elle a souri. « Nous sommes à Naples ; quelle est votre définition de "beaucoup d'argent" ? »

Elle avait raison. Les gens qui avaient réussi financièrement disaient toujours : je pensais bien m'en sortir jusqu'à ce que j'arrive à Naples. « Je ne connais pas vraiment ce monde, mais disons un client avec dix millions à gérer. En avait-il beaucoup ? »

« Il ne parlait pas de combien tel ou tel avait, vous savez, par confidentialité, mais il avait au moins dix clients comme ça. Et il y avait un client, il l'appelait "la baleine", qui avait plus de cent millions. Il habite sur Gulf Shore Drive, juste au bord de la plage. »

« Quand a-t-il décroché ce nouveau client ? Récemment ? »

« Oui, il y a environ un mois. »

« Vous a-t-il dit s'il avait subi des critiques ou des pressions de la part de celui à qui il avait pris le client ? »

Elle a eu un hoquet de surprise. « Vous pensez que… non, ce n'est pas possible. Pourquoi quelqu'un ferait-il ça ? »

Avec des commissions de 1 % par an, ça donnait à quelqu'un un million de raisons. Avec ce genre de somme, la commission n'était peut-être que de 0,5 %. Mais même ainsi, cela représentait un demi-million de dollars par an pour un conseiller. Une motivation plus que suffisante.

« Madame Trent, je sais que cela peut sembler inhabituel, et vous n'êtes pas obligée de répondre, mais combien d'argent gagnait votre mari ? »

« Je ne connais pas vraiment les détails. Vic était doué avec les chiffres ; c'était son métier et c'est lui qui s'occupait de nos finances. »

« Qui étaient ses amis les plus proches ? »

« Jim Keystone. Vic et lui étaient amis depuis l'école primaire. »

« Ils étaient toujours proches ? »

« Oh oui, ils ont dîné ensemble moins d'une semaine avant que… »

Son menton s'est mis à trembler. Je voulais lui poser des questions sur les éventuelles liaisons de son mari, mais je ne voulais pas la bouleverser, et son ami saurait probablement s'il en avait eu.

———

Après avoir répété le numéro de la ligne d'assistance, j'ai lancé un dernier appel à l'aide du public. Le voyant de la caméra s'est éteint et j'ai demandé : « Qu'est-ce que tu en penses ? C'était bien ? »

« Parfait. »

« Super. Assure-toi que ça passe sur toutes les chaînes. Aujourd'hui, si possible. »

« Je m'en occupe. »

« Merci. Il faut que j'y aille. »

J'ai dévalé les escaliers quatre à quatre et j'ai débouché au rez-de-chaussée. J'ai hésité, essayant de calmer mes tendances claustrophobes avant d'entrer.

Notre bureau était conçu pour deux, peut-être trois

personnes. Les quatre agents qui s'étaient portés volontaires se tenaient en cercle autour du bureau de Derrick.

« Salut, on apprécie votre aide. Je viens de parler à Gesso. Il va vous aménager un coin dans la salle commune pour que vous puissiez travailler. J'aimerais que vous vous concentriez sur les liens entre les victimes. »

« Remontez jusqu'à dix ans en arrière, peut-être plus si ça le justifie. On sait que Wright et le Dr Bigham ont eu affaire au même agent immobilier, Stephen Ong. Derrick et moi, on va creuser la piste d'Ong, mais c'est ce genre de lien qu'on doit découvrir. »

« Pas seulement les relations amoureuses, mais s'ils appartenaient au même club, jouaient au pickleball ensemble, fréquentaient la même église. C'est le genre d'infos qui nous mèneront au tueur. Des questions ? »

Ils ont secoué la tête en silence.

« Bien. Derrick a un dossier sur Bigham et Wright. On est encore en train de monter celui sur Trent, mais on vous donnera ce qu'on a. Peut-être que quelque chose aura du sens une fois qu'on aura ajouté Trent à l'équation. »

Après qu'ils ont hoché la tête, j'ai ajouté : « Derrick va vous aider à vous installer après que je lui aurai touché deux mots. Merci encore. »

Les volontaires sont sortis en file indienne. J'ai dit : « Remin veut que je sois à la conférence de presse. Je lui ai dit que tu devrais y être. »

« C'est bon. On a assez de boulot comme ça. »

C'était un homme meilleur que moi. « Ça, c'est sûr. Écoute, après ces conneries de com', je vais voir le meilleur ami de Trent. »

35

Roulant au pas vers l'est sur Immokalee Road, il m'a fallu toute la retenue dont j'étais capable pour ne pas allumer mon gyrophare et ma sirène. Pourquoi n'avais-je pas pris Logan Boulevard pour rejoindre la route la plus fréquentée de la ville ?

La circulation s'est fluidifiée après l'échangeur autoroutier. Je savais pourquoi Walmart, Target et une foule d'autres voulaient s'installer près des bretelles d'accès à l'I-75, mais pourquoi les urbanistes l'avaient-ils permis ? Le trafic a ralenti à l'approche de Collier Boulevard. En voyant le nouveau complexe commercial et résidentiel sur le point d'ouvrir à cette intersection, je n'osais pas imaginer à quel point ça allait empirer.

Tournant à droite, je suis entré dans Bent Creek Preserve. J'ai serpenté jusqu'à Glen Forest Drive, où vivait Jim Keystone. Les prix de tout ce qui était habitable avaient grimpé en flèche, et j'avais du mal à estimer le prix de la maison blanche et beige devant laquelle je me suis garé.

C'était une belle maison, mais il y avait trop de place

pour le garage à mon goût. J'ai emprunté l'allée multicolore jusqu'à une entrée en renfoncement.

Keystone arborait une barbe hirsute. « Inspecteur Luca ? »

« Oui. » Je lui ai montré mon insigne.

« Entrez, je vous en prie. »

Il boitillait légèrement. Un problème de hanche ? « Jolie maison. » Une baie vitrée coulissante offrait une vue imprenable sur le lac.

« Nous avons emménagé ici il y a environ quatre ans. Il y a beaucoup de familles, mais la circulation sur Immokalee est, eh bien, parfois infernale. »

« Ils sont censés construire un pont à Livingston. »

« Il va en falloir quelques-uns de plus. Quelqu'un devrait envisager de creuser des tunnels sous les routes, comme l'a dit Musk. »

Je n'étais pas sûr de voir ça de mon vivant. « Cet homme a beaucoup de bonnes idées. Saviez-vous qu'il a lancé SpaceX avant Tesla ? »

« Vraiment ? Waouh. Je pensais que c'était l'inverse. »

« La plupart des gens ne le savent pas. »

Il s'est arrêté près de la table de la cuisine. « Ça vous va ici ? »

J'aurais préféré la véranda, mais je me suis glissé sur une chaise en hochant la tête. « Que faites-vous dans la vie ? »

« De la logistique. » Il a souri. « C'est un mot chic pour dire transport. »

« Vous devez être bien occupé. »

« Il est plus facile de remonter Immokalee que de faire venir des marchandises d'Asie jusqu'ici. »

« Vous et Victor Trent étiez de bons amis. »

Il a baissé la tête. « Ouais, il va me manquer. C'est difficile de comprendre ce qui a bien pu se passer. »

« Vous avez une idée de qui aurait pu faire ça ? »

« Non. C'était un type adorable. Ça a secoué tout le monde. Je veux dire, il y a un fou qui tue des gens au hasard. Personne n'est en sécurité. »

La presse insistait sur l'hypothèse des crimes « au hasard ». Que ce soit vrai ou non, faire peur au public faisait vendre des journaux. « Nous essayons de dresser un portrait complet de M. Trent. »

Son visage s'est fait interrogateur.

« Je sais que c'était un bon ami, un bon mari et un bon père, mais tout le monde a ses petits défauts. Vous voyez ce que je veux dire ? »

« Bien sûr. J'ai ma part, moi aussi. »

« Ce que vous me direz restera confidentiel. D'accord ? »

« Merci. »

« Avait-il des liaisons extraconjugales ? »

« Écoutez, Victor n'était pas un ange. Il a eu des aventures avant de se marier, mais à ma connaissance, il s'était calmé. »

« Pas de liaisons récentes ? »

« Pas que je sache. »

« Avait-il des problèmes d'argent dont vous auriez connaissance ? »

« Il se plaignait du coût de sa maison dans les Moorings et du train de vie qu'il devait maintenir. »

« Pourquoi ressentait-il le besoin de soigner les apparences ? »

« Il disait que les gens voulaient travailler avec des gens qui réussissent. »

Je comprenais la réticence à confier son argent à quelqu'un qui n'était pas de la même classe sociale, mais ça n'avait rien à voir avec la compétence. « Il avait de gros clients. Comment les a-t-il eus ? »

« En bradant ses honoraires. C'est comme ça qu'il se constituait son portefeuille. »

« Donc, il ne gagnait pas d'argent ? »

« Pas vraiment, mais il se disait que l'argent attire l'argent et qu'il finirait par augmenter ses honoraires. »

« Sa femme était-elle au courant ? »

« J'en doute. Il ne me l'a dit qu'il y a un mois environ. Je savais que quelque chose le tracassait et, après une deuxième bouteille de vin, il s'est confié. »

Du vin ? De quelle sorte ? « Il se sentait sous pression ? »

« Je crois, oui. »

« A-t-il dit quelque chose sur ce qu'il comptait faire ? »

« Vic a dit qu'il avait quelques idées en tête. »

Des combines pour devenir riche rapidement ? « Vous en a-t-il fait part ? »

« Non. »

« Avez-vous eu l'impression qu'il allait, euh, franchir les limites ? »

« Vous voulez dire, faire quelque chose d'illégal ? »

« Ou de moralement douteux. »

Il a hésité. Savait-il quelque chose ? « Je ne sais vraiment pas. »

———

LES ROUAGES de la finance étaient un trou noir pour moi. Le peu d'argent que j'avais était soit dans la maison, soit dans des fonds communs de placement. J'ai passé en revue le Rolodex de contacts dans ma tête en rentrant chez moi.

J'étais affamé. J'allais dîner, prendre des nouvelles de Mary Ann, puis retourner au bureau.

Le son de la télévision a couvert mon entrée. J'ai appelé son nom et Mary Ann a sursauté. « Tu m'as fait peur. »

« Désolé. »

« Je ne pensais pas que tu rentrerais avec tout ce qui se passe. »

« Comment tu te sens ? »

« Bien. »

« T'es sûre ? »

« Oui, Frank. Je te le dirais si je n'allais pas bien. »

L'univers était-il en train de rééquilibrer les choses ? Pourrais-je avoir un petit coup de pouce avec ce tueur en série ?

« Je prenais juste des nouvelles. Tu as vu l'appel que j'ai lancé à la télé ? »

« Non. » Elle a attrapé la télécommande et a allumé la télé.

« Qu'est-ce que tu prépares ? »

Elle m'a pointé du doigt. « C'est toi qui grilles les burgers de dinde. Ils sont dans le frigo. »

« Fresh Market ? »

« Oui. »

Elle se sentait assez bien pour sortir à nouveau. « Bien, je vais allumer le gril. »

Je me suis dirigé vers la véranda, j'ai allumé le barbecue et j'ai allumé la télé extérieure. C'était encore la météo. Les détails sur les points de rosée et les tempêtes à des milliers de kilomètres m'échappaient. Les gens s'ennuyaient-ils à ce point pour que cela les intéresse ?

En ouvrant la porte coulissante, je me suis figé lorsque le présentateur a mentionné le fiasco de la conférence de presse du shérif. L'écran a basculé sur la vidéo du shérif à la conférence de presse.

Les mains posées de part et d'autre du pupitre, Remin a déclaré : « Ma responsabilité principale est d'assurer la sécurité des citoyens du comté. Jusqu'à ce que ce tueur soit appréhendé, nous allons déployer toutes les ressources à notre disposition.

« Bon nombre de nos efforts ne sont pas visibles du public, mais j'ai ordonné à mes services d'augmenter considérablement leur présence au sein de la communauté. Nous n'allons pas seulement être déployés en force dans les rues, mais également dans les parcs et les réserves naturelles du comté.

« Bien que cette affaire soit de la plus haute importance, le public peut continuer à vivre normalement sans crainte. Ce tueur représente une menace, mais pas une qui devrait perturber votre quotidien. Évitez de vous rendre seul dans les parcs et les réserves naturelles. En compagnie de deux ou trois amis, nous estimons que vous êtes en sécurité.

« Naturellement, restez vigilants et signalez tout ce qui vous semble inhabituel. Je vais prendre une ou deux questions. »

Une femme de grande taille s'est levée. « Carol Wakefield, pour ABC. Puisqu'il s'agit du troisième meurtre, et qui sait s'il y en a eu d'autres, pourquoi avez-vous attendu si longtemps pour prendre des mesures, comme augmenter la présence policière ? »

La caméra a fait un zoom arrière sur Remin. Son regard s'était durci. « Nous répondons à toutes les menaces ; nos services sont proactifs… »

« Excusez-moi, shérif, mais il a fallu trois meurtres pour que vous agissiez. »

« Ce n'est pas vrai, madame. Nous avons mis en place des mesures solides, dont beaucoup ne sont pas rendues publiques, pour traquer la ou les personnes responsables de ces crimes. »

« Pardonnez-moi, shérif, mais quoi que vous ayez pu faire, trois meurtres en moins d'un mois suggèrent que vous n'en faites pas assez. »

« Nous pouvons toujours améliorer nos procédures, mais permettez-moi de vous rappeler que le comté de Collier a le taux de criminalité le plus bas de tous les comtés métropolitains de l'État de Floride. »

« C'est peut-être vrai… »

« C'est un fait, madame. »

« Si vous le dites. Mais avec un tueur en série en liberté, pourquoi n'avez-vous pas sollicité l'aide de la police de l'État et du FBI ? »

Remin a désigné un autre journaliste. Alors que le jeune homme se levait, la journaliste a lancé : « Essayez-vous d'éviter un examen minutieux de la façon dont l'affaire a été gérée ? »

« Faites-la sortir de la salle. »

« De quoi avez-vous peur, shérif ? »

« De rien. C'est le coupable qui doit craindre mes services. Nous sommes à vos trousses, et vous allez devoir faire face à la justice. »

Remin est descendu de l'estrade et est sorti d'un pas furieux.

36

JE SENTAIS LE PARFUM DE MON COÉQUIPIER DEPUIS LE couloir. Il me rappelait le Polo de Ralph Lauren que mon père avait l'habitude de porter. « Bonjour. »

« Salut, Frank. »

J'ai pris le café que Derrick avait posé sur mon bureau. « Tu as vu la conférence de presse ? »

« Ouais. Il a pété les plombs. »

« Ce n'était pas une crise de nerfs. Je dirais plutôt que c'était un échange tendu. »

« C'est une bonne chose. Il y a peut-être une place pour toi aux relations publiques. »

« J'espère que Remin ne va pas commencer à prendre des décisions sur un coup de tête. »

Le téléphone de bureau de Derrick a sonné. Il a parlé une minute, a noté quelque chose et a dit : « J'arrive tout de suite. »

Il a raccroché. « On a une piste. C'était un chauffeur Uber. Il descendait Logan et il a vu une voiture garée sur le bas-côté près de la réserve de Logan. »

« À quelle heure ? »

« Deux heures du matin. »

« Ça pourrait être le tueur. »

« Attends, il y a mieux. »

Et c'était reparti pour les petits jeux que Derrick aimait tant. « Et qu'est-ce que c'est ? »

« Il a dit qu'il avait une de ces caméras qui enregistrent pendant qu'il conduit. »

« Il a une vidéo ? »

« C'est ce qu'il a dit. »

« Vas-y. Je monte voir Sully à la brigade financière. »

J'ai poussé une porte marquée FCU. Un open space, avec six bureaux, donnait sur deux bureaux privés. Avec ses huit agents à temps plein, c'était un témoignage des efforts incessants déployés pour séparer l'argent de Naples de ses résidents.

Richard Sullivan était un autre nouveau venu qui avait récemment fui les hivers rigoureux de Boston. Alors qu'il terminait un appel, je n'ai pas pu m'empêcher de penser qu'être assis derrière un bureau n'arrangeait en rien son petit ventre.

Il a raccroché. « Désolé, Frank. »

« Pas de problème, Sully. Tout va bien ? »

« Comment ça pourrait ne pas aller ? Le soleil brille et je ne porte pas de gants. »

J'ai ri. « Écoute, je fais des recherches sur la dernière victime. C'était un conseiller financier pour Bank of America. »

« Comment je peux t'aider ? »

« Il semblait bien s'en sortir, mais on dirait qu'il vivait au-dessus de ses moyens. Je n'ai aucune preuve qu'il ait fait quelque chose de mal, mais j'essaie de savoir ce que quelqu'un comme lui pourrait faire. »

« Les grosses boîtes comme Bank of America, Morgan Stanley et Goldman ont une tonne de points de contrôle. Ce serait très difficile pour lui de truquer quoi que ce soit ou de voler un client. Les petites structures indépendantes sont beaucoup plus vulnérables. »

« Qu'est-ce qu'il pourrait faire ? Pourrait-il organiser un transfert ou un virement depuis le compte d'un client ? »

« Ce serait presque impossible. Il devrait falsifier les relevés et gérer la distribution des vrais relevés. Cela nécessiterait d'impliquer quelques autres personnes dans le complot, et ça ne mettrait pas longtemps à être découvert. »

« D'accord, quoi d'autre ? »

« Le plus probable serait de vendre à quelqu'un un produit inapproprié. Ce type était un CFP ? »

« Un quoi ? »

« Un planificateur financier certifié. C'est rare, mais ils sont tenus à des normes de conduite beaucoup plus élevées. »

« Je ne pense pas. »

« D'accord. Vendre des produits qui ne conviennent pas à un client mais qui rapportent d'énormes commissions est une chose que font les mauvais éléments du secteur. Ils peuvent aussi "baratter" le compte d'un client. Ils font beaucoup de transactions, ce qui génère des commissions. »

« Et ça passe inaperçu ? »

« Oui. Jusqu'à ce que quelqu'un se plaigne. L'autre chose qu'ils pourraient faire, et ce n'est plus aussi courant qu'avant, c'est de vendre à quelqu'un une action à un centime qui est gonflée, et quand elle s'effondre, le client perd tout. »

« Comme dans ces films sur les "boiler rooms". »

« Exactement. Ils prennent une action qui se négocie, disons, à cinquante centimes, et ils en achètent un paquet. Puis ils la refourguent à d'autres pendant que le cours monte. Quand ils liquident leurs actions, le cours s'effondre. »

« Autre chose ? »

« Eh bien, les parts de sociétés privées peuvent aussi être utilisées de la même manière, et puis il y a l'escroquerie pure et simple, où on vend quelque chose qui n'existe peut-être pas ou qui est évalué de manière frauduleuse. »

Mon portable a sonné ; c'était Remin. J'ai refusé l'appel. « Donne-moi un exemple. »

« Tu possèdes une entreprise ou des parts dans celle-ci et tu la fais paraître plus performante qu'elle ne l'est. Ou avec un bien immobilier, tu fais de fausses déclarations à son sujet, et un acheteur surpaie. »

« Merci, tu m'as donné quelques pistes de réflexion. »

« Quand tu veux, Frank. »

« Je dois y aller. Remin me cherche. »

J'ai frappé à la porte et le shérif m'a fait signe d'entrer. « Fermez la porte. »

En m'installant dans un fauteuil, j'ai réalisé que Remin ne me regardait pas dans les yeux. Était-il sur le point de me passer un savon ? « Tout va bien, monsieur ? »

Il a tapoté un stylo sur le bureau. « Je suis sûr que vous l'avez vue. »

« Je ne suis pas sûr de ce à quoi vous faites référence. »

« La conférence de presse. »

J'ai hoché la tête.

« Je me suis ridiculisé et j'ai ridiculisé ce service. »

« Elle a dépassé les bornes, monsieur. »

« Ça ne justifie pas ma réaction. Elle a porté une accusation, et au lieu de répondre calmement, je suis rentré dans son jeu. »

Il avait raison. Des choses comme ça arrivent tout le temps. On ne peut pas les contrôler, mais on peut gérer sa réaction. En tant qu'agent des forces de l'ordre, il était encore plus important de garder son sang-froid, sans quoi les situations pouvaient dégénérer. « Nous sommes humains, monsieur. »

« C'était un manque de professionnalisme, et le conseil municipal me tombe dessus. La presse harcèle les membres à ce sujet, et il faut que ça se calme avant que ça ne devienne le sujet principal. »

« Comment puis-je vous aider, monsieur ? »

« J'ai besoin que vous soyez le visage du service pour cette affaire. »

« Moi ? Je ne suis pas bon avec la presse et... »

« Vous êtes notre enquêteur principal de la brigade criminelle. Vous êtes en charge de l'enquête, et c'est à vous de coffrer l'auteur des faits. »

« Oui, et nous l'aurons, mais ce serait une distraction. J'ai besoin de me concentrer sur la résolution de l'affaire. »

« Vous avez travaillé à la criminelle dans le Jersey, n'est-ce pas ? »

Je savais où il voulait en venir. « Oui. »

Il a souri. « Vous m'avez dit à plusieurs reprises que vous gériez plusieurs affaires en même temps, n'est-ce pas ? »

J'ai acquiescé.

« Vous avez une seule affaire en ce moment, et gérer la presse ne prendra pas beaucoup de temps. Vous tenez une conférence de presse, vous faites court, et c'est tout. »

Mes épaules se sont affaissées.

« Tout ira bien. Je vais la programmer pour cet après-midi. »

« D'accord, monsieur. »

« Merci. Je vous en dois une. »

J'ai mis cette dette de côté, en espérant ne pas avoir à la réclamer.

DERRICK AFFICHAIT UN SOURIRE JUSQU'AUX OREILLES. « La coqueluche des médias est arrivée. Où est ton cortège ? »

« Ouais, c'est ça. Je ne referai plus jamais ça. »

« Pourquoi ? Tu as été génial. » Il a brandi l'édition du matin du *Naples Daily News*. Le gros titre en première page annonçait : « L'inspecteur Luca promet de coincer le tueur de la Réserve. » « Ils t'adorent. »

J'ai siroté mon café. « Arrête un peu. »

Derrick s'est mis à lire le journal. « Frank Luca, un inspecteur de la brigade criminelle à la beauté de star de cinéma, a tenu une conférence de presse, jurant de traquer le tueur en série de la Réserve. »

« Oh, mon Dieu, c'est une blague ? »

« Attends, il y a mieux. » Il a continué sa lecture : « Le ton de Luca était une bouffée d'air frais après le briefing du shérif Remin. Cet échange avait rapidement dégénéré lorsqu'un journaliste d'ABC l'a interrogé. Luca a défendu le shérif, insistant sur le fait que le département avait pris diverses mesures pour pincer le tueur. Le vétéran s'est montré convaincant, faisant allusion à plusieurs initiatives qui, selon lui, porteront leurs fruits. Luca a projeté une aura de confiance dont la population effrayée avait cruellement besoin. »

J'ai secoué la tête.

Derrick a souri. « Tu as sauvé la mise. »

« Ouais, maintenant, tout ce qu'on a à faire, c'est de choper ce salaud. »

« Le labo essaie d'améliorer les images de la vidéo du Uber. La qualité n'était pas terrible. »

J'ai secoué la tête. « S'il n'y a pas les pixels, on ne peut pas faire de miracle. On doit travailler avec ce qu'on a. »

« Fallait-il que ce soit une Honda ? »

« Et blanche, en plus ? »

« La moitié des voitures en Floride sont blanches. »

« Sans aucun doute. Demande au service des immatriculations de lancer une recherche sur les Honda blanches dont la plaque commence par un K et contient un Z. On va réduire la liste et commencer à frapper aux portes. »

« La liste ne peut pas être si longue. »

« Tu sais te servir d'un tableur. Tu peux trier les données avec l'âge des propriétaires ? Si on a de la chance, on en rayera quelques-uns de la liste. »

« Je m'en occupe. »

« Quel genre de voiture avait le chauffeur de Uber ? »

« Je ne sais pas trop. Pourquoi ? »

« Qu'est-ce qu'il faisait là-bas à deux heures du matin ? »

« Il avait une course. Il a pris un étudiant dans un bar du Gulf Coast Shopping Center qui habite près de Sycamore Drive. »

« Il faut qu'on vérifie ça. Il pourrait essayer de nous égarer. »

« Je m'en charge. »

« Pas maintenant, la priorité, c'est la Honda. Dis-leur qu'on en a besoin immédiatement. S'ils font des histoires, je demanderai à Remin de les appeler. »

« Remin ? On n'a pas besoin de lui, on a le beau Luca. »

J'ai froissé une feuille de papier et la lui ai lancée. « Fais pas le malin. Je vais au bureau de Trent. Voir ce que je peux découvrir sur lui. »

En traversant Neapolitan Way, je suis entré dans le quartier de Park Shore. La Bank of America occupait un immeuble de quatre étages en verre et en stuc blanc, construit il y a vingt ans.

Trent avait un bureau au deuxième étage. Le directeur du complexe, Floyd White, avait environ soixante ans. Il m'a salué avec un accent traînant et familier. En lui serrant la main, je l'ai tout de suite catalogué comme venant du Tennessee.

« Si nous passions dans mon bureau, inspecteur. »

« Volontiers. »

Mon téléphone a vibré alors que je le suivais. « Vous voulez un café ? »

« Non, merci. »

Il a remonté son pantalon avant de s'asseoir. « C'est une période bien triste pour nous. Victor était un garçon sympathique. »

« Je m'intéresse aux relations qu'il entretenait avec ses collègues, ses clients et ses concurrents. »

« C'était quelqu'un de conciliant, qui ne faisait pas de vagues. Parfois, une directive arrive de Charlotte et elle n'a pas forcément de sens. Je me prenais des réflexions de la part du personnel, mais jamais de Victor. »

« Avait-il perdu des clients récemment ? »

« Pas à ma connaissance. »

« Et des plaintes contre lui, au cours de la dernière année ? »

« Je crois qu'il y en a peut-être eu une, mais ce n'est pas inhabituel dans ce métier. Vous comprenez, quand vous gérez l'argent des gens, ils s'énervent pour des broutilles. »

« C'était à quel sujet ? »

« Si je me souviens bien, une dame n'était pas contente de ne pas pouvoir obtenir les avantages dont profitait une de ses amies. Je lui ai expliqué qu'elle n'avait pas les actifs requis pour y prétendre. Vous savez comment sont les gens : ils ont cinquante mille sur un compte et, eh bien, ils veulent être traités comme la reine d'Angleterre. » Il s'est mis à rire.

Mon téléphone a vibré de nouveau. C'était Derrick. J'ai rejeté l'appel, et avant que je ne le range, il m'a envoyé un texto : « Appelle-moi. On est près du but pour la voiture. »

Je me suis levé. « Je suis désolé, mais j'ai un imprévu. Je vous serais reconnaissant de vous renseigner sur toute personne avec qui M. Trent aurait pu avoir un problème. »

« Bien sûr. »

« Demandez également à vos collègues. »

Évitant l'ascenseur, j'ai descendu les escaliers quatre à quatre. En poussant la porte du hall d'entrée, j'ai sorti mon téléphone et ai rappelé Derrick.

« Qu'est-ce que tu as ? »

« On a reçu la liste du service des immatriculations et on l'a triée, en éliminant quelques personnes âgées. »

« Il y en a combien ? »

« Fais une estimation. »

Pff. « Deux. »

« Presque. Il n'y en a que trois. Tous des hommes, caucasiens, et âgés de trente à quarante-six ans. »

« Ça correspond au profil. »

« Je sais. On dirait qu'on a un coup de chance. »

« Garde ça pour toi. Je ne veux pas que quelqu'un nous file entre les doigts. »

« Je n'ai rien dit à personne. Écoute, ce journaliste, Jimmy Braun du *Daily News*, a appelé trois fois au cours des vingt dernières minutes, il dit qu'il doit absolument te parler. »

« Tu penses qu'il est au courant pour la voiture ? »

« À moins qu'il ait un contact au service des immatriculations qui lui file des tuyaux, je ne vois pas comment. »

« Donne-moi son numéro, je l'appellerai en rentrant. »

L'indicatif était le 239, un numéro local. J'ai mis le contact et j'ai composé le numéro. Alors que la sonnerie retentissait dans les haut-parleurs de la voiture, j'ai démarré. « Rédaction. »

« Jimmy Braun. »

« C'est lui-même. Qui est à l'appareil ? »

« Inspecteur Luca. Vous m'avez appelé ? »

« En effet. J'ai reçu un appel il y a environ une demi-heure. C'était quelqu'un qui prétendait être le tueur de la Réserve. »

Mon sang s'est figé dans mes veines. « Qu'est-ce qu'il a dit ? »

« Il a dit de vous passer un message. Il a dit que vous ne l'attraperez jamais. »

J'ai allumé mes gyrophares et je me suis garé sur le bas-côté. « C'était une voix d'homme ? »

« Difficile à dire. Il utilisait une sorte d'application pour modifier la voix. »

« Un accent décelable ? »

« Je ne crois pas. »

« Qu'a-t-il dit d'autre ? »

« C'était tout. C'est tout ce qu'il a dit. »

« C'est tout ? »

« Oui, il a raccroché juste après. L'appel n'a pas duré plus de vingt secondes. »

Le tueur savait ce qu'il faisait. « Et des bruits de fond qui pourraient m'indiquer d'où il appelait ? »

« Eh bien, j'ai entendu comme une corne de brume, vous savez, le genre qu'on trouve sur les bateaux ? »

« Oui. Autre chose ? »

« Je ne sais pas, il y avait peut-être des gens qui parlaient en fond sonore. »

« Vous n'enregistrez pas les appels, n'est-ce pas ? »

« Non. Ça découragerait ce genre d'appels. »

« D'accord. Prévenez-moi s'il rappelle. »

« Je n'y manquerai pas, mais nous allons publier l'info. Souhaitez-vous faire un commentaire ? »

J'ai ravalé un non. Il fallait le pousser à se manifester, qui que ce soit. La chose la plus provocante qui me soit venue à l'esprit a été : « Dites-lui que je me fiche de ce qu'il pense. On va le traduire en justice, et ça ne prendra pas longtemps. »

38

Une camionnette de WINK News était garée devant le poste. Je me suis garé sur le parking du palais de justice, j'ai traversé une pelouse et je suis entré par une porte de service.

En retirant ma veste, j'ai dit : « Le *Daily News* a reçu un appel de quelqu'un qui prétend être le tueur. »

Derrick s'est levé d'un bond. « Merde alors ! »

« Il a dit qu'on ne l'attrapera jamais. »

« C'est des conneries. Un homme ou une femme ? »

Je lui ai dit que l'appelant avait déguisé sa voix et raccroché rapidement. « Mon contact a dit qu'il a entendu une corne de brume en fond sonore et des gens qui parlaient. »

« Peut-être près d'un quai ou quelque chose du genre. »

« C'est ce que je me suis dit ; ça pourrait être le quai de Naples. Parfois, il y a foule quand un bateau de croisière accoste. On devra vérifier s'il y a des vidéos des commerces du coin. »

« Si on arrive à faire le lien avec l'un de ces types qui possèdent ces Honda, on sera sur la bonne voie. »

« Au boulot, alors. Qu'est-ce que tu as ? »

« J'ai éliminé deux conducteurs âgés et les voitures antérieures à 2018. Ils ont changé l'arrière de la voiture, en utilisant des feux différents. Il n'en reste que trois. »

« Beau travail. »

« Voilà les dossiers du service des immatriculations. »

Derrick a étalé trois feuilles sur le bureau. Il en a pointé une du doigt. L'homme avait une cicatrice qui descendait le long de son front pour s'arrêter à un sourcil. « Je parie sur Brad Bailey. Il a un casier. Devine pourquoi ? »

« Pour ne pas avoir payé sa limonade à un stand de gamins ? »

Derrick a ricané : « Voies de fait graves. »

« Arme mortelle ? »

« Il a défoncé deux crânes avec la crosse de son flingue. »

Ce n'était pas une attaque à l'arme blanche, mais c'était une preuve solide de sa violence et du fait qu'il n'avait pas peur de se servir d'une arme. « Tu tiens peut-être le bon. »

J'ai pris la deuxième feuille. « Mel Frost. Un nom qui ne sonne pas très floridien. Un casier ? »

« Rien, à part une conduite en état d'ivresse. »

Il était négligent. Le tueur ne l'était pas. « Il a des yeux bizarres. Un regard mauvais. »

« Flippant. »

J'ai échangé le document contre le dernier. « Gene McGovern. Quelque chose sur lui ? »

« Casier vierge. Juste une mention, un incident de rage au volant il y a deux ans, mais aucune charge n'a été retenue. »

« Il a des problèmes de colère, mais… »

« Tu veux commencer par Bailey. »

« Ouais. Essaie de le localiser. Je dois parler à Remin de l'appel et lui demander de l'aide pour obtenir des mandats. On a besoin d'un accès aux patients de Bigham et de savoir pour qui Trent gérait de l'argent. »

« Ça aiderait bien. »

« Je reviens dans cinq minutes. »

« Je te rejoins sur le parking. »

Après avoir vu le shérif, j'ai sauté sur le siège passager.

Derrick a demandé : « Qu'est-ce que Remin a dit ? »

« Il a dit qu'il parlerait aux procureurs et rédigerait les demandes de mandat. »

« Il pense qu'on les obtiendra ? »

« Il a dit que c'était probable. »

« Parfait. Et pour le message ? Le shérif pense que c'est authentique ? »

« Oui. Remin a dit que j'avais mieux géré la situation que lui ne l'aurait fait. Il a apprécié que je lui tienne tête, il a dit que ça pourrait le pousser à reprendre contact. »

« Ou à tuer de nouveau. »

« Je sais. C'est ce que je crains. » J'avais pensé à appeler la docteure Bruno pour avoir son avis sur la probabilité que le tueur frappe à nouveau pour montrer qu'il pouvait tuer à sa guise.

« On devrait peut-être les surveiller, ces trois-là. »

« Bonne idée, mais ils seront sur leurs gardes après notre visite. »

« On aura peut-être un coup de chance. »

J'ai ricané : « La chance n'est qu'une conséquence du travail acharné. »

« C'est vrai. »

« Si on fait chou blanc avec ces trois-là, on va devoir

s'intéresser aux Honda immatriculées dans le comté de Lee. »

« Espérons que non. La liste serait vachement plus longue. »

« Arrête-toi. »

« Qu'est-ce qui se passe ? »

J'ai sorti mon téléphone. « Je veux appeler la docteure Bruno avant qu'on ne rencontre un de ces types. »

Elle a décroché à la troisième sonnerie. « Docteure Bruno. C'est Frank Luca à l'appareil. »

« Bonjour, monsieur Luca. Comment allez-vous ? »

« Bien. Écoutez, je travaille sur l'affaire du Tueur de la Réserve. »

« J'ai vu ça aux informations. »

« Eh bien, quel qu'il soit, il a contacté le journal pour envoyer un message. Il m'a fait dire qu'on ne l'attraperait jamais. J'ai répondu que si, j'y arriverais, en essayant de le faire sortir du bois. Mais maintenant, on s'apprête à interroger deux nouvelles pistes, et je veux être sûr de ne pas le provoquer à tuer de nouveau. »

« Je vois. »

« Pouvez-vous m'éclairer ? »

« C'est difficile à évaluer sans… »

« Partons du principe que c'est une sorte de psychopathe. Des conseils à me donner quand on leur parlera pour être sûrs de ne pas les pousser à tuer ? »

« Je ne peux vous donner que des règles générales. »

« C'est suffisant. »

« Vous devez garder le contrôle de vos émotions. Si vous êtes frustré ou en colère, ne le montrez pas. Et ne montrez jamais que vous pourriez être intimidés par eux. »

« D'accord. Autre chose ? Qu'est-ce qui les déclenche ? »

« Ça varie, mais il est important de noter qu'à part la rage, les psychopathes ont tendance à montrer peu d'émotions. Le manque de sentiments et d'empathie est un signe caractéristique. Cependant, quand ils se mettent en colère, cela peut se manifester par une rage agressive. »

J'ai terminé l'appel et j'ai raccroché. « En gros, on est livrés à nous-mêmes. Sers-toi de ton jugement, mais ne montre aucune émotion. »

Juste après l'aéroport, nous avons tourné sur Esty Avenue. Brad Bailey habitait près du complexe de l'Armée du Salut, dans une maison bleue dont la peinture avait viré au gris. En approchant, nous avons entendu une télévision hurlant un événement sportif.

Bailey avait un abdomen épais, mais il était solidement bâti. Il n'aurait eu aucun mal à maîtriser n'importe laquelle des victimes. Je ne prétendais pas savoir qui était attiré par qui, mais je ne voyais pas le docteur Bigham avec ce colosse.

Il ne nous a pas invités à entrer. « Qu'est-ce que vous voulez ? »

« Où étiez-vous mardi soir ? »

« Mardi ? Euh, j'étais sorti boire un verre. »

« Où ça ? »

« À plusieurs endroits. »

« Des noms. »

« L'Old Naples Pub et le Sweetwater's. »

Ça faisait beaucoup de terrain à couvrir. « Qui était avec vous ? »

« Des amis. »

« Vous allez souvent dans ces endroits ? »

« Ouais. Et qu'est-ce que ça peut vous faire ? »

« Vous connaissiez bien Melissa Wright ? »

Son œil droit a eu un tic. « Elle était serveuse au Sweet-water's. »

Il n'a pas répondu à la question. « À quel point la connaissiez-vous bien ? »

« Pas plus qu'un autre. C'est vraiment dommage ce qui lui est arrivé. »

« À votre avis, vous connaissez quelqu'un qui aurait pu faire ça ? »

« De quoi vous parlez ? C'était ce type, Ryan. »

« Peut-être. Vous êtes marié ? »

« Divorcé. Pourquoi ? »

« Vous avez une MINI Cooper ? »

« Une MINI ? Je ne rentre pas dans ces petites saloperies. »

Il n'avait pas tort. « Vous consultez le Dr Bigham, n'est-ce pas ? »

« Je n'ai pas de médecin traitant. Je vais aux urgences quand j'ai besoin. »

« Quel est votre métier ? »

« Je suis mécanicien. »

« Où ça ? »

« Chez Tuffy's, à North Naples. »

« Qu'est-ce que vous faisiez sur Logan Boulevard mardi, au milieu de la nuit ? »

« Logan ? Je ne me souviens pas d'être allé par là. »

« Vous connaissiez Victor Trent. »

Son visage s'est assombri. « Trent ? Attendez, ce n'est pas le dernier type que le Tueur de la Réserve a eu ? »

J'ai hoché la tête. Ce n'était pas le genre d'homme que j'aurais voulu que ma fille me ramène à la maison, mais je ne pensais pas non plus que c'était le tueur.

39

Mon moral est remonté en flèche alors que nous filions sur Airport Pulling Road. « Pas de circulation ? Est-ce un présage ? »

Derrick a ri. « Les dieux du crime nous accordent un répit. »

« Il était temps. Ralentis, on y est presque. »

Nous avons traversé un canal pour entrer dans Banyan Woods. Derrick a brandi son insigne et le garde a levé la barrière. « Il est sur Post Oak Lane. »

Il y avait plus d'espaces verts que d'habitude. Le lotissement avait été construit bien avant que Naples ne connaisse une telle croissance. Des poubelles s'alignaient des deux côtés de la rue. La maison de Gene McGovern donnait sur un lac. Deux palmiers se dressaient telles des sentinelles de chaque côté de la porte.

Le pépiement des oiseaux couvrait le bruit de la circulation tandis que nous approchions. « On dirait un quartier habité à l'année. »

« Ouais. Lynn a une amie qui vit ici avec ses deux enfants. »

Des cernes sous les yeux, se tenant en retrait, McGovern portait un pull et un pantalon long. Il faisait dans les vingt-huit degrés. La maison était orientée au nord. J'ai jeté un œil par-dessus son épaule ; le soleil n'entrait pas assez ?

Deux photos de pygargues à tête blanche encadraient le hall d'entrée. Nous l'avons suivi dans une cuisine éclairée au néon. C'était peut-être l'éclairage, mais le visage de McGovern semblait blafard. S'aventurait-il parfois dehors ?

Derrick a dit : « Merci de nous recevoir. »

« Je ne vois pas pourquoi la police voudrait me parler. »

J'ai répondu : « Nous parlons à beaucoup de gens. Commençons. Êtes-vous marié ? »

« Non, ma femme s'est barrée quand je suis tombé malade. »

Elle avait dû zapper le passage « dans la maladie comme dans la santé ». Je compatissais. Peut-être que la dépression le retenait à l'intérieur. « Que faites-vous dans la vie ? »

« Je suis à la retraite. »

Il était trop jeune pour ça. « Que faisiez-vous ? »

« Je spéculais sur les devises. »

« Beaucoup de pression ? »

« Ça a failli me tuer. On peut gagner beaucoup d'argent, mais on peut le perdre tout aussi facilement. »

« J'imagine que vous vous en êtes bien sorti si vous n'avez plus besoin de travailler. »

« Je ne mène pas la grande vie. »

« Ça ne vous dérange pas que je vous demande, ma femme et moi cherchons un nouveau conseiller financier. Avec qui travaillez-vous ? »

« J'utilise des fonds indiciels. Personne ne peut battre le marché année après année. »

« J'ai entendu ça. Alors, que faites-vous de votre temps libre ? »

« Je suis bénévole pour Rookery Bay. Ils ont un département ornithologique et ça me permet de sortir. »

L'image de lui avec un chapeau de brousse, couvert de la tête aux pieds, m'a traversé l'esprit. « Allez-vous parfois à la réserve sur Logan ? »

« C'est où, ça ? »

« Au croisement avec Vanderbilt Beach Road. »

« Ah, oui. Je vois où c'est. »

« Vous n'y êtes jamais allé ? »

« Non. »

« Votre voiture a été vue là-bas mardi dernier. »

« Vraiment ? »

« On l'a sur une caméra de surveillance. »

Il a demandé : « Pourquoi vérifieriez-vous ça ? »

« Quelqu'un a été tué à la Logan Preserve. »

« Ah oui, j'en ai entendu parler. C'est terrible. »

Pas la réponse que j'attendais. « Que faisiez-vous si loin là-bas ? »

« J'ai peut-être dû passer devant en voiture. »

« Au milieu de la nuit ? »

« Je souffre d'insomnie. Conduire empêche mon esprit de tourner en boucle ; ça me détend. »

« Quel médecin consultez-vous pour ça ? Ma femme a du mal à dormir. »

« Rien ne fonctionne. Leur solution, c'est de distribuer des somnifères. »

« Avez-vous déjà entendu parler d'un certain Dr Bigham ? »

« Non. Je ne crois pas. »

Nous en avons terminé avec McGovern et sommes remontés dans la voiture. Derrick a dit : « T'en penses quoi ? »

« Il était un peu trop désinvolte. Presque comme s'il se forçait à paraître détendu. »

« Je n'ai pas eu cette impression. Il est probablement innocent. »

« Voyons ce qu'on obtient avec Mel Frost. »

« Je n'en reviens pas de ce nom. Peut-être que sa famille vient du Minnesota. »

J'ai ri. « Ça collerait bien. Écoute, après Frost, il faut qu'on apporte les photos de ces trois-là chez Alice Sweetwater's, pour voir si quelqu'un les reconnaît. »

En arrivant au portail de Forest Glen, j'ai dit : « Je suis déjà venu ici. Et toi ? »

Derrick a répondu : « Non. Mais j'ai entendu dire que c'est une résidence immense. »

« Quelque chose comme deux cent quarante hectares. »

Située sur Collier Boulevard, une longue route d'accès offrait un joli retrait, débouchant sur une réserve luxuriante d'un côté et un long lac de l'autre. Frost vivait dans une maison mitoyenne sur Periwinkle Way. C'était dans la partie la plus au nord de la résidence, après un autre rond-point.

Une aigrette se tenait immobile comme une statue à droite de l'allée. Ses plumes d'un blanc de neige m'émerveillaient encore. Elle s'est éloignée de quelques pas d'autruche à notre approche. L'appartement de Frost était au deuxième étage et donnait sur une réserve.

Derrick m'avait dit que Frost s'était montré impoli en essayant d'esquiver notre visite. Quand il est devenu évident qu'elle aurait lieu, il était devenu amical.

Frost a poussé la porte. « Entrez donc. Je peux vous offrir quelque chose à boire ? »

Déclinant son offre, nous sommes entrés. L'odeur caractéristique d'un homme vivant seul m'a empli les narines. La seule lumière naturelle provenait d'une paire de baies vitrées dont des stores verticaux couvraient la majeure partie du verre. C'était trop sombre à mon goût.

Il a désigné un canapé en cuir en se laissant tomber dans un fauteuil inclinable. En m'asseyant, mon regard s'est porté sur deux magazines : *Florida Sport Fishing* et *Angler's Journal*. Frost était un pêcheur.

J'ai montré les magazines du doigt. « Vous aimez pêcher ? »

« Ouais. Dès que je peux. »

C'était une activité de solitaire. « Je ne pêche pas beaucoup. Mais je comprends l'attrait de la chose. »

« Vous n'êtes pas venus pour parler de pêche, alors que vouliez-vous me demander ? »

Son sourire détonnait sur son visage. Ses yeux ne parlaient pas, mais les siens hurlaient la haine. Si je n'avais pas vu la photo de son permis de conduire, j'aurais attribué ça à une aversion pour les flics. « Que faites-vous dans la vie ? »

« Je travaille pour FPL, je relève les compteurs. »

C'était un boulot de solitaire. « C'est une bonne entreprise ? »

« Pour être honnête, ils sont nuls. »

Il y avait une pointe d'amertume dans sa voix. « Ils n'ont pas apprécié votre conduite en état d'ivresse ? »

Son visage s'est fermé. « À votre avis ? J'ai dû claquer cinq mille dollars dans un avocat pour récupérer mon poste. »

Il avait de la chance qu'ils l'aient réembauché. « Quel est votre secteur ? »

« Je n'en ai pas. Je suis volant, je remplace n'importe quel connard qui ne s'est pas pointé. »

« Vous travaillez dans le quartier des Vineyards ? »

« Ouais, j'y étais il y a quelques jours. »

« À quelle heure ? »

« Pratiquement toute la journée. Il y a deux mille baraques là-bas. »

« Votre voiture a été vue près de Logan Preserve. »

« Quoi, vous me filez ? »

« Vous connaissez Victor Trent, n'est-ce pas ? »

« Non. »

« Vous en êtes sûr ? »

Une lueur malveillante, qu'un acteur aurait adoré pouvoir reproduire, a brillé dans ses yeux. « Je vous ai dit que je ne le connais pas. »

« Vous alliez voir le Dr Bigham… »

« Non, non. Pas elle. Mon médecin, c'est le Dr Samuelson. Ils sont dans le même cabinet médical. »

« Oh, nous n'avons pas eu le détail, juste une liste des patients du cabinet. Les règles de confidentialité, vous connaissez. »

Il a hoché la tête. « C'est fou ce qui lui est arrivé. Vous pensez que c'est un de ses patients ? »

« Nous étudions cette piste. »

« Je ne l'ai jamais consultée, pas une seule fois. J'ai eu cet autre médecin, euh, un certain Fredricks, ou quelque chose comme ça. »

« Le Dr Fredrickson. »

« Ouais, c'est lui. Il était correct. »

Nous avons continué à jouer au chat et à la souris encore

un moment, avant que je ne me lève. « Merci pour votre temps, Monsieur Frost. »

Une fois remontés dans la voiture, Derrick a dit : « Je suis surpris que tu aies mis fin à l'interrogatoire. »

« Je ne voulais pas le mettre sur ses gardes plus qu'il ne l'est déjà. »

« Il faut qu'on vérifie les enregistrements des caméras de sécurité au portail. Voyons s'il sort vraiment tard le soir. »

« Vois avec les gardes. À cette heure-là, ils doivent être au courant de ses excursions nocturnes, si elles sont réelles. »

« Ça marche. Et pour la référence à Bigham ? Il devait la connaître. »

« On vérifiera, c'est sûr. Mais d'abord, essayons d'identifier qui a passé l'appel au journal. »

40

DERRICK ÉTAIT AU TÉLÉPHONE AVEC FOREST GLEN QUAND Freddy Garcia est entré dans le bureau. « Salut, Frank. Voilà les enregistrements de deux endroits près du Naples Dock. »

J'ai pris les enveloppes des mains du volontaire. « Merci. »

« Je leur ai dit de couper la vidéo trente minutes avant et après l'appel. »

« Super. C'est sympa de ta part. »

« J'espère que ça aidera. »

J'ai ouvert une enveloppe portant la mention The Boathouse on Naples Bay et j'en ai sorti une clé USB étiquetée Entrée/Parking. Ça faisait un bail que Mary Ann et moi n'étions pas allés dans ce restaurant. Si on avait la bonne table, la vue rendait le repas encore meilleur.

Alors que j'insérais la clé USB dans mon ordinateur, Derrick a raccroché. « Frost est un oiseau de nuit. Ils ont dit qu'il sort quatre à cinq fois par semaine en plein milieu de la nuit. »

« Mais est-ce qu'il se contente de tourner en voiture ou pas ? »

« C'est toute la question. On doit creuser. » Il a contourné son bureau. « Les images de surveillance ? »

« Ouais, ça vient du Boathouse. » Il n'y avait pas âme qui vive sur l'image.

« Cet endroit peut être bondé. On a de la chance que ce ne soit pas l'heure du déjeuner. »

J'ai mis la vidéo en vitesse x2. « Je ne comprends pas les gens qui attendent une heure pour avoir une table. Nulle part. »

« J'imagine qu'ils vont au bar, en attendant. »

« Si je buvais pendant une heure sans manger, je serais complètement saoul. Ça me couperait l'appétit. »

« Tu ne joues pas dans la cour des grands, Frank. »

J'ai gardé les yeux rivés sur l'écran. « Tu as raison. Mais le mieux, c'est que je n'en ai aucune envie. »

« Mais toi et Bilotti, vous allez à ces trucs de dégustation de vin. »

« Oui, mais le vin, c'est différent. » J'ai souri. « Du moins, c'est ce que je me dis. »

Il a ri et j'ai dit : « Ce type me dit quelque chose. » J'ai mis sur pause et j'ai zoomé.

« Je ne crois pas le connaître. »

Je me suis penché vers l'écran. « Moi non plus. » J'ai relancé la lecture et j'ai regardé le reste sans rien trouver d'intéressant. J'ai inséré la clé suivante, celle du Dock at Crayton Cove.

Derrick a demandé : « Tu y vas ? »

« Non. »

« Ils ont ce Great Dock Burger. Je l'adore. Il est servi avec une sauce maison qui rendrait du carton délicieux. »

« C'est lui ! » J'ai mis sur pause. « Aucun doute, c'est McGovern. Il a même mis un pull. »

« Putain de merde ! »

En ralentissant la vidéo, nous avons regardé McGovern remonter un sentier bordé de pilotis et entrer dans le restaurant.

« Oui, mais l'horodatage indique vingt minutes avant l'appel. »

« Peut-être que la caméra n'est pas à l'heure ou que le type du journal s'est trompé. »

Nous fixions l'entrée. J'ai dit : « Voilà quelqu'un. » Un employé est apparu et a allumé une cigarette.

« C'est une heure bizarre pour déjeuner. »

« Mon pote aimait dire que l'estomac n'a pas de montre. »

« C'est vrai. Le voilà qui arrive. »

Nous avons observé McGovern de dos. Il a frôlé le fumeur et a disparu du champ de la caméra. « Il va passer l'appel. Ça colle. »

« On le tient, ce salaud. »

« Ça ne suffit pas. Il nous faut des preuves matérielles. »

« Tu veux qu'on l'interroge ? »

« Non. Il va se terrer si on fait ça. Allons chez lui. Voyons ce qu'il dit sur sa présence dans le secteur. Il pourrait se trahir. Sinon, on demandera un mandat pour perquisitionner sa maison. »

« On y va. »

Je lui ai lancé les clés. « Tu conduis. Je veux prendre des nouvelles de Mary Ann. »

« Elle va toujours bien ? »

« C'est ce qu'elle dit. »

« Tu crois qu'elle te cache quelque chose ? »

« Pas vraiment, mais comme disait le président Reagan : "La confiance n'exclut pas le contrôle." »

Il a ricané. « Elle va s'en sortir. »

« Et toi, alors ? Tu bouges comme un lycéen. »

« Les nouveaux médocs ont vraiment fait une différence. »

Entre les médicaments expérimentaux de Mary Ann et le revirement de Derrick, j'étais aux premières loges pour constater les progrès réalisés par l'industrie pharmaceutique. Malheureusement, ce n'était pas donné. « Ils coûtent cher ? »

« Ce n'est pas excessif. Mon reste à charge est de quarante-cinq dollars, mais je paierais dix fois plus s'il le fallait. »

J'ai gardé la bouche fermée. Même si la comparaison était impossible, à dix fois ce prix, c'était encore un quart de ce que nous payions pour les injections de Mary Ann. J'ai sorti mon téléphone. « La douleur, ce n'est pas une partie de plaisir. »

Nous avancions au pas sur Airport-Pulling Road. Ma chance était-elle en train de tourner ? J'ai vu le panneau de Banyan Woods. Tandis que nous approchions du portail, mon cœur s'est mis à battre plus vite. J'ai repassé mentalement notre première conversation avec McGovern.

Un paysagiste avait garé son camion et sa remorque devant la maison de McGovern. Je ne savais pas ce qui était le pire : le bruit assourdissant des souffleurs ou l'odeur d'essence qu'ils dégageaient.

Les sourcils de McGovern se sont haussés quand il a ouvert la porte. « En quoi, euh, puis-je vous aider ? »

J'ai joué la carte de Columbo. « Nous avons oublié de vous poser une question hier. »

Ses épaules se sont détendues. « Je n'ai pas beaucoup de temps. J'ai un rendez-vous chez le médecin. »

J'allais lui suggérer de demander une injection de B12 pour lui redonner des couleurs. « Ça ne sera pas long. »

McGovern s'est écarté et a refermé la porte derrière nous. Il n'a pas bougé du vestibule. « Quelle est votre question ? »

« Vous étiez près du Naples Dock il y a deux jours. »

Il a déplacé son poids. « Oui. Et en quoi cela vous regarde-t-il ? »

« C'est le jour où quelqu'un se faisant passer pour le Tueur de la Réserve a appelé le *Naples Daily News* pour dire qu'on ne l'attraperait jamais. »

« Et alors ? »

J'ai tenté ma chance. « L'appel a été localisé dans le secteur du Naples Dock. »

« Et alors ? Il y a des tas de gens là-bas. C'est un aimant à touristes. »

Derrick est intervenu : « Que faisiez-vous au Dock at Crayton Cove ? »

C'était une erreur. Il n'aurait jamais dû lui faire savoir que nous savions qu'il était là.

« Je suis allé manger. Y a-t-il une loi que j'aurais enfreinte ? »

« Qu'avez-vous mangé ? »

« Le contenu de mon assiette ne vous regarde en rien. »

Je voulais lui dire de se mettre au steak, que ça pourrait lui redonner des couleurs, quand Derrick a dit : « Vous devez manger vite. Vous êtes entré et sorti en dix minutes. »

« Si vous tenez absolument à le savoir, je suis entré pour faire une réservation. Est-ce acceptable dans votre univers ? »

« À quelle heure êtes-vous rentré ? »

« Je ne suis pas rentré. Il n'y avait rien de disponible avant vingt heures et je déteste dîner tard. »

Nous avions ça en commun. « D'où avez-vous appelé ? »

Son hésitation en disait long. « Je n'ai pas appelé. »

J'allais lui dire que j'obtiendrais un mandat, mais il fallait qu'il se sente à l'aise, persuadé qu'il nous avait semés. « Très bien, monsieur McGovern. Vous avez répondu à nos questions de manière satisfaisante. Nous sommes désolés de vous avoir dérangé. »

Il a hoché la tête et a ouvert la porte en grand. Je suis sorti au soleil, convaincu qu'il y avait de fortes chances que McGovern soit notre homme.

41

J'AI REFERMÉ LE DOSSIER DE L'AFFAIRE EN DISANT : « J'AI l'impression qu'on fait un puzzle sans pouvoir assembler le cadre. Il nous manque un truc. »

« On va le trouver », a dit Derrick.

Un bénévole est entré avec une épaisse enveloppe kraft. J'ai demandé : « Qu'est-ce que vous avez là ? »

« La liste des patients du Dr Bigham. »

Il me l'a tendue. « Elle est plus épaisse que ce que j'espérais. »

« Vous voulez que je la reprenne ? »

« Ce n'est pas parce que vous êtes bénévole que ça vous donne le droit de faire le malin, Ramirez. »

« Ouais, ça, c'est *mon* rôle ici », a dit Derrick.

« Décidément, tout le monde est comique, ici. »

« Allez, messieurs, bonne journée. »

J'ai fait glisser le rapport de près de trois centimètres d'épaisseur hors de l'enveloppe. « On va devoir se partager ça. »

« On ne peut pas en avoir une version numérique ? On pourrait chercher des noms précis en un clin d'œil. »

« Au moins, c'est classé par ordre alphabétique. »

Derrick a contourné son bureau. « Génial. »

Abandonnant l'approche méthodique qui m'avait si bien servie, j'ai feuilleté jusqu'aux trois quarts de la liasse. Tombant sur les noms de famille commençant par L, j'ai tourné encore trois pages. J'ai suivi la dernière de mon index et j'ai dit : « McGovern était un de ses patients. »

« Wow. Ça remonte à quand, sa dernière consultation ? »

« Ce n'est pas précisé. »

« C'était son médecin traitant ? »

« J'imagine. C'est un cabinet de médecine générale. »

« McGovern a menti sur le fait qu'il la consultait. »

Les théories étaient la monnaie courante d'un inspecteur de la criminelle, et pourtant, j'avais du mal à trouver une raison pour laquelle McGovern aurait menti. « La seule explication logique, c'est qu'il voulait que ça reste secret. »

« Il s'est dit que les lois sur la confidentialité nous empêcheraient de le découvrir. »

« C'est le lien que nous cherchions. Maintenant, qu'est-ce qui le relie aux autres victimes ? »

J'ai feuilleté jusqu'aux pages où les noms des patients commençaient par F.

« Les bénévoles n'ont rien trouvé », a dit Derrick.

« Il faut qu'on creuse davantage, qu'on soit créatifs. » J'ai parcouru la liste. « Eh bien, tu sais quoi ? Frost était aussi un patient de Bigham. »

« Il a dit qu'il allait à ce cabinet, peut-être qu'elle a remplacé son médecin une fois... C'était quoi son nom déjà ? »

« Samuelson. » Je m'étonnais moi-même de l'avoir

retrouvé si vite. Est-ce que le brouillard de la chimio commençait enfin à se dissiper ?

« C'est ça. Si Frost est de bonne foi, il ne devrait pas voir d'inconvénient à leur demander de nous communiquer les informations qui confirment son histoire. »

« C'est vrai. Mais ça ne supprime pas le lien. Il a interagi avec Bigham au moins une fois. On doit découvrir si c'était une rencontre innocente ou si quelque chose s'est déclenché. »

« Comment ? »

Si je le savais, je le lui aurais dit. Mon téléphone de bureau a sonné au moment où je disais : « En revenant aux bases. »

Derrick s'est levé et a hoché la tête. « Faut que j'aille pisser un coup. »

J'ai répondu à l'appel. « Criminelle, inspecteur Luca. »

« Je sais qui a tué ces gens. »

Je me suis avancé sur le bord de ma chaise. « Quels gens ? »

« Ceux que le tueur de la réserve a assassinés. »

« Et comment savez-vous ça ? »

C'était la troisième personne à appeler ces deux derniers jours en prétendant connaître le tueur. Les autres étaient des cas typiques : l'une était une femme bien intentionnée dont l'imagination s'était emballée, l'autre, quelqu'un qui n'avait pas toute sa tête.

« Parce que le type habite à côté de chez moi. »

Une légère vibration a parcouru la base de mon crâne. « Et de qui s'agit-il ? »

« Brad Bailey. »

Je me suis raidi, j'ai pris son nom et son adresse et je lui ai dit que j'arrivais tout de suite.

Bailey avait dégringolé de notre liste de suspects, mais il avait un casier judiciaire et connaissait Melissa Wright. J'ai ouvert le dossier de l'affaire, feuilletant jusqu'à la section sur Bailey. En fixant son visage, je me suis demandé comment il s'était fait cette longue cicatrice qui lui barrait le front.

———

UN JET privé élégant a hurlé en grimpant à un angle de quarante-cinq degrés. Avant qu'il ne disparaisse, un autre avion est apparu. L'aéroport de Naples était devenu plus fréquenté à mesure que la région se développait. Mais n'y avait-il pas une limite au nombre de personnes pouvant voyager en jet privé ?

Passé la Beach House, j'ai tourné dans Esty Avenue. Il s'est mis à crachoter au moment où je me garais. Roger Turner habitait à gauche de la maison de Bailey.

La porte d'entrée était ouverte. Turner a ouvert la moustiquaire, me faisant signe d'entrer tout en jetant un œil vers la maison de Bailey. Je me suis glissé à l'intérieur. La maison était compacte, mais bien tenue.

Nous nous sommes serré la main. « Je vous le dis, c'est lui. »

« Qu'est-ce qui vous fait croire ça ? »

« Pour commencer, il est bizarre. Et méchant. »

« J'ai besoin de détails précis concernant votre affirmation selon laquelle il est le tueur de la réserve. »

« Il sort tard tous les soirs, y compris ceux où ces femmes ont été tuées. »

« C'est à peine suffisant pour accuser quelqu'un… »

« La nuit où ce type, Trent, a été assassiné. Je l'ai vu rentrer. Il était dans les deux heures du matin. J'étais dehors, j'avais oublié de sortir la poubelle sur le trottoir, et il sortait de sa voiture. Il avait quelque chose enroulé autour de la main, comme si elle saignait. »

Mon esprit a repensé à la goutte de sang sur le pantalon de Trent. « Comment saviez-vous qu'elle saignait ? »

« Ça se voyait. Il la tenait en l'air, comme ça. » Il a levé la main comme pour prêter serment. « Je lui ai demandé si ça allait et il s'est tourné vers moi. C'est là que je l'ai vu. »

« Vu quoi ? »

« Le couteau. »

« Un grand couteau ? »

Il a écarté les mains d'environ vingt centimètres. « Grand comme ça, à peu près. »

J'ai pris mon temps pour poser mes questions, mais Turner n'a jamais vacillé sur les détails. Voir quelqu'un dehors tard le soir, même avec une coupure possible et un couteau, était circonstanciel. Mais le fait que Bailey ait un casier judiciaire l'a propulsé en tête de la liste des suspects.

Il fallait examiner Bailey de plus près. De beaucoup plus près. Alors que je sortais mon portable pour appeler Derrick, celui-ci s'est mis à sonner.

C'était le Dr Bilotti. L'appel a tout changé.

42

Sous le choc de ce que je venais d'entendre, je suis resté planté sous la pluie. J'ai sauté dans la voiture alors que l'averse s'intensifiait. « Quelle est la fiabilité de ces résultats ? »

« On peut difficilement être plus sûrs. »

« Vraiment ? »

« Oui. La probabilité que ce soit faux est d'une sur dix-neuf milliards. »

« Ça n'a aucun sens. »

« Peut-être, mais le sang sur le pantalon de Trent était féminin. »

« Depuis combien de temps tu penses qu'elle était là ? Ça pourrait dater d'il y a longtemps ? »

« Non. On l'a passée au spectroscope Raman ; elle était fraîche. »

« Je n'arrive pas à y croire. »

« Crois-le. »

« Tu l'as rentré dans le système pour voir si ça correspond à quelque chose ? »

« Oui. J'ai fait la demande tout de suite. »

« Merci, Doc. »

« Je suis désolé que ça chamboule ton enquête. »

« Si seulement elle était juste chamboulée. On n'a plus aucune piste ; on repart de zéro. »

« Tiens bon, Frank. »

« Je vais essayer. »

« Si je peux aider, dis-le-moi. »

« Tu veux le dire à Remin pour moi ? »

« Tout ce que tu voudras, mon ami. »

« Merci, je plaisante. »

J'ai démarré le moteur et j'ai activé les essuie-glaces. En repassant l'enquête dans ma tête, je me suis senti soulagé que ce ne soit ni un oubli ni de l'entêtement qui m'ait empêché de penser qu'une femme était responsable.

Nous avons suivi les pistes que nous avions, et même les profilers du FBI pensaient que c'était un homme. Nous n'avions pas fait d'erreur, mais à quoi bon ? Il fallait que je trouve une nouvelle orientation à donner à l'affaire avant d'annoncer au shérif que nous avions fait fausse route.

En démarrant, j'ai su qu'il était temps de sortir des sentiers battus. J'ai roulé lentement. La première chose à faire serait de vérifier la liste du service des immatriculations pour les conductrices de Honda blanches. Étendre la recherche aux enregistrements du comté de Lee. L'ébauche d'un plan d'action m'a fait du bien. Un instant. Jusqu'à ce que l'appel au journal me revienne en tête.

Ils avaient pensé que c'était une voix d'homme. Était-ce une femme, se faisant délibérément passer pour un homme ? Qui que ce soit, la personne était redoutable, mais si elle avait caché son sexe, son invincibilité frisait la légende.

J'ai mis de côté la mort de Ryan. Bien qu'il y ait des doutes sur le fait que ce soit un suicide, il me semblait plus simple de me concentrer sur les autres. Tout avait commencé avec des victimes féminines. Qu'avaient-elles en commun ? Un amant autre que Ryan ?

À l'approche d'Airport Pulling, le cafard qui m'habitait depuis l'appel de Bilotti s'est assombri. Je l'ai attribué en partie au fait de devoir l'annoncer à Remin, mais la raison principale était la crainte grandissante qu'il y ait plus d'un tueur.

————

UNE ODEUR de curry flottait dans l'air. Remin avait mangé indien pour le déjeuner. La rougeur de son visage, due aux épices, s'est estompée lorsque j'ai refusé de m'asseoir. « Il y a un problème ? »

« Je crains qu'il y ait eu un nouveau développement, monsieur. »

Remin a levé les yeux au ciel. « Quoi encore ? »

« Le sang sur le pantalon de Victor Trent était féminin. »

Ses épaules se sont affaissées. « La tueuse est une femme ? »

« Il semblerait. »

« Ils l'ont datée ? »

« Oui, la tache était fraîche. Ça correspond à l'heure du décès. »

Il a frappé son bureau de la paume de la main. « Bon sang ! »

« C'est un contretemps, mais nous sommes en train de nous réorienter… »

« Quelles femmes suspectez-vous ? »

« Nous réexaminons les immatriculations de Honda et nous étendons la recherche au comté de Lee. »

« C'est un désastre. Vous m'aviez dit que vous vous rapprochiez du but. Qu'est-ce qui s'est passé, bon sang ? »

« C'est une tournure inattendue, mais nous avons accumulé beaucoup de données. Nous allons nous adresser au public… »

« Comment diable allons-nous demander l'aide du public ? On passera pour des clowns. »

« Nous n'avons jamais mentionné le sexe du suspect. »

« Vous vous souvenez de Ryan ? »

« Je sais, mais je ne suis pas sûr de son rôle. »

« Quoi ? Maintenant, vous pensez que c'était un suicide ? »

« Je n'en suis pas sûr, mais nous ne pouvons pas écarter la possibilité qu'il y ait deux tueurs. »

« On n'arrive pas à en attraper un, et maintenant vous insinuez qu'il y en a deux ? »

« C'est plausible, monsieur. Il y a quatre victimes. Deux hommes, deux femmes. Si on laisse Ryan de côté, il nous reste Trent et les femmes. Nous avons établi des liens entre… »

« Je ne dis pas que vous avez tort, mais à moins d'avoir quelque chose de concret, vous êtes en train de choisir des victimes pour qu'elles correspondent à un suspect. »

C'était une évaluation juste. « Je comprends votre inquiétude. Je suis désolé si je ne l'ai pas exprimé correctement ; ce que je veux dire, c'est que nous devons explorer tous les scénarios imaginables. »

« Le public exige une résolution. On ne peut pas leur dire qu'on repart de zéro. Bon sang, on n'est même pas capables de déterminer le bon sexe. »

« Nous les aurons, ce sera la dernière chose que je ferai s'il le faut. »

« Je salue votre engagement, mais il est peut-être temps que nous demandions l'aide du FBI. »

« C'est votre décision, monsieur. Mais les profilers du FBI étaient également persuadés que c'était un homme. Nous pouvons y arriver sans eux. Vous avez géré des affaires où les fédéraux étaient impliqués. La bureaucratie alourdira l'enquête. »

« Je me fiche de la bureaucratie, je veux que cette affaire soit résolue. Toute la bonne volonté que ce département a acquise est en jeu. Vous comprenez ça ? »

J'ai hoché la tête. Il a continué sa tirade.

Je l'ai laissé évacuer sa frustration comme je l'avais appris du Dr Bruno. Le bon sentiment que j'avais eu en gardant mon calme s'est évaporé avant même que j'atteigne la cage d'escalier. La pression était montée d'un cran.

En descendant péniblement les escaliers, je cherchais quelque chose sur quoi concentrer notre attention. J'ai chassé de ma tête l'idée du ticket de loto gagnant. S'il y avait une correspondance ADN, ce serait une surprise totale ; je n'avais jamais ce genre de coup de chance. Il allait falloir travailler. Énormément.

Nous avions la piste de la Honda, mais nous n'en savions toujours pas assez sur chaque victime. Il devait y avoir un lien. Il fallait que je prévienne Mary Ann que j'allais enchaîner les heures au bureau. Je suis arrivé à notre étage et je me suis dirigé directement vers la porte du parking. Je ne savais pas si c'était le coup de fouet dont j'avais besoin après Remin, ou un mélange de réconfort et d'encouragement.

C'était peut-être le soleil, mais la voix de Mary Ann m'a semblé plus douce que jamais. « Est-ce que tout va bien ? »

« Il y a un nouveau rebondissement dans l'affaire du Preserve. »

« Qu'est-ce qui s'est passé ? »

Je lui ai dit que la tueuse était une femme. « Oh mon Dieu. C'est inhabituel. »

« Je sais. »

« Qu'est-ce que tu vas faire ? »

« Les fondamentaux. Tu sais, quatre-vingt-dix pour cent de ce boulot, c'est une question de procédure. On s'y tient, et on passera les menottes à quelqu'un avant même que tu t'en rendes compte. »

« J'espère que tu auras un coup de chance. »

« J'ai épuisé tous mes coups de chance quand je t'ai rencontrée. »

« Oh. C'est adorable, Frank. »

« Je le pense. »

« On a tous les deux de la chance. »

« Oui, c'est vrai. Comment tu te sens ? »

« Plutôt bien. »

Entre son hésitation et ce « plutôt bien », j'ai compris que son état s'était dégradé. « Moins bien que ces derniers jours ? »

« Ce n'est rien. »

Ce n'était pas rien. « Tu as mal ? »

« Pas vraiment, j'ai juste l'impression de porter un sac à dos de cinquante kilos. »

« Tu as appelé… »

« Oui, j'en ai parlé au médecin. Elle a dit de laisser passer quelques jours, pour voir si ça s'améliore. »

Même si j'en doutais, j'ai dit : « Ça va s'améliorer. Ils ont dit que ce n'était pas linéaire avec les injections. »

« Ne t'inquiète pas, je vais bien. Tu as un tueur à attraper. »

« Tu me dis si ça empire, d'accord ? »

« Promis. »

« Jusqu'à ce que ce soit terminé, ça va être la folie. »

« Je sais. Si je peux aider, dis-le-moi. »

« Tu veux parler aux médias pour moi ? »

43

GEORGE GOFF S'OCCUPAIT DES RELATIONS PUBLIQUES POUR LE bureau du shérif. Ayant travaillé à Washington avant de venir s'installer au paradis, il avait l'art de parler pendant trente minutes sans rien dire. Bien que je trouve cela frustrant, c'était une compétence utile à déployer en cas de besoin.

Je lui avais demandé conseil et, en descendant le couloir, je n'arrêtais pas de me répéter de rester optimiste, de me concentrer sur les nouvelles preuves tout en faisant allusion à de nouvelles pistes.

Une rangée de caméras bordait le fond d'une salle bondée de journalistes. J'en avais vu beaucoup au fil des ans, mais j'avais toujours l'impression d'être sur un radeau en plein ouragan ; un seul faux pas, et je devrais me battre pour retrouver la terre ferme.

Craignant que mon sourire ne soit trop éclatant, je l'ai modéré et me suis approché du pupitre.

« Bonjour, Mesdames, Messieurs. Dans notre effort continu pour informer le public, j'aimerais vous faire un point sur l'affaire connue sous le nom du tueur de la Réserve.

« Nous progressons dans l'arrestation de l'individu ou des individus responsables des meurtres. Notre unité de police scientifique a prélevé un échantillon de sang sur l'une des scènes de crime. L'analyse de cet échantillon a déterminé qu'il provenait d'une femme. »

Un murmure a parcouru la foule.

« Nous demandons au public de prendre en compte ce changement de sexe dans sa réflexion sur l'affaire. Si vous détenez des informations que vous pensez utiles, veuillez appeler le numéro vert. Votre aide est cruciale pour traduire ce tueur en justice. N'oubliez pas : votre appel restera confidentiel. »

En balayant les visages du regard, j'ai senti que ça s'était bien passé. Jusqu'à présent. Je voulais partir, mais Goff avait dit que prendre une ou deux questions était un moyen efficace de s'attirer les faveurs des médias.

« Je répondrai volontiers à une ou deux questions. » Une forêt de mains s'est levée. J'ai désigné un visage familier.

« Merci. Sandy Baker de WINK News. Inspecteur Luca, jusqu'à aujourd'hui, vous pensiez qu'il s'agissait d'un homme, n'est-ce pas ? »

« C'était la supposition. »

« Étant donné le passage brutal d'un suspect masculin à une suspecte, à quel point êtes-vous sûr que le tueur est une femme ? »

« Nous pensons que soit la tueuse est une femme, soit une femme était présente au moment du décès, ou peu avant. »

« Donc, maintenant vous dites qu'il y a plus d'une personne impliquée ? »

« Nous n'avons aucune preuve pour l'étayer, mais nous ne pouvons pas, et ne voulons pas, écarter cette possibilité. » J'ai désigné un journaliste plus âgé qui avait couvert la première affaire sur laquelle j'avais travaillé à Naples.

« John Griswald, du *Naples Daily News*. Est-ce que vous, ou quelqu'un du bureau du shérif, avez eu de nouveau des nouvelles de la tueuse ? »

« Bien que nous n'ayons pas eu d'autre contact, il est important de noter que nous n'avons aucune preuve que l'individu qui a passé l'appel soit impliqué dans l'un des meurtres. »

« Pensez-vous que l'interlocuteur vous a défié, en a fait une affaire personnelle ? »

« Chaque crime commis dans le comté est un affront personnel pour moi. Quand on m'assigne à une affaire, surtout un homicide, je vis, je mange et je respire pour ça. C'est la seule façon que je connaisse. »

« Vous avez eu une longue et brillante carrière. Est-ce que cette affaire est la plus difficile que vous ayez rencontrée ? »

« Chaque affaire présente ses propres défis. Laissez-moi conclure en disant que je suis convaincu que nous appréhenderons le ou les responsables. »

« Comment pouvez-vous dire ça avec au moins quatre décès connus ? »

« Parce que j'ai réussi à résoudre tous les homicides qui m'ont été assignés. »

« Mais il y a des milliers de meurtres non résolus à travers le pays. »

En réalité, il y en avait deux cent mille. « C'est vrai. »

« Est-ce l'affaire qui va ruiner votre bilan ? »

J'y avais pensé, mais avant que je puisse répondre, il a

enchaîné avec : « Cette tueuse est-elle juste trop douée pour être attrapée ? »

Ce journaliste lisait-il dans mes pensées ? « Non. C'est tout pour aujourd'hui. Je dois retourner au travail. » En me dirigeant vers la porte, j'ai fredonné pour ne pas entendre les questions qui fusaient.

———

LE SHÉRIF m'avait donné cinq agents et l'usage d'une salle de conférence aussi longtemps que nécessaire. Ils sont entrés dans la pièce, prenant place autour d'une table ovale.

Debout, j'ai dit : « Les résultats sanguins nous ont déroutés. Au lieu de nous laisser abattre, nous devons continuer à sonder. Aller plus loin et élargir les pistes de recherche.

« L'inspecteur Dickson a une liste mise à jour du DMV concernant la Honda vue à la Réserve Logan. Nous devons nous pencher sur six femmes. Si ça ne donne rien, nous travaillerons sur celles immatriculées dans le comté de Lee. À deux pour s'occuper de trois chacune, les vérifier ne devrait pas prendre longtemps.

« Qui veut aider avec ça ? »

Deux mains se sont levées. « Bien. Casey et Blake s'en occuperont. » Derrick a transmis la liste, et j'ai poursuivi : « Il n'y a pas eu de correspondance directe sur l'ADN sanguin, mais je veux explorer la piste de l'ADN familial. Entre les banques de données fédérales et étatiques, nous pourrions trouver un parent nous permettant de déterminer à qui appartenait le sang sur la jambe du pantalon de Trent. Foley, vous avez de l'expérience en laboratoire ; pouvez-vous aider ? »

« Absolument. Je vais même voir ce qu'ont les sites d'ADN commerciaux. »

« Je pensais qu'ils avaient complètement fermé la porte aux forces de l'ordre. »

« La plupart l'ont fait, mais quelques-uns demandent aux clients de se désinscrire, donc ça vaut vraiment la peine de vérifier. »

« Quoi qu'il en soit, si nous pouvons augmenter nos chances, ça peut faire la différence. Il reste Cobalt et Willis. Bon, je sais que nous avons cherché des liens entre les victimes. Nous n'avons pas trouvé grand-chose, alors je veux remonter plus loin. Vérifiez les écoles primaires qu'elles ont fréquentées. C'est un tueur en série organisé, quelqu'un qui pourrait nourrir une rancune pour quelque chose qui s'est passé en sixième.

« Il doit y avoir quelque chose qui relie ces victimes, et s'il s'avère qu'il n'y en a pas, nous saurons que c'est aléatoire. Mettez en évidence n'importe quoi, même si ça ne s'applique qu'à deux victimes. Et assurez-vous d'inclure Ryan. »

J'ai regardé chaque membre de l'équipe et j'ai dit : « Notre mission est de coincer le salopard qui fait ça. Je n'ai pas besoin de vous dire à quel point il est important de le faire rapidement. C'est notre ville, et il est hors de question qu'un cinglé y tue à sa guise. »

44

J'AI ENTENDU LE TÉLÉPHONE SONNER À QUELQUES MÈTRES DE notre bureau. Derrick a couru devant moi, se jetant sur le combiné.

« Brigade criminelle. Inspecteur Dickson. »

« Je dois parler à l'inspecteur Luca. »

« C'est de la part de qui ? »

« Jimmy Braun, du *Daily News.* »

« Ne quittez pas. »

« Frank, c'est ce journaliste, celui qui a reçu l'appel. »

Un bras encore dans ma veste, j'ai pris le téléphone. « Frank Luca à l'appareil. »

« Bonjour, inspecteur. Le Tueur de la Réserve a encore appelé. »

« Qu'est-ce qu'il a dit ? »

« Que vous n'allez pas l'attraper, et que même si vous y arriviez, il n'irait pas en prison. »

« Rien d'autre ? »

« Non. C'était un autre appel rapide. »

« À quel point êtes-vous sûr que c'était la même personne qui vous a appelé précédemment ? »

« J'en suis sûr à quatre-vingt-dix à quatre-vingt-quinze pour cent. »

« Avez-vous pu dire si c'était une femme ? »

« Ça aurait pu. C'est très difficile à dire ; encore une fois, il utilise quelque chose pour modifier sa voix. »

« Un équipement de distorsion ? »

« Peut-être une de ces applications. »

« Avez-vous pu déceler des bruits de fond ou quoi que ce soit qui pourrait aider à identifier d'où l'appel a été passé ? »

« Je suis presque certain que c'était en extérieur. »

« Qu'est-ce qui vous fait penser ça ? »

« On pouvait entendre le vent. »

« D'accord. Dites-moi, pourquoi pensez-vous qu'il s'adresse à vous et à personne d'autre ? »

« Je n'y avais jamais pensé. Vous savez, à cheval donné, on ne regarde pas les dents. »

« Réfléchissez-y. Voyez si quelque chose vous vient à l'esprit. »

« Je le ferai. »

« Y a-t-il autre chose qui pourrait être utile, selon vous ? »

« Pas vraiment, mais vous savez, il est sûr de lui, pas nerveux ou quoi que ce soit. »

« Qu'est-ce qui vous a donné cette impression ? »

« Sa façon de parler. Calme et posée. »

« Qui que ce soit, il ferait mieux de ne pas se sentir trop à l'aise. Nous allons le traquer, et il encourt la peine de mort pour ça. »

« Comment avance l'enquête ? »

« Bien. Nous suivons plusieurs pistes prometteuses. »

« Pouvez-vous m'en dire plus ? Nous ne citerions pas votre nom, ce serait une source bien placée. »

« Je suis désolé. Je ne peux pas commenter une enquête en cours. »

« Y a-t-il quelque chose que vous puissiez me dire en "off" ? »

Je n'avais pas l'habitude de parler en « off », et dans ce cas précis, je ne pouvais pas lui dire que nous n'avions aucune idée de qui était derrière ces meurtres. « Pas pour le moment, monsieur Braun. »

Après l'avoir remercié, j'ai reposé le combiné sur son socle. Derrick a dit : « Il a encore appelé ? »

« Ouais. Il devient audacieux. Braun a dit qu'il avait l'air sûr de lui. »

« Sûr de lui ? Il ne sait pas que Luca est sur l'affaire ? »

Je ne me suis jamais senti invincible. En fait, j'attribuais les doutes qui tourbillonnaient dans ma tête au peu de succès que j'avais réussi à glaner. Ce n'était pas un manque total d'assurance, juste le sentiment que le succès ne s'acquiert jamais, il se loue. « Ouais, bien sûr. Et n'oublie pas que c'est un travail d'équipe. »

« Je sais, mais tu as l'expérience, Frank. »

« Ne te dévalorise pas, Derrick. Tu es un sacré bon inspecteur. Tu pourrais me remplacer demain, et le service ne verrait pas la différence. »

« J'apprécie, mais on sait tous les deux que ce n'est pas vrai. J'ai besoin d'un an ou deux de plus à travailler à tes côtés. »

Je voulais lui dire que cette affaire équivalait à un master en criminologie, mais je craignais de ne plus être là pour la résoudre. Je commençais à comprendre que si je ne coinçais pas ce taré bientôt, Remin serait obligé de me remplacer et de faire appel à une aide extérieure. « Si tu arrives à me supporter, je suis heureux de te transmettre tout ce que je sais. Mais ce qui fait un bon inspecteur de la criminelle, c'est en grande partie la méthode et l'instinct. »

« Sans aucun doute. »

« Bon, assez de blabla, on doit se mettre au travail. On n'a jamais vraiment fouillé plus loin que la dernière année sur les comptes des réseaux sociaux des victimes. »

« Tu veux que je commence par qui ? »

« Prends Melissa Wright, et je vais me pencher sur le Dr Bigham. »

« On devrait commencer par Facebook. Vu leur âge, et comme on remonte à quelques années, c'est logique. »

Je n'étais pas sur Facebook et, mis à part garder le contact avec des gens qui avaient dérivé sur l'océan de la vie, je n'en voyais pas l'intérêt. Mary Ann y jetait un œil une fois par jour, et Jessie y était avant de passer sur Instagram.

Bigham étant médecin, je m'attendais à ce que ses publications soient d'ordre général. La plupart de ce qu'elle publiait était des citations de motivation. Il était clair qu'elle croyait que des pensées positives et sans stress favorisaient une bonne santé.

Mary Ann me rappelait souvent d'arrêter d'être négatif. Dans mon métier, c'était difficile. Ça faisait un moment qu'elle ne m'avait rien dit. Me demandant si elle avait renoncé à mon cas, j'ai cliqué sur les photos de Bigham.

Les cinq premières rangées étaient soit des couchers de soleil, soit des photos prises depuis un bateau. Je ne me souvenais pas s'il y avait des preuves qu'elle possédait un bateau. J'ai griffonné une note et j'ai fait défiler vers le bas. Une photo d'un couple plus âgé, prise il y a cinq ans, a attiré mon attention. La ressemblance avec la femme m'a confirmé que c'étaient ses parents.

Les photos suivantes montraient un gros chat tigré. Le félin avait dû décéder lui aussi. J'ai cliqué sur une photo de deux femmes et je me suis penché. C'était le Dr Bigham avec une femme aux larges épaules et aux cheveux très courts. Elles s'embrassaient, et ce n'était pas le genre de baiser qu'on s'échange pour se dire bonjour.

J'ai fait un clic droit et j'ai collé l'image dans un document Word. En faisant défiler d'autres couchers de soleil et scènes de plage, je me suis arrêté sur une autre photo du couple. La mystérieuse dame avait la tête posée sur l'épaule de Bigham, et le médecin avait son bras autour de la taille de la femme. Cette dernière portait un haut qui tenait plus du filet de pêche que du tissu.

Après avoir sauvegardé la photo, j'ai appuyé sur Imprimer et je me suis levé. «Derrick, Bigham avait peut-être une amante.»

«Elle mangeait à tous les râteliers?»

J'ai pris le papier qui sortait de l'imprimante. «Je ne sais pas, mais regarde ça.»

Il a hoché la tête. «Ah ouais, ces deux-là sont plus que des amies. On dirait une athlète.»

«On doit découvrir qui elle est.»

«Tu penses qu'elle pourrait être la tueuse?»

«Pourquoi pas? Il se pourrait que Bigham l'ait rejetée pour quelqu'un d'autre. Je vais au cabinet du médecin. Fais en sorte que tout le monde cherche des signes indiquant que Wright aurait pu avoir une relation lesbienne.»

«Elle aurait pu les tuer pour les éloigner de Bigham ou de Wright.»

«C'est possible. Après qu'on ait identifié cette femme, on verra si Trent ou Ryan ont des liens avec elle.»

«Ça paraît tiré par les cheveux.»

«Peut-être, mais, primo, aucune piste n'est à écarter et, secundo, il pourrait y avoir deux tueurs.»

45

La salle d'attente était vide et froide. Comme la grippe de cette année était plus contagieuse, les cabinets médicaux avaient adopté des protocoles pour ralentir sa propagation. Ici, il fallait rester dans sa voiture et envoyer un SMS pour signaler sa présence. Le cabinet vous appelait quand c'était votre tour.

C'était logique, mais certaines des règles séparant les malades et les personnes âgées de leurs proches étaient terribles, voire cruelles.

J'ai plaqué mon insigne contre la vitre coulissante, en disant à l'infirmière que je voulais parler à Lisa Bonn : l'infirmière qui travaillait avec le Dr Bigham depuis le plus longtemps. Deux minutes plus tard, une petite femme en blouse bleue et portant un masque est entrée dans la salle d'attente.

« Bonjour, je suis Lisa. »

J'ai tendu la main. « Inspecteur Luca. Ce que j'ai à vous demander est d'ordre privé. Pouvons-nous sortir ? »

« Bien sûr. » Je l'ai suivie dehors, et elle a retiré son masque.

« Comme je vous l'ai dit au téléphone, je suis ici au sujet du Dr Bigham. »

« J'ai encore du mal à croire qu'elle ne soit plus là. »

« Je m'intéresse à ses relations. Surtout d'ordre sentimental. »

« J'espère pouvoir vous aider. »

« Est-ce que le Dr Bigham avait des amantes ? »

Le visage de Lisa a rougi, et j'ai eu ma réponse. « C'est possible. »

J'ai sorti les photos de Facebook. « Est-ce que vous reconnaissez cette femme ? »

Elle a dégluti et a hoché la tête. « Oui. C'est Diane Milbury. »

« Elle avait une liaison avec le Dr Bigham ? »

« Je… je n'en suis pas sûre, mais elle est venue ici plusieurs fois et, euh, eh bien, le Dr Bigham ne voulait pas qu'elle traîne au cabinet. Vous savez, le Dr Bigham était très professionnelle. Elle ne mélangeait jamais sa vie privée et son travail. J'ai travaillé avec elle pendant neuf ans et je ne l'ai jamais fréquentée en dehors. »

« Mais vous la connaissez, cette Diane Milbury ? »

« Pas personnellement. Je l'ai juste vue ici, et je sais que le Dr Bigham n'appréciait pas ses visites. »

« Est-ce qu'elle vous a dit quelque chose à son sujet ? »

« Pas directement, mais elle était contrariée après ses venues. »

« Savez-vous où elle habite ou travaille ? »

« Non, je suis désolée. »

« Ce n'est rien. Vous m'avez été d'une grande aide, madame. »

Dès qu'elle est rentrée, j'ai appelé Derrick. « On dirait qu'on a trouvé cette femme. Elle s'appelle Diane Milbury. Passe son nom dans le système. J'arrive. »

« Ça marche. Oh, Remin veut te voir. Shirley a appelé deux fois. »

« Il veut sûrement un point sur la situation. Je vais aller le voir directement. »

Remin portait une cravate rouge et arborait un air renfrogné. Il a secoué la tête alors que je m'asseyais. « Tu es pire que moi. »

« Pardon, monsieur ? »

« Tu as dit au journal que tu t'assurerais que le Tueur de la Réserve soit pendu ? »

Ce n'était pas une mauvaise idée, mais elle ne venait pas de moi. « Certainement pas. Je n'ai jamais dit ça. »

« Qu'est-ce que tu leur as dit ? »

« Je n'ai fait aucune déclaration. Ils le voulaient, mais j'ai refusé. C'était juste après la conférence de presse. »

« Que le tueur a vue avant d'appeler le journal. »

« J'en suis certain. »

« J'ai peur qu'il ne frappe à nouveau. On ne peut pas le provoquer. »

« J'en suis conscient, monsieur. Tout ce que j'ai dit, c'est que nous allions traquer ce tueur. »

« Tu n'as pas dit qu'il serait pendu ? »

« Non. Je ne dirais jamais ça. » J'ai omis le passage sur la peine de mort.

« Tu es en train de dire qu'ils ont tout inventé ? »

« Mes propos ont pu être sortis de leur contexte. J'ai mentionné qu'un tueur en série pouvait écoper de la peine de mort, mais je n'ai jamais parlé de pendaison. » Au moins, ça, c'était vrai.

Il savait que je le menais en bateau. « Cette histoire se tassera si on attrape ce salaud. »

« La question n'est pas "si", monsieur. C'est "quand". »

« Tu as du nouveau ? »

« En fait, oui. Nous avons une nouvelle personne d'intérêt. Il est encore tôt, mais c'est une femme, et nous sommes sur le point de nous concentrer sur elle. »

« Liée à une victime ? »

« À au moins une pour l'instant : le Dr Bigham. »

« Bien. Occupe-t'en. »

En dévalant les escaliers, je me suis demandé à quoi ressemblerait le gros titre de demain. J'aurais dû savoir qu'il ne fallait pas donner son opinion à un journaliste, mais il avait pris mes paroles pour les noyer dans le sensationnalisme. C'était la raison pour laquelle la plupart des Américains ne faisaient pas confiance aux médias. Ma relation avec eux était plus compliquée ; ils jouaient un rôle dans la résolution de certaines affaires, mais attisaient aussi les mouvements anti-police.

En entrant dans le bureau, Derrick a levé un poing victorieux. « On tient quelque chose. Milbury n'est pas une sainte. »

« Elle a un casier ? »

« Ouais. Agression sur une autre femme. »

« Ça remonte à quand ? »

« Il y a cinq ans. Mais devine ce que j'ai trouvé d'autre. »

« Dis-moi, c'est tout. »

« Il y a deux ordonnances restrictives contre elle. Et écoute bien ça : elles protègent toutes les deux des femmes. »

« Je me demande si elle avait une relation avec elles. »

« J'y mettrais ma main à couper. »

« Où est-ce qu'elle habite ? »

« À Palm River. »

« C'est près de l'endroit où le corps de Wright a été abandonné. »

« Je crois qu'on tient une piste. »

« Qu'est-ce qu'elle fait dans la vie ? »

« Elle est coach personnelle au LA Fitness sur Vanderbilt Beach Road. »

Elle avait la force de maîtriser quelqu'un. « Regarde si elle travaille et on va lui rendre une petite visite. »

« Déjà fait. Elle entraîne quelqu'un, elle finit dans vingt minutes. »

Nous avons pris Goodlette Frank vers le nord. Il y avait toujours moins de circulation que sur Airport Pulling. Arrivé cinq minutes avant la fin de sa séance, j'ai dit : « Pourquoi tu n'irais pas à l'intérieur ? Elle pourrait me reconnaître à cause des infos. »

« Bien sûr. »

« Il faut y aller doucement avec elle. Peut-être qu'elle nous donnera un échantillon d'ADN volontairement. »

« Pas si elle a quelque chose à voir là-dedans. »

« On peut toujours rêver, non ? »

Derrick a ri et a ouvert sa portière. « Dès que je la fais sortir, tu nous rejoins. »

Je l'ai regardé pousser la porte de la salle de sport, en me demandant comment l'interrogatoire de Milbury allait se dérouler. Il nous fallait une avancée, et bien que ce soit inattendu, ça pourrait être la bonne.

Les yeux rivés sur la porte, mes espoirs ont été douchés quand elle s'est ouverte brusquement. Milbury s'est dégagée de la main que Derrick avait posée sur son coude. Je suis sorti de la voiture alors qu'elle partait sur la droite.

46

Les bras croisés sur la poitrine, Milbury se tenait à quelques pas de Derrick. Ils se trouvaient devant la devanture de la pizzeria Crust d'origine quand j'ai déboulé sur le trottoir.

« Madame, je suis l'inspecteur Luca. »

Elle a affiché un ricanement digne d'une adolescente de seize ans. « Qu'est-ce que vous me voulez ? »

« J'ai juste quelques questions à vous poser. »

Milbury faisait claquer son chewing-gum. « À quel sujet ? »

« Le Dr Bigham. »

Je n'ai pas su dire si cela la surprenait. « Ça ne vous regarde pas. »

« Madame, le fait qu'elle ait été assassinée en fait justement mon affaire. Nous espérons que vous coopérerez, mais si vous choisissez de ne pas le faire, nous pouvons vous obliger à nous suivre au poste. »

Elle a eu un rire dédaigneux. « Posez vos questions, mais si elles sont personnelles, j'y répondrai pas. »

« Nous savons que vous aviez une relation avec le Dr Bigham. »

« Ça vous pose un problème ? »

« Pas du tout. Ce qui m'intéresse, c'est de savoir ce qui a causé votre rupture. »

« La même merde qui met fin à n'importe quelle relation. »

Mon premier mariage s'était soldé par un divorce. Je savais ce qu'elle voulait dire. « Je vais avoir besoin que vous soyez plus précise. »

Elle m'a fusillé du regard. « Je vous ai dit que je n'entrerai pas dans les détails personnels. »

Le claquement de son chewing-gum commençait à me taper sur les nerfs. Pendant la milliseconde que j'ai prise pour me calmer, Derrick a dit : « L'inspecteur Luca vous a dit qu'on vous emmènerait au poste si vous ne coopériez pas. »

« On se croirait en Russie ou quoi ? »

J'ai demandé : « Vous disputiez-vous ? »

« Comme tout le monde, non ? »

Elle disait encore une vérité. « Est-ce que c'est déjà devenu physique ? »

« Je n'ai pas tué Sarah. Je l'aimais. C'était la personne la plus chaleureuse que j'aie jamais connue. »

« En tant que médecin, elle n'aimait pas mélanger sa vie personnelle et sa vie professionnelle. »

« Elle n'arrivait pas à accepter qui elle était, toujours à s'inquiéter de ce que les autres pensaient d'elle. »

« Et vous n'êtes pas comme ça ? »

« Pas du tout. Si on vit sa vie de cette façon, on n'est jamais heureux. »

Elle avait raison. « Diriez-vous que le Dr Bigham était heureuse ? »

« Quand on était seules, elle l'était. C'est tout le reste qui interférait. »

« Pourriez-vous développer ? »

« Ça ne vaut pas la peine de remuer le passé. »

Milbury rivalisait avec Bouddha. Je me suis retenu de dire amen et j'ai changé de sujet. « Connaissez-vous bien Melissa Wright ? »

« C'est la fille qui travaillait au Alice Sweetwater's ? »

C'était une façon étrange de répondre. Elle savait qu'elle ne pouvait pas nier la connaître s'il y avait un lien. « Oui. Vous étiez amies ? »

« Non. J'y suis allée quelques fois. »

« Moi aussi. Leurs burgers sont plutôt bons. »

Elle a hoché la tête.

Derrick a demandé : « Comment avez-vous rencontré Bobby Ryan ? »

La façon dont il a formulé la question m'a confirmé que le service était entre de bonnes mains. Milbury a dit : « Je lui ai loué une voiture il y a longtemps. »

Milbury connaissait au moins trois des victimes. J'ai demandé : « Vous aimez la MINI Cooper ? »

« C'était amusant à conduire, mais il n'y avait pas de place dans le coffre. »

« Il y a combien de temps que vous en aviez une ? »

« Environ cinq ans. »

Nous allions vérifier auprès du service des immatriculations. Pour le moment, un SUV Kia était enregistré à son nom.

« Quand votre relation avec le Dr Bigham s'est-elle terminée ? »

Elle a sorti un nouveau chewing-gum, a mis l'ancien dans le papier et l'a jeté dans une poubelle. Un geste fluide, qui lui a permis de calculer un intervalle de temps. La question était de savoir s'il s'agissait d'un calcul honnête ou d'un calcul destiné à coller à un profil d'innocente. « Je ne suis pas sûre, ça a été un peu par intermittence pendant un moment. »

Elle n'a pas répondu. « Nous n'avons pas pu nous empêcher de remarquer qu'il y a deux ordonnances restrictives contre vous. »

Son regard s'est durci. « Complètement ridicule. »

Une seule, peut-être, mais deux, ça devenait une habitude. « Pas pour les femmes qui se sont senties menacées. Pourquoi ont-elles demandé une protection ? »

« Tout ce que j'ai fait, c'est d'essayer de les voir, de discuter pour arranger les choses. »

C'était une reformulation de première classe. « Ces discussions ont eu lieu à la fin des relations. »

« Ouais, et alors ? »

Je ne voulais pas la contrarier ; nous allions parler aux femmes pour avoir leur version. « Je dis juste que c'est assez normal quand les choses tournent mal. »

Elle a hoché la tête.

J'ai sorti un kit de ma poche de poitrine. « Seriez-vous prête à nous donner un échantillon de votre ADN ? »

« De l'ADN ? Pour quoi faire ? »

« C'est le protocole. C'est tout. Il n'y a pas à s'inquiéter. »

« Ouais, c'est ça. Pour que vous puissiez le placer quelque part et m'accuser de quelque chose. »

J'aurais aimé qu'Hollywood arrête de propager le mythe selon lequel les forces de l'ordre falsifient les preuves. « C'est injuste, madame. J'ai été policier pendant la majeure partie de ma vie d'adulte et je n'ai jamais vu un collègue placer une preuve à charge. »

« Je me fiche de ce que vous dites. D'ailleurs, mon ADN est privé. »

« Je comprends, madame. Nous vous remercions pour le temps que vous nous avez accordé aujourd'hui. »

Nous sommes montés dans la voiture et Derrick a dit : « Je ne l'aime pas. Elle cache quelque chose. Qu'est-ce que t'en penses ? »

« On n'a pas besoin de dîner avec elle. On doit juste savoir si elle est impliquée dans ces meurtres. Le fait qu'elle connaisse trois des victimes et qu'elle ait refusé de nous donner son ADN me préoccupe. »

« Exactement. Et elle a balayé les ordonnances de protection d'un revers de la main comme si elle avait juste marché sur les pieds de quelqu'un. »

« Nous parlerons aux femmes, mais d'abord, allons récupérer le chewing-gum qu'elle a mis dans la poubelle. Le labo en extraira son ADN. »

———

APRÈS AVOIR DÉPOSÉ LE CHEWING-GUM, nous nous sommes dirigés vers Spanish Wells. Le quartier de Bonita Springs bordait Naples et c'est là que Sheila Lake habitait. Lake avait demandé une ordonnance de protection pour maintenir Milbury à au moins une centaine de mètres d'elle.

Lake vivait dans une maison de ville à une minute de l'entrée de Bonita Spring Road. Elle a ouvert la porte, vêtue de vêtements de sport moulants. Lake avait plus de courbes qu'une piste de slalom.

« Bonjour, madame Lake, nous nous sommes parlé plus tôt. »

Elle a regardé par-dessus nos épaules. « Oui, entrez. »

« Comme je vous le disais, nous nous intéressons à Diane Milbury. Quand l'avez-vous rencontrée ? »

« Oh, il y a environ quatre ans. J'allais au LA Fitness et je la voyais là-bas. Au bout d'un moment, nous avons appris à nous connaître et puis, vous savez, nous avons commencé à sortir ensemble. »

« Pourquoi avez-vous demandé une ordonnance de protection contre elle ? »

« Diane était très possessive. Elle m'étouffait. Et elle était d'une jalousie maladive. Elle se mettait en colère si je parlais à qui que ce soit à la salle de sport. »

« Elle avait mauvais caractère ? », a demandé Derrick.

« Oui, elle me faisait peur. J'avais peur qu'elle me blesse. »

« Est-ce qu'elle a été violente physiquement ? »

Elle a haussé les épaules. « Elle m'a bousculée, très violemment, une fois. Je me suis blessée à l'épaule. »

« C'est à ce moment-là que vous avez demandé une ordonnance restrictive ? »

Elle a secoué la tête. « Non. C'était quand elle m'a menacée avec un couteau. »

« Que s'est-il passé ? »

« On était dans la cuisine, et elle est devenue folle quand elle a découvert qu'un type que je connaissais de mon ancien quartier était venu me voir. Ce n'était rien, juste pour dire bonjour, mais elle a pété un câble et a attrapé un couteau dans le bloc — elle a montré le comptoir — et m'a dit qu'elle me tuerait si jamais elle me trouvait avec lui. »

47

J'AI RACCROCHÉ. IL FALLAIT QU'ON CONFIRME SI L'ADN DE Diane Milbury correspondait au sang trouvé sur le pantalon de la dernière victime. « Le shérif a dit qu'il allait demander au labo de donner la priorité à l'échantillon de chewing-gum. »

Derrick a dit : « Je sens que ça va être Milbury. »

« Si on a une correspondance ADN, avec un peu de chance, elle avouera les autres meurtres. Sinon, il va nous falloir des preuves solides pour obtenir plus qu'une condamnation pour le meurtre de Trent. »

« Il nous faut un mobile pour Trent. Qu'est-ce que tu en penses, un genre de triangle amoureux ? »

Avant que je ne puisse répondre, l'agent Casey est entré dans le bureau. Il a dit : « On a épluché la liste des femmes possédant une Honda blanche. Deux sont sorties du lot, Riley Addison et Tina Dreman. On a fait des vérifications d'antécédents rapides sur elles. »

Il m'a tendu deux feuilles de papier.

« Addison travaille à la même Bank of America où travaillait Trent ? »

« Exact. Et ce n'est pas tout, Dreman a fait un séjour en prison à New York pour avoir poignardé quelqu'un sur un quai de métro. J'ai fait une demande pour obtenir le dossier. »

J'ai bondi de ma chaise. « Bon boulot, Casey. On fonce sur ces deux-là. »

Derrick a dit : « On devrait attendre d'avoir les résultats ADN pour Milbury ? »

« Ça va prendre un jour ou deux. On ne peut pas attendre. »

« D'accord, tu veux commencer par Dreman ? Elle a un passé violent. »

« C'est clair. »

Dreman vivait à Lago, un nouveau complexe résidentiel à l'intersection des routes Livingston et Radio. Son appartement se trouvait au rez-de-chaussée d'un immeuble blanc de quatre étages. On a contourné une piscine et un coin barbecue très fréquentés avant de frapper à sa porte.

Elle a essayé de refermer la porte quand Derrick a brandi son badge. Il a mis son pied pour la bloquer. « Si vous ne nous parlez pas maintenant, on reviendra avec une citation à comparaître. »

« Qu'est-ce que vous voulez ? »

Il a pointé son pouce par-dessus son épaule. « Vous voulez vraiment qu'on fasse ça ici ? »

Elle a expiré et s'est écartée. C'était un petit appartement, meublé à peu de frais. Mais il y avait des placards blancs et du granit dans la cuisine, ce qui donnait une impression de neuf. Sur la table de la salle à manger trônait une bouteille de vin recouverte de cire de bougie.

Dreman ne nous a pas proposé de nous asseoir. Appuyée contre un comptoir, elle tirait sur un fil à l'ourlet de son short effiloché. « Qu'est-ce que vous voulez ? »

Derrick a dit : « Vous possédez une Honda blanche. »

« C'est une vraie saloperie. J'aurais jamais dû l'échanger contre ma MINI. »

Bingo. J'ai dit : « J'adore les MINI. Vous avez acheté la vôtre chez MINI of Fort Myers ? »

« Non. Je l'ai achetée d'occasion chez Germain. »

« Je pense à m'en acheter une. Vous la faisiez entretenir chez le concessionnaire de Fort Myers ? »

« Ouais, mais ce sont des arnaqueurs. »

« Merci de m'avoir prévenu. Dites-moi, à quel point connaissiez-vous Victor Trent ? »

« Victor Trent ? Je ne le connais pas. »

« Qui gère votre argent ? »

Elle a ricané. « Quel argent ? J'ai à peine de quoi vivre ici. Les loyers augmentent partout en ville. J'ai eu de la chance de sous-louer ça à une amie. »

« Où est-ce que vous travaillez ? »

« Je suis directrice adjointe chez Spencer Gifts, au centre commercial. »

J'étais surpris que cette chaîne de magasins de farces et attrapes soit encore en activité. « Qu'est-ce que vous faisiez à Logan Preserve le mardi 1er février ? »

« Le premier ? Oh, je rendais visite à ma sœur à Jacksonville. »

« À quelle heure êtes-vous partie ? »

« Après le travail, vers six heures. J'y ai passé la nuit. »

On allait vérifier son alibi, mais il n'était pas rare qu'un membre de la famille mente pour protéger un proche.

« Pouvez-vous nous donner les coordonnées de votre sœur ? »

Elle a froncé les sourcils mais nous les a données. J'ai demandé : « Parlez-moi de l'agression au couteau pour laquelle vous avez été condamnée. »

« C'est du passé. J'ai purgé ma peine et payé ma dette. »

« Qu'est-ce qui s'est passé ? »

« Je n'ai pas à vous parler et je ne le ferai pas. »

Rien ne servait d'insister ; on allait recevoir le dossier. On l'a remerciée et on est partis. De retour dans la voiture, Derrick a demandé : « Qu'est-ce que t'en penses ? »

« Difficile à dire. Elle aurait pu rencontrer Ryan chez le concessionnaire MINI. »

« Il faut qu'on vérifie son alibi, mais c'est sa sœur. »

« Fais le tour du parking. Voyons si on peut trouver sa voiture. »

La Honda était garée le long d'une clôture. Je suis sorti, j'ai regardé à l'intérieur, et je suis remonté dans la voiture. « Elle a un badge de télépéage SunPass. Si elle l'a utilisé, on aura sa chronologie de déplacements. Allons voir Addison. »

———

On a roulé vers l'est sur la Route 41, puis on a tourné dans Isles of Collier Preserve. Je n'étais jamais venu dans ce nouveau quartier et j'avais hâte de le découvrir. Des dizaines de maisons étaient en construction. Qu'est-ce que ça signifiait pour les infrastructures de la ville ? « Je me demande combien il y a de poignées de porte ici. »

Derrick a répondu : « Au moins huit cents. »

« La demande est donc sans fin ? »

Le soleil miroitait sur un immense lac. On l'a contourné pour trouver Tobago Drive.

Derrick s'est garé devant une vaste maison avec un garage trois voitures. « Addison s'en sort drôlement bien. Je vois mal quelqu'un risquer tout ça. »

Ces derniers jours, mon partenaire m'avait impressionné par ses qualités d'inspecteur. Ce commentaire était un retour en arrière. « D'innombrables personnes qui avaient plus qu'elle ont tout foutu en l'air en faisant une connerie. »

Une forte brise tropicale a soufflé pendant qu'on s'approchait de la maison. Au moment où j'ai appuyé sur la sonnette, Derrick a reniflé. « C'est de l'herbe ? »

« Non, ça sent l'encens. »

Vêtue d'un pantacourt blanc, Riley Addison ne ressemblait pas à la photo de son permis de conduire. Elle avait un petit air de Hugh Jackman au féminin et un joli sourire. « Je peux vous aider ? »

Derrick a montré son badge, expliquant qu'on devait lui parler.

« Bien sûr. »

Alors qu'on la suivait à l'intérieur, j'essayais de décider si elle avait eu recours à la chirurgie esthétique. La maison était baignée de lumière et joliment meublée. J'aimais particulièrement les murs en shiplap blanchi de la pièce principale. Ce que j'aimais moins, c'était une odeur musquée qui devenait plus forte à mesure qu'on s'installait dans des fauteuils en face d'une télévision plus grande qu'un drap.

J'ai repéré la source de l'arôme : un diffuseur sur un guéridon. Je me suis penché en arrière. « Vous connaissiez bien Victor Trent. »

Elle a paru stupéfaite, soit parce qu'on se passait des

politesses, soit en entendant le nom de la victime. « Il travaillait dans le même complexe. »

Addison mettait de la distance entre eux. « On nous a dit qu'il avait une réputation de… hum, coureur de jupons. »

Ses joues se sont empourprées, mais elle n'a rien dit.

« Aviez-vous une relation avec M. Trent ? »

Elle a murmuré : « C'était l'affaire d'une nuit, une erreur. »

« Comment est-ce que c'est arrivé ? »

« Il a profité de moi. Je venais de rompre avec quelqu'un. J'avais le cœur brisé et il, il… »

« Vous étiez en colère qu'il vous ait manipulée ? »

« Oui. Mais j'étais surtout déçue de moi-même. Je n'aurais jamais dû me permettre ça. Je savais que je n'aurais pas dû, mais il était si, vous savez… »

Je pouvais imaginer sa vulnérabilité. Trent était peut-être un prédateur, mais est-ce qu'Addison s'était vengée de la pire des manières pour autant ? « Votre voiture a été aperçue à la réserve Logan au milieu de la nuit, quelques heures à peine avant la découverte du corps de M. Trent. »

« Non, ce n'était pas moi. Je n'y étais pas. »

« Où étiez-vous cette nuit-là ? »

Elle s'est raclé la gorge. Était-ce sincère ou une façon de gagner du temps ? « J'étais chez un ami. »

« Jusqu'à quelle heure ? »

« J'y ai dormi et je suis rentrée à la maison le lendemain matin pour me changer avant d'aller au travail. »

« Qui est cet ami ? »

« Je préférerais ne pas le dire. C'est, euh, délicat. »

« Je suis désolé, madame, mais vous allez devoir nous le dire. »

Elle a baissé la tête. « Il est marié. »

« Et vous avez passé la nuit chez lui ? »

« Oui, sa femme était absente. »

Les gens aimaient vivre dangereusement. « Il me faudra son nom et son adresse. »

Son visage s'est crispé. « S'il vous plaît. Si vous y allez, elle l'apprendra, et… »

Les liaisons extraconjugales n'avaient pas mon approbation, mais ce n'était pas mon travail. « Donnez-moi son nom et son numéro ; nous le verrons en terrain neutre. »

En notant le numéro, j'ai eu le sentiment que quelque chose était sur le point de basculer. Une impression qui a disparu aussi vite qu'elle était venue.

48

J'AI FRISSONNÉ EN ENTRANT DANS LA SALLE DE CONFÉRENCE. « Derrick, monte le thermostat. Il fait un froid de canard. »

« Frank a toujours froid. »

Mon partenaire a tripoté le thermostat, et je me suis levé pour m'adresser à l'équipe d'agents affectés à l'affaire. « On a beaucoup de pain sur la planche. Le labo a dit qu'on aurait les résultats ADN de Milbury plus tard dans la journée, alors concentrons nos efforts sur Addison et Dreman. »

On a frappé à la porte. Casey s'est levé et l'a entrouverte. On lui a remis une enveloppe kraft. Il me l'a tendue. « C'est pour toi. »

Un frisson m'a parcouru la nuque. Des lettres découpées et collées sur l'enveloppe formaient les mots « Inspecteur Luca – Urgent ». Ils étaient soulignés.

En la tenant à la lumière, j'ai distingué une ombre rectangulaire. En passant un doigt dessus, elle semblait inoffensive. J'ai ouvert l'attache et j'en ai sorti le contenu.

C'était une carte de tarot. Alors que je fixais le message,

Derrick a fait le tour de la table. « Ce salaud devient trop audacieux. »

Il a tendu la main vers la carte, et j'ai dit : « N'y touche pas. Je doute qu'il y ait des empreintes, mais on ne sait jamais. »

Nous avons pris des photos de la carte pendant que le reste de l'équipe se penchait sur la table. Il y avait neuf épées sur la carte. J'ai cherché sur Google. « Elle fait partie de la Suite des Épées, elle s'appelle le Neuf d'Épées. »

« Qu'est-ce que ça veut dire, putain ? »

Une vague de chaleur m'est montée de la nuque aux yeux. « L'impuissance, l'anxiété et le désespoir. »

Derrick a dit : « Le salaud nous nargue. »

Il a dit « nous », mais je savais que c'était moi qu'il visait. « Je ne veux pas que ça nous détourne de notre mission. Ils peuvent envoyer et raconter toutes les conneries qu'ils veulent, on va les traduire en justice. »

Casey a dit : « Et comment qu'on va le faire. »

Mon partenaire a dit : « Sans aucun doute. Tu sais, ça pourrait être Milbury qui essaie de nous énerver. Mec, si on a cette correspondance ADN, je vais prendre un malin plaisir à lui passer les menottes. »

Le rappel que nous attendions les résultats ADN m'a remonté le moral. Bien qu'optimiste, j'ai dit : « On ne peut pas rester assis à attendre que ça nous tombe tout cuit dans le bec, il faut aller chercher les infos. On doit innocenter Dreman et Addison, ou alors se concentrer sur elles. »

Casey a dit : « J'ai redemandé le dossier de l'affaire Dreman. Je leur ai dit que c'était devenu une priorité. Ils ont dit qu'il était en cours de numérisation. On devrait l'avoir avant la fin de la réunion. »

« Bien. Vérifie son compte SunPass. Elle prétend avoir

été à Jacksonville pour rendre visite à sa sœur. Sa sœur a confirmé sa présence, mais je n'ai pas besoin de te faire un dessin sur les alibis familiaux. »

« Je m'en occupe. »

« Blake, j'aimerais que tu te penches sur la communauté des médiums. Concentre-toi sur les cartomanciens, ceux qui utilisent des cartes de tarot. Ça pourrait n'être rien, mais je n'en ai pas l'impression. »

Blake a dit : « Je m'en charge. Il y a une femme à Venice qui lit les cartes de tarot chez elle. Elle est censée être une vraie cinglée avec un casier. Je ne sais pas si ça vaut le coup d'aller jusqu'à… »

« Ça n'a pas d'importance, il faut qu'on la voie. En fait, fais-en une priorité. Derrick et moi allons nous renseigner sur Addison. Cobalt et Willis, j'ai besoin que vous établissiez toutes les connexions que Dreman et Addison auraient pu avoir avec les victimes. »

Blake s'est levé. « Je vais y aller. Venice est à deux heures de route. »

« Bonne chance. Foley, je sais qu'on attend les résultats pour Milbury, mais combien d'autres bases de données peut-on exploiter ? »

« Vingt-trois États sont revenus négatifs. J'attends toujours les autres, ainsi que l'autorisation de lancer une recherche familiale. »

« D'accord, pourquoi n'aides-tu pas sur les cartomanciens pendant que Blake est en route ? »

« Avec plaisir. »

« Très bien, au travail. »

Derrick était plus confiant que moi, et alors que nous retournions au bureau, j'ai dit : « Je vais sortir une minute pour me réchauffer. »

« Tu as encore froid ? »

J'ai hoché la tête. « Ensuite, je dois parler de la carte à Remin. »

« À plus tard. »

Ce n'était pas seulement à la climatisation que je voulais échapper, j'avais besoin d'entendre la voix de Mary Ann. Une fois au soleil, je me suis tourné vers lui pour me réchauffer et j'ai sorti mon téléphone.

« Salut, comment vas-tu ? »

« Ça va. Est-ce que tout va bien ? »

« Oui, je voulais juste prendre de tes nouvelles. »

« Il s'est passé quelque chose ? »

Elle me connaissait trop bien. « Ce n'est rien. Je ne voulais pas que tu l'apprennes aux infos, mais on a reçu une carte de tarot par la poste. »

« Oh mon Dieu, c'est bizarre. »

« N'en parle à personne. »

« Je n'aime pas ça, Frank. Ils sont trop effrontés. »

Elle avait raison, mais j'ai dit : « J'appellerais plutôt ça de la négligence. Ça finira par les faire attraper. »

« Est-ce qu'ils ont proféré des menaces ? »

« Non. Ils essaient juste de nous narguer, de me narguer, parce qu'on ne les a pas encore attrapés. »

« Tu les auras. Tu les as toujours. »

« J'imagine. »

« Tu imagines ? Tu es le meilleur inspecteur du monde. Tu résous toujours tes enquêtes. »

J'ai apprécié le vote de confiance, mais personne n'avait un bilan impeccable. Est-ce que ce serait une première pour moi ? « Bref, j'ai appelé pour savoir comment tu allais, pas pour parler de l'affaire. »

« Je vais bien. J'allais justement faire quelques

longueurs. »

Quelques-unes. Je la connaissais presque aussi bien qu'elle me connaissait. Elle ne se sentait pas aussi bien qu'elle le disait. Nous mentions tous les deux. « Vas-y. Je dois informer le capitaine Remin du contact. »

« D'accord. Mais sois prudent. »

« Ne m'attends pas pour le dîner. »

Je me suis imprégné de trente secondes supplémentaires de vitamine D avant de monter à l'étage. Le shérif lisait un rapport quand on m'a fait entrer. Il l'a jeté sur le côté. « Qu'est-ce qui se passe, Frank ? »

« On dirait que le tueur a envoyé un message. Nous avons reçu une enveloppe contenant une carte de tarot. »

Il s'est penché en avant. « Qu'est-ce que ça signifie ? »

« D'après ce que je peux en dire, ça ressemble à une provocation. La carte symbolise le désespoir et l'impuissance. »

Remin a frappé du poing sur le bureau. « Pour qui se prennent-ils, bon sang ? »

« Nous les aurons, monsieur. Un contact, c'est une bonne chose. »

« Tu as raison. Tu penses qu'ils ont aussi contacté les médias ? »

« Pas que je sache. »

Il s'est laissé retomber dans son fauteuil. « Nous allons probablement devoir faire une déclaration. »

« Je n'en suis pas sûr. Ils cherchent peut-être l'attention. Si nous n'en parlons pas, ils pourraient établir un autre contact. »

« Ou ils tueront à nouveau. »

« C'est vrai, mais s'ils obtiennent une couverture médiatique, qui sait ce qu'ils feront ensuite. »

« Je vais devoir y réfléchir. Dites à tout le monde de ne rien dire. »

« Le labo l'a. Je doute qu'il y ait des empreintes dessus, mais on ne sait jamais. »

« Espérons que l'ADN de Milbury corresponde et qu'on puisse mettre fin à cette mascarade. »

Je me suis levé. « Très bien, monsieur. Nous avons de nombreuses pistes à suivre. Je dois y aller. »

Alors que je descendais les escaliers, pesant le pour et le contre de ne pas déclarer que le tueur avait pris contact, mon téléphone a sonné. C'était le labo.

49

Je me suis arrêté sur le palier. « Allô ? »

« Frank, c'est Geary du labo. »

« Tu as de bonnes nouvelles pour moi ? »

« J'ai bien peur que non. L'ADN extrait du chewing-gum ne correspond pas au sang retrouvé sur le pantalon de la dernière victime. »

Notre suspect le plus crédible était hors de cause. Je me suis appuyé contre le mur.

« Frank ? »

« Tu en es sûr ? »

« À cent pour cent. »

« D'accord. Merci. »

« Désolé, mon pote. »

« À plus tard, Geary. »

Je me suis assis sur les marches. Nous avions quelques pistes en cours d'examen, mais nous étions loin d'une résolution. La plupart des enquêtes pour homicide étaient des marathons, et bien que la ligne d'arrivée ait été en vue, j'avais été contraint de tout recommencer.

Le bruit des pas m'a fait me relever. Je suis sorti dans le couloir menant à mon bureau. Me forçant à ne pas m'attarder sur la non-concordance, je suis entré dans le bureau.

Derrick a levé les yeux par-dessus son écran. « Qu'est-ce que Remin avait à dire ? »

Merde. Il fallait que j'informe Remin que Milbury n'était plus suspect. « Il l'a plutôt bien pris. Il n'est pas sûr que nous devions faire une déclaration publique, alors on doit garder ça pour nous. »

Il a attrapé le téléphone. « Pas de problème. Je préviens les autres. »

« Attends une seconde. »

« Qu'est-ce qui se passe ? »

« L'ADN de Milbury ne correspondait pas. »

« Bon sang ! On ne peut pas avoir un peu de répit ? »

J'ai levé les bras au ciel, et une idée m'a traversé l'esprit. « Et si le sang avait été déposé là exprès ? »

« Oh, la vache. Tu crois que c'est possible ? »

« Pourquoi pas ? Ce tueur est doué. »

« Ce serait cohérent avec la provocation. »

« Il pourrait essayer de nous semer. »

« Il faut être prudent. »

J'ai hoché la tête. « On a eu une affaire juste avant que tu arrives. Mary Ann et moi, on s'en est occupés. Le tueur avait déposé des preuves impliquant d'autres personnes. C'était bien fait. »

« Mais vous l'avez coincé. »

« On l'a eu. »

« Qu'est-ce que tu veux faire ? »

« Vérifie si Milbury a récemment donné son sang ou s'il a un ami qui travaille dans un lieu où le sang est collecté ou stocké. Même les hôpitaux. »

« Tout le monde connaît quelqu'un qui travaille dans le domaine médical. »

« Je sais, mais il faudrait être très proche ou avoir un moyen de pression sur quelqu'un pour qu'il t'aide. »

« Le sang était frais, donc ça aurait dû se passer en moins d'une journée. »

La chronologie rendait la probabilité faible. « Oui, ou alors il avait une fiole qui, si elle est stockée correctement, se conserve un bon moment. »

« Demande à quelqu'un de vérifier chez Quest et LabCorp. Vois s'il leur manque une fiole depuis les deux dernières semaines. »

« Je m'en occupe. »

« Préviens les autres pour l'ADN de Milbury ; il faut qu'on trouve quelque chose. »

« Compris. »

« D'accord, je vais parler à Remin de l'ADN. »

———

MON ESPRIT ÉTAIT plein de pensées. Elles s'entrechoquaient, m'empêchant de réfléchir aux possibilités de manière systématique. Au lieu de retourner au bureau, j'ai tourné à gauche sur Mooring Line Drive.

Quand la rue s'est terminée, j'ai continué à gauche, le long de l'eau. Le parking de Lowdermilk Park était bondé. Me garant le long du trottoir, j'ai jeté une carte sur le tableau de bord et j'ai foncé vers le sable.

Mes chaussures et mes chaussettes à la main, j'ai marché vers le sud. Le golfe venait lécher le rivage. J'ai inspiré profondément. L'air chargé de sel avait une nuance douce.

Mon esprit a commencé à s'apaiser ; pas étonnant que les gens se pressent sur la plage.

Un pélican en patrouille a piqué dans l'eau et en est ressorti avec un repas. La vie était simple. Comment nous, les humains, arrivions-nous à compliquer les choses à ce point ? J'ai balayé la foule du regard ; la plupart des gens discutaient ou lisaient.

Ils ne semblaient pas avoir le moindre souci, et pourtant, j'étais là, chargé de veiller à leur sécurité. J'ai contourné deux enfants qui construisaient un château. Ils avaient le droit de vivre sans craindre qu'un tueur dérangé ne s'en prenne à eux.

Mon vœu de protéger et servir s'était infiltré dans mes gènes. Que je le veuille ou non, je devais le faire. Chaque affaire semblait difficile, mais celle-ci serait dure à battre. Alors qu'un couple de bécasseaux picorait le sable en quête d'un en-cas, j'ai secoué la tête. Il était temps de revenir aux fondamentaux.

Il y avait quatre cadavres. Au moins trois étaient des homicides. Le ou les tueurs étaient en liberté. Il semblait qu'une femme était derrière les meurtres. Une femme intelligente, mais qui aimait vous provoquer, vous le mettre sous le nez.

Un seul individu ou un groupe était-il responsable de ces morts ? Ou un imitateur brouillait-il les pistes ? Comprendre si nous poursuivions une ou plusieurs personnes était essentiel à l'affaire.

L'autre fait fondamental à éclaircir était de savoir si le sang sur le pantalon de Trent provenait du tueur ou s'il avait été placé là pour nous distraire. Si c'était celui du tueur, avait-il réalisé qu'il l'avait laissé derrière lui ?

Si c'était celui du tueur, nous finirions par le coincer. Le problème était de savoir combien d'autres personnes devraient mourir avant que nous y parvenions. L'autre point qui réclamait une réponse était de savoir si le tueur avait choisi ses victimes. Sinon, traquer un tueur qui frappe au hasard, un tueur aussi prudent que celui-ci, représentait un défi exponentiel.

Ce tueur avait choisi de rendre les choses personnelles avec moi. Que ce soit par peur ou par calcul, je penchais pour un règlement de comptes. Les cartes de tarot étaient sujettes à interprétation, mais elles avaient une signification. Le problème, c'est qu'il y avait peu de preuves de liens entre les morts.

Je ne me souvenais pas si nous avions vérifié si les victimes s'intéressaient aux mondes cosmique ou psychique, mais il faudrait y revenir si nous ne l'avions pas fait. Nous devions aussi creuser en profondeur avec les deux premières victimes. S'il y avait un deuxième tueur, il serait apparu après.

En passant devant le Colonial Club, mon téléphone a vibré. « Luca à l'appareil. »

« Frank, c'est Casey. »

« Qu'est-ce qui se passe ? »

« J'ai les relevés SunPass de Dreman, et rien n'indique qu'elle est allée à Jacksonville ou près d'un péage. »

« Sa sœur ment. »

« Je l'ai appelée. Elle a admis que Dreman lui avait demandé de dire qu'elle était là-haut. Elle a aussi une condamnation pour transport de stupéfiants. »

J'ai fait volte-face. « D'accord. Mets-la sous surveillance. Je suis sur le chemin du retour. »

50

DERRICK A APPELÉ LA BOUTIQUE DE FARCES ET ATTRAPES DU centre commercial Coastal. Dreman était en congé aujourd'hui. Nous avons filé sur Livingston, puis nous avons tourné sur Davis Boulevard pour entrer sur le parking du Lago. J'ai dit : « Tu plaisantes ? Ils envoient une voiture de patrouille pour garder un œil sur Dreman ? »

« Ils devaient être en sous-effectif à cause de la grippe. J'ai entendu dire que deux ou trois mecs s'étaient fait porter pâles. »

« Un peu de bon sens, c'est tout ce que je demande. »

Derrick a montré du doigt. « Voilà sa Honda. »

Je me suis garé à quelques places de là. « Elle nous observe peut-être. Toi, passe par la gauche et moi, je prends la droite. »

Un groupe de trentenaires buvait des bières au bord de la piscine. Ça m'a fait penser qu'on ne sait jamais vraiment qui sont nos voisins. J'ai appuyé sur la sonnette et je me suis décalé sur le côté.

« C'est ouvert, Julio ! »

Craignant un guet-apens, je ne nous suis pas annoncés et j'ai sonné de nouveau. « C'est ouvert ! »

J'ai martelé la porte avec la paume de ma main. Une voix, marmonnant des jurons, est devenue plus forte. Dreman a ouvert la porte. Si c'étaient des gorilles à notre place, elle n'aurait pas été plus surprise.

« Je… euh, je pensais que c'était Julio. »

« On peut entrer ? »

Elle a retrouvé son assurance. « Qu'est-ce que vous voulez ? »

« Votre alibi ne tient pas la route. Vous n'êtes pas allée à Jacksonville la nuit où Victor Trent a été assassiné. »

« Hé, ce n'est pas parce que j'ai fait de la prison que vous allez me mettre ça sur le dos ! »

« Vous voulez qu'on règle ça ici ? Ou est-ce qu'on doit… »

« C'est bon, c'est bon. »

Elle s'est écartée et nous sommes entrés dans son appartement. J'ai perçu l'odeur âcre de la marijuana. Mon espoir que cette femme ait le bon sens de ne pas conduire sous son emprise était mal placé.

Dreman a claqué la porte. J'ai dit : « Vous avez menti à propos de votre visite à votre sœur à Jacksonville. »

Son rictus m'a rappelé ce qu'on faisait dans le dos du prof à l'école. « Je me suis trompée dans les dates. »

« Où étiez-vous dans la nuit du premier février ? »

« Je suis presque sûre que j'étais à Miami. »

« Votre compte SunPass n'a aucune trace de votre passage là-bas. »

« Et alors ? Je ne l'ai pas utilisé. »

« Vous vous attendez à ce que je croie que vous aviez un

pass qui fait gagner du temps et offre des réductions sur les péages, et que vous ne l'avez pas utilisé ? »

« On est toujours dans un pays libre, non ? »

« Absolument, mais vous n'êtes pas libre de mentir à la police. »

Derrick a dit : « Ça s'appelle une entrave à la justice. On l'embarque. »

Le ton de mon coéquipier n'a pas altéré son expression suffisante.

J'ai dit : « Si vous étiez à Miami, il va me falloir des noms, des lieux et des horaires pour le prouver. »

« Je suis juste allée faire la fête. C'est trop calme par ici. »

« Avec qui et où ? »

« Je n'ai rien à vous dire. J'ai fini de parler. »

Elle cachait quelque chose. « Écoutez, je respecte votre droit à la vie privée, mais j'ai un travail à faire. Si vous ne comptez pas coopérer, je demanderai au procureur de voir quel genre d'accusations… »

« C'est des conneries. Vous ne pouvez rien me reprocher pour être allée à Miami. »

Poursuivre cette guerre d'usure n'avait aucun sens. « Dites-moi à quelle heure vous êtes partie et revenue, et je vérifierai les caméras au péage d'Alligator Alley. »

Son visage s'est éclairé. « Je suis partie d'ici à vingt heures et je suis repassée par le péage vers quatre heures du matin. »

« Vous en êtes sûre ? »

« Ouais. »

« Si vous mentez encore, je vous jure que je vous arrête pour entrave à la justice, au minimum. »

La façon dont elle a ricané ressemblait à la nature provocatrice de la personne qui contactait la rédaction. Est-ce que Dreman avait envoyé la carte de tarot ?

Nous avons longé en silence les buveurs de bière pour rejoindre notre voiture. J'ai lancé les clés à Derrick. Dès que nous sommes montés, j'ai dit : « Assure-toi qu'on la surveille. Je vais appeler Remin et lui demander de contacter le ministère des Transports. On doit vérifier si Dreman est vraiment allée à Miami. »

« Je ne lui fais pas confiance du tout. Pour quelqu'un qui a fait de la prison, elle a un sacré complexe de supériorité. »

Il avait raison. J'ai appelé le shérif et j'ai dit : « Exactement comme celui ou celle qui commet ces meurtres. »

J'ai raccroché. « Il a dit que tout est numérique et qu'il aurait les enregistrements du péage d'ici la fin de la journée. »

« Bien. On doit vérifier l'alibi d'Addison. »

J'ai sorti mon carnet. « Laisse-moi l'appeler. S'il travaille, on y va maintenant. »

———

« FRANK ? »

« Ouais, c'est moi. »

Mary Ann m'a rejoint dans la cuisine. « Je ne t'attendais pas si tôt à la maison. »

Il était un peu plus de vingt heures. « J'en avais marre de me cogner la tête contre les murs. »

Elle m'a entouré de ses bras. « Je suis contente que tu sois rentré. Je viens de mettre la pasta e fagioli au frigo. »

« Ça me va. »

« Va te changer, je vais t'en réchauffer un bol. »

« Où est Jessie ? »

« Au match de foot. »

Même si j'habitais ici depuis plus de dix ans, je ne comprenais toujours pas cette fascination pour le football américain au lycée. J'ai enfilé un short et un t-shirt des Beatles presque aussi vieux que moi et je suis retourné à la cuisine.

J'ai pris une grande inspiration. « Ça sent super bon. C'est toi qui l'as faite ? »

« Qui d'autre ? »

« Je vérifiais juste. » J'ai pris trois cuillerées avant de reprendre mon souffle. « C'est la meilleure que tu aies jamais faite. »

Elle a souri. « Dure journée, hein ? »

J'ai hoché la tête. « On n'arrive pas à avancer. On devait recevoir une vidéo de surveillance pour innocenter une personne qui pourrait être le tueur, mais maintenant, c'est reporté à demain. L'ADN ne correspond pas à un autre, et maintenant on doit attendre les correspondances familiales. »

« Oh, la barbe. »

« Et le type à qui on doit parler pour l'alibi d'une autre personne d'intérêt était à Tampa. »

« Tu vas y arriver, Frank. »

J'ai haussé les épaules et posé ma cuillère. « Je commence à penser qu'on n'y arrivera pas. Et ça me fout une peur bleue. »

« Ce n'est pas grave. Personne n'a un bilan parfait. Tu resteras le meilleur détective que le sud-ouest de la Floride ait jamais connu. »

Même si c'était le cas, j'ai dit : « Je ne m'inquiète pas pour ma réputation ; c'est notre petit coin de paradis, et je veux qu'il le reste. »

Elle m'a serré la main. « C'est la peur d'échouer, de décevoir les autres, qui t'inquiète. »

Il m'a fallu une seconde pour réaliser que ça y était pour beaucoup. C'était en partie une question d'ego, mais je tenais vraiment à notre communauté. « Je suppose que oui. »

« Ça va s'arranger. Ça s'arrange toujours. »

Je n'en étais pas si sûr et j'ai réalisé que je ne lui avais pas demandé comment elle allait. Je lui ai embrassé la main. « Assez parlé de moi. Et toi, comment tu te sens ? »

« Je vais bien. »

J'ai souri. « Le match de foot se termine à quelle heure ? »

« Vers vingt et une heures. Pourquoi ? »

« Tu te sens assez en forme pour… tu sais quoi ? »

51

Je fixais la photocopie de la carte de tarot scotchée au tableau. Le tueur avait continué à être prudent, pas une seule empreinte dessus, ni sur l'enveloppe qui la contenait. Derrick est entré, deux tasses de café à la main. « Tu es matinal. Tu n'as pas pu dormir ? »

« J'ai bien dormi. J'ai eu de la chance la nuit dernière. »

Il a souri. « Espèce de coquin, va. »

J'ai bu une gorgée de mon café. « Je pactiserais avec le Diable pour coincer ce salaud. »

Derrick a tapoté sur son clavier. « T'as déjà vu ce film où ce type, je crois que c'est Brad Pitt, passe un pacte avec le diable ? »

« Non. » J'ai répondu à mon portable qui sonnait : « Inspecteur Luca. »

« Bonjour, ici Paul Madewell. Vous m'avez appelé hier pendant que j'étais à Tampa. »

« Oui, merci de me rappeler. J'aimerais vous parler, à votre lieu de travail. »

« À quel sujet ? »

« C'est une affaire personnelle, concernant une certaine Mme Addison. »

Il a soupiré. « Oh. D'accord. Je suis le propriétaire d'Altered Elements dans le Green Tree Center, près d'Immokalee. Vous connaissez ? »

« Non, mais je vais trouver. Disons, dans une demi-heure ? »

« Ça me va. »

J'ai raccroché et je me suis levé. « C'est le type avec qui Addison a dit qu'elle était. »

« Tu vas aller le voir ? »

« Ouais. Il a une boutique qui s'appelle Altered Elements, dans… »

« Dans le Green Tree ? »

« Ouais, pourquoi ? »

« C'est une de ces boutiques mystiques, euh, métaphysiques. Ils vendent des cristaux et des pierres de guérison. »

« Ils vendent des cartes de tarot ? »

« Je ne sais pas, mais probablement. Avant de rencontrer Lynn, je sortais avec une fille qui y allait tout le temps. Elle disait qu'ils avaient des pierres de guérison qui lui parlaient. »

« Des cailloux qui te parlaient ? »

« C'est ce qu'elle disait. »

« Heureusement que tu as rencontré Lynn. »

Il a répondu au téléphone de son bureau. « À qui le dis-tu. »

Derrick a dit : « Merci », et il a raccroché. « Les enregistrements du péage arrivent à l'instant. »

« Très bien, jette un œil à ça pendant que je vais voir ce type dans sa boutique de cailloux. »

« De pierres, Frank. Ça s'appelle des pierres. »

J'ai ri et je suis sorti. Le temps d'arriver au parking, ma bonne humeur s'était envolée. Même si cette boutique ne vendait pas de cartes de tarot, pour moi, les trucs métaphysiques et la voyance, c'était la même famille.

L'expérience m'avait appris que la plupart des tueurs étaient « vraiment gentils », et mon mantra « on ne connaît jamais vraiment les gens » était indiscutable. Et puis il y avait les psychopathes que les voix dans leur tête poussaient à tuer.

En songeant au pouvoir de guérison des cristaux, il n'y avait qu'un pas à faire pour imaginer que quelqu'un puisse croire qu'une force supérieure et universelle lui ordonnait de commettre un meurtre. C'était peut-être pour ça qu'on les mettait en scène au milieu d'une réserve naturelle.

Mais comment les victimes étaient-elles choisies ? Y avait-il quelque chose qu'elles avaient fait qui pouvait être interprété comme étant contre l'univers ?

En arrivant sur le parking, je ne voyais aucune raison qu'un esprit tordu pourrait utiliser pour justifier de prendre une vie.

J'ai ouvert la porte. Une musique, me rappelant le planétarium Bishop où nous avions emmené Jessie, emplissait l'air. Un présentoir de cristaux violets reposait sur un comptoir. L'endroit dégageait une atmosphère que je n'arrivais pas à définir. D'un autre côté, je ne m'étais jamais approché d'aussi près de pierres qui parlent.

Un homme en T-shirt tie-dye s'est approché. « Je peux vous aider ? »

« Je suis ici pour voir M. Madewell. »

« C'est moi. Et si nous allions dehors ? »

Le centre commercial avait été récemment rénové. Il m'a fait signe de m'asseoir sur un banc en face d'une fontaine.

« Vous vouliez parler de Riley ? »

« Oui. Mme Addison s'est servie de vous comme alibi. »

L'horreur se peignit sur son visage. « Est-ce qu'elle a fait quelque chose… »

Je ne pensais pas qu'il était impliqué. « Nous suivons la procédure. Alors, est-ce que Mme Addison était avec vous la nuit du premier février ? »

Il a hoché la tête.

« Où étiez-vous ? »

Il a murmuré : « Chez moi. »

« Vous êtes marié, n'est-ce pas ? »

« Ma femme n'était pas à la maison. »

Il a dit ça comme si ça rendait la chose acceptable. « Combien de temps est-elle restée ? »

« Elle a passé la nuit. »

« Vendez-vous des cartes de tarot ? »

« Non. Le monde métaphysique est bien plus précis pour prédire l'avenir. »

J'ai eu envie de lui demander s'il pouvait prévoir quand j'allais attraper le Tueur de la Réserve. « Est-ce que Mme Addison croit en la voyance ou s'y intéresse ? »

Il a grincé des dents. « La voyance n'est pas la bonne façon de présenter les choses. L'univers nous offre d'innombrables signes de ce qui nous attend. Par exemple, votre signe astrologique est accompagné d'un ensemble de prédispositions. Bien sûr, vous avez votre libre arbitre pour influencer votre vie, mais ignorer les énergies supérieures du monde rend plus difficile la compréhension de votre place dans le cosmos. »

Le moment de votre naissance semblait important et l'était probablement à bien des égards, mais pas autant que l'endroit où vous étiez né. « Est-ce que Mme Addison s'inté-resse aux signes qui prédisent l'avenir ? »

« Qui d'entre nous ne s'y intéresse pas ? C'est un désir fondamental de chaque habitant de l'univers. »

Comme je préférais toujours assurer mes arrières, je ne lui ai pas demandé si sa femme avait regardé vers l'avenir et l'avait vu la tromper. « Nous sommes au courant du tempé-rament de Mme Addison. À quelle fréquence perd-elle son sang-froid ? »

« Elle s'est améliorée sur ce point grâce à la thérapie par les cristaux. L'améthyste a de fortes propriétés holistiques. Elle a un effet transformateur pour aider les gens à se défaire de leurs mauvaises habitudes. »

Voilà quelque chose que les directeurs de prison du monde entier pourraient utiliser. « Y a-t-il quoi que ce soit que vous sachiez à propos de Mme Addison qui pourrait indiquer qu'elle serait capable de faire du mal à quelqu'un ? »

« Non, non. Elle n'est pas comme ça. Pas du tout. »

Bien que son système de croyances soit loin du mien, je le croyais sur parole. La seule chose qui me trottait dans la tête était le fait d'utiliser sa propre maison pour une rencontre sexuelle. C'était audacieux, mais c'était aussi le seul moyen d'être inattaquable. Si ç'avait été un hôtel, il y aurait eu des reçus et des caméras. J'ai rangé cette pensée dans un coin de ma tête et je suis parti.

J'étais en train de tourner sur Airport Pulling quand le téléphone a sonné. J'ai appuyé sur le bouton du volant, et la voix de Derrick a retenti : « Frank, où es-tu ? »

« Sur le chemin du retour. Qu'est-ce qui se passe ? »

« J'ai vérifié les enregistrements du péage. Dreman est

partie une demi-heure avant l'heure qu'elle a dite, mais je ne trouve pas son retour. »

« C'est bizarre. »

« Je sais. Peut-être qu'elle est revenue par un autre chemin ? »

« Pourquoi faire un détour ? Elle a dû rentrer plus tôt ou plus tard. »

« Si c'était plus tôt, elle vient de grimper sur la liste des suspects. »

52

D<small>ERRICK</small> A <small>LAISSÉ UNE TASSE DE CAFÉ ET LE</small> D<small>AILY</small> N<small>EWS</small> <small>SUR</small>
mon bureau. J'ai retiré le couvercle en plastique, j'ai bu une
gorgée et j'ai fait glisser le journal vers moi. J'ai secoué la
tête en lisant le gros titre. « Le tueur de la réserve silencieux ». J'ai lu le premier paragraphe. C'était plus ou moins
la même rengaine ; le tueur était dans la nature et la police
n'avait identifié aucun suspect principal.

J'ai repoussé le journal, puis je me suis arrêté et l'ai
repris. Je l'ai ouvert à la page du sommaire, j'ai cherché la
page des horoscopes et j'ai lu le mien : « Vous pourriez
atteindre un paroxysme émotionnel aujourd'hui. Les choses
pourraient arriver à un point critique. Ne soyez pas surpris
si vous vous heurtez à une forte opposition. Dépensez votre
énergie librement, mais ne vous inquiétez pas si d'autres
essaient de vous tirer dans la direction opposée. La flexibilité est la clé pour vous. »

En me calant dans mon fauteuil, je me suis demandé s'il
n'y avait pas du vrai dans le monde du mysticisme. Les
étoiles reconnaissaient la difficulté que cette affaire présen-

tait. Elles promettaient un paroxysme émotionnel, mais sans le moindre indice sur ce qu'il apporterait. Le seul conseil offert était de rester flexible.

J'abordais l'affaire avec un esprit ouvert, la retournant dans tous les sens comme un aspirateur Roomba. En examinant les pistes, je ne voyais pas en quoi j'avais pu faire preuve de rigidité ou de réticence à en suivre une.

En me demandant si l'univers faisait référence à ma vie personnelle, je me suis connecté à mon ordinateur de bureau. Trente-deux e-mails m'attendaient. J'ai parcouru la liste et en ai ouvert un qui contenait un lien vers les arrestations de la veille. Quinze personnes avaient été embarquées. J'ai parcouru les noms et j'ai failli recracher mon café.

Ce n'était pas possible. J'ai cliqué sur le nom et une photo est apparue. C'était Stephan Ong. Il avait été arrêté pour trouble à l'ordre public. L'inculpation était liée à son ingérence dans l'arrestation d'une femme. J'ai cliqué sur l'affaire correspondante et je me suis figé.

La femme qu'Ong avait tenté de protéger était Riley Addison. J'ai vérifié l'heure de l'arrestation : 1 h 37 du matin. Pas étonnant que je n'aie pas été prévenu. Addison avait été arrêtée pour agression. Elle avait planté la pointe d'un parapluie dans le ventre d'une femme, l'envoyant à l'hôpital.

Elle était violente. Elle avait une Honda blanche comme celle qui avait été vue sur les lieux du meurtre de Victor Trent.

J'ai vérifié le dossier. On lui avait fait un prélèvement ADN. Il fallait le comparer au sang trouvé sur le pantalon de Trent. J'ai imprimé la fiche d'écrou et je suis allé au laboratoire.

Tandis que je montais les escaliers quatre à quatre, je pensais à Stephan Ong. Addison et lui travaillaient-ils ensemble ? Si c'était le cas, ça comblerait plus de trous qu'une équipe de cantonniers. Avant d'entrer dans le labo, j'ai appelé Derrick.

« On a peut-être eu un coup de chance. Addison a été arrêtée pour avoir poignardé une femme avec la pointe d'un parapluie. »

« Merde alors. »

« Et devine qui a été embarqué avec elle », lui ai-je lancé, comme il me l'aurait dit.

« Ne me dis pas que c'est Milbury. »

« Non, Stephan Ong. »

« L'agent immobilier ? »

« Bingo. Comme le sang venait d'une femme, on a abandonné sa piste. Mais tu sais bien qu'on n'a jamais vérifié son alibi. »

« À quoi tu penses ? Qu'ils travaillent ensemble ? »

« Honnêtement, je ne sais pas quoi penser. » J'ai grincé des dents en utilisant le mot « honnêtement ». C'était un préambule stupide, qui laissait entendre que tout le reste était un mensonge.

« C'est fou, c'est incroyable. »

J'avais envie de lui dire que mon horoscope prédisait que j'aurais un paroxysme émotionnel aujourd'hui, mais j'étais gêné. « Ça l'est, mais on a du pain sur la planche. Il faut que tu montes voir les procureurs. Dis-leur qu'on a des personnes d'intérêt dans l'affaire du tueur de la réserve. On doit les garder. Je ne veux pas qu'elles comparaissent et qu'on les relâche. Ils doivent savoir qu'elles pourraient être impliquées dans plusieurs homicides. »

« Je vais leur expliquer la situation. Ils ne vont nulle part. »

Après avoir dit au labo ce dont nous avions besoin, je suis allé voir le shérif. Il a souri en me voyant entrer.

« Vous approchez du but, hein ? »

« Ce n'est pas encore clair, mais j'ai besoin de votre aide pour y voir plus clair. »

« Tout ce que vous voudrez. »

J'ai expliqué qu'Addison et Ong avaient été arrêtés devant le Blue Martini à Mercato.

« Quelles sont les chances que ça arrive ? Deux personnes d'intérêt, arrêtées ensemble pour agression ? »

« C'est étrange, c'est certain. »

« À quelle heure est leur comparution ? »

« Je ne sais pas. Ils ont été amenés vers deux heures du matin. »

« Nous avons encore du temps avant la fin du délai de vingt-quatre heures. »

« J'aimerais les interroger chacun de mon côté. Si vous pouviez obtenir l'accord des agents qui les ont arrêtés... »

« C'est fait. Quoi d'autre ? »

« Juste pour que vous sachiez, Derrick est allé prévenir les procureurs et leur a demandé de les maintenir en détention après la comparution. »

« C'est au juge d'en décider. »

« Je sais, mais... »

« Je vais vérifier qui s'en occupe et m'assurer qu'il sache qu'ils pourraient être impliqués dans l'affaire du Tueur de la réserve. Autre chose ? »

« J'ai demandé au labo de comparer le prélèvement effectué sur Addison lors de son arrestation avec le sang trouvé sur la dernière scène de crime. Ce serait utile si vous pouviez en faire une priorité. »

« Je m'en occupe. »

« Merci, monsieur. J'aimerais leur parler dès que possible. »

« Donnez-moi dix minutes, tout au plus. Je vais faire en sorte que leur comparution soit repoussée le plus tard possible et je préviendrai le capitaine Gesso que vous allez leur parler. »

————

Je faisais les cent pas dans le couloir, devant les salles d'interrogatoire. Addison et Ong étaient enfermés dans des pièces séparées, en entretien avec leurs avocats. Il n'y aurait aucune occasion de leur parler sans un avocat. Ce n'était pas l'idéal, mais j'étais impatient de voir ce qu'ils avaient à dire.

Mon téléphone a vibré ; c'était Derrick. « Salut, quoi de neuf ? »

« J'ai récupéré les images de Lago, et Dreman est bien rentrée. Mais il était vingt-deux heures quarante. »

« Hmmm. » Je ne me souvenais plus de l'heure de la mort de Trent. « Bilotti a dit que Trent était mort quand ? »

« Ça correspond à la fourchette. Mais tu veux que je te dise le plus bizarre ? »

Non, je ne veux pas. « De quoi tu parles ? »

« Quand Dreman est revenue, son coffre était entrou-vert. Il était maintenu fermé par une chaîne et un cadenas. Elle transportait quelque chose d'important. »

« Qu'est-ce que ça pouvait être ? »

« Tu penses que c'était le corps de Trent ? »

« Ça ne colle pas. Le tueur a été trop prudent. Il ne se baladerait pas avec un cadavre. »

« Peut-être, mais parfois, le meilleur endroit pour cacher quelque chose, c'est sous les yeux de tout le monde. »

Il avait raison. « Ouais, mais… »

« Elle aurait pu le tuer ailleurs, et quand elle est allée mettre en scène le corps dans la réserve de Logan, quelqu'un s'y trouvait peut-être. Tu sais, Ramirez a dit qu'il avait chassé un couple d'amoureux de là-bas une semaine avant le meurtre. »

« Mais pourquoi rentrer chez elle avec le corps ? »

« Se balader en voiture avec un cadavre, ça me semble plus risqué. »

« Prends quelques agents et descends à Lago. Parle à tout le monde dans la résidence. Et récupère les registres du portail ; vois si elle est ressortie plus tard cette nuit-là. »

53

La porte de la salle d'interrogatoire s'est ouverte. « Inspecteur Luca ? Nous sommes prêts pour vous. »

C'était Fred Moresco, l'avocat d'Ong. Nous nous sommes serré la main et je suis entré dans la pièce. Ong avait l'air plus frais que moi. Il s'est levé. Les plis de son pantalon étaient aussi tranchants qu'une lame de rasoir. Il a hoché la tête et s'est rassis.

J'ai allumé les enregistreurs et, après avoir récité les formules d'usage, j'ai dit : « Monsieur Ong, j'aimerais que vous me donniez votre version des faits. »

« C'était un malentendu. »

« Mon client essayait simplement de s'assurer que personne ne soit blessé. »

« Exactement. J'ai essayé de calmer Riley et je lui ai demandé de coopérer, mais les agents tenaient absolument à monter cette affaire en épingle. »

« Ce n'était pas rien. Une femme s'est retrouvée à l'hôpital avec l'abdomen perforé. »

« Je ne minimise pas la blessure, bien que ce ne soit qu'un bleu, mais c'est elle qui a commencé. »

« Mon client maintient que la femme était l'agresseuse, et nous avons commencé à identifier des témoins pour le corroborer. »

« Que faisiez-vous, vous et Mlle Addison, ce soir-là ? »

« Nous profitions d'une soirée en ville. »

« Pourquoi êtes-vous restés dehors si tard ? »

« Riley et moi sommes des oiseaux de nuit. Nous passions un excellent moment jusqu'à ce que cette salope, euh, cette femme gâche tout. »

« Que s'est-il passé ? »

« Elle était ivre et me tripotait de partout. Riley essayait de la faire me lâcher. »

« Comment la bagarre a-t-elle éclaté ? »

« Nous essayions de partir et elle nous a suivis dehors. Tout s'est passé si vite ; je ne saurais pas dire exactement. J'étais sur mon téléphone, en train d'appeler un Uber et, l'instant d'après, j'ai vu Riley utiliser le parapluie pour la tenir à distance. Puis elle est tombée et Riley a utilisé le parapluie pour l'empêcher de se relever. »

« Le rapport indique que l'extrémité de l'arme était aiguisée. »

« Un instant, inspecteur. C'était un simple parapluie, pas une arme, et mon client n'avait aucune connaissance du fait que la virole, ou l'embout, ait été aiguisée. »

Virole. J'avais un nouveau mot pour Derrick. « Pourquoi aviez-vous un parapluie ? »

« La météo annonçait un risque de pluie. »

D'après le monsieur météo, il pouvait y avoir des averses tous les jours. « C'était votre parapluie ? »

« Non. Nous nous sommes retrouvés chez Riley. Nous

avons vérifié la météo pour voir si elle avait besoin d'une veste. On a vu qu'il pourrait pleuvoir et on l'a pris. »

« Mademoiselle Addison a un caractère difficile. »

« Non, ce n'est pas vrai. Elle est juste susceptible sur certains points. Nous le sommes tous. »

Addison semblait avoir beaucoup d'amis masculins. Et certains étaient mariés, ce qui créait des femmes en colère.

« Votre amie s'intéresse aux choses mystiques, comme l'astrologie, les cristaux et la voyance. »

Il a ricané au mot voyance. C'était la deuxième fois que je me faisais rembarrer en utilisant ce terme. « Chaque être et chaque chose dans cet univers sont connectés. Riley comprend cette connexion, les signaux auxquels nous devons nous ouvrir pour les recevoir. »

J'ai pensé aux vibrations que je ressentais à la base de ma tête. C'était quelque chose que j'attribuais à mon instinct. Est-ce que ces gens disaient que ça venait d'une puissance supérieure ? « Est-ce qu'elle aime utiliser une planche de Ouija ou des cartes de tarot ? »

Il a ricané : « Une planche de Ouija ? »

« Et les cartes de tarot ? »

Moresco est intervenu : « Je ne vois pas la pertinence de cette série de questions. Monsieur Ong était un simple spectateur des événements. Il a seulement tenté de désamorcer l'échauffourée. Si vous avez des questions relatives à l'incident d'hier soir, nous y répondrons, mais c'est tout. »

« Si votre client détient des informations concernant Mlle Addison, et que cela ne se limite pas à la nuit dernière, nous en parlerons aux procureurs, en recommandant sa libération s'il les partage avec nous. »

Moresco a souri. « Je ne suis pas sûr de ce à quoi vous

faites allusion, inspecteur, mais je suis persuadé que les charges contre M. Ong seront abandonnées. »

Je ne pouvais pas en vouloir à l'avocat ; il n'avait aucune idée que son client serait maintenu en détention après sa comparution, par crainte d'un lien avec les meurtres en série. Ne sachant pas si Ong avait un rôle dans les meurtres, j'ai mis fin à l'interrogatoire sans divulguer mon mobile. J'allais tenter ma chance avec Addison et aviser ensuite.

En avalant la dernière gorgée d'un café, j'ai jeté le gobelet à la poubelle et vérifié le flux vidéo. Addison souriait à son avocat comme s'ils étaient à un rendez-vous galant. Après avoir frappé un petit coup, j'ai ouvert la porte à la volée. Gabe Noto a lissé ses cheveux ramenés sur son crâne dégarni et s'est levé. Il m'a tendu la main. « Inspecteur Luca. »

Noto ne faisait pas partie du gratin des avocats pénalistes, mais il servait bien ses clients. Je m'étais heurté à ses tactiques d'obstruction systématique, qui avaient débouché sur des négociations de plaidoyer à deux reprises. Si sa cliente était la Tueuse de la Réserve, il était complètement dépassé. Largement dépassé. « Maître. » J'ai fait un signe de tête à sa cliente. « Mademoiselle Addison. »

Elle m'a gratifié d'un sourire radieux. « Salut. Vous savez, vous ressemblez vraiment à George Clooney. »

Elle flirtait. Quelque chose clochait chez cette femme. Vraiment pas net. J'ai cliqué sur l'enregistreur et énoncé la date, l'heure et les personnes présentes. « Racontez-moi ce qui s'est passé la nuit dernière. »

« Cette femme était ivre ; elle se frottait partout sur Stephen. Elle est arrivée droit sur nous et a commencé à le peloter comme si je n'étais même pas là. »

« Vous connaissiez cette dame ? »

Elle a hésité. « Pas vraiment. »

« Expliquez-moi ça. »

« Je l'ai déjà vue dans le coin. C'est une sacrée croqueuse de diamants. »

Elle n'était pas la seule à Naples. « Vous auriez pu partir. »

Addison a haussé les épaules. Ong a dit qu'ils avaient essayé. Soit ils n'avaient pas accordé leurs violons, soit il y avait des témoins qui allaient rétablir la vérité. « Où avez-vous eu ce parapluie ? »

« Je ne sais pas. Je l'avais. » Puis elle a ajouté : « Quelqu'un l'a oublié chez moi. »

Elle savait que j'allais l'interroger sur l'extrémité aiguisée. « Qui l'a laissé ? »

« Je ne sais pas ; il est dans le placard depuis longtemps. »

Il ne pleuvait pas quand ils ont quitté la maison. Ça n'avait aucun sens de prendre un parapluie non pliable. Nous allions découvrir si elle s'en servait comme d'une arme. « Allait-elle souvent au Blue Martini ? »

Elle a froncé les sourcils. « Ouais. C'est une vraie garce. »

Addison continuait d'agir différemment de notre précédent entretien. Était-ce là son vrai visage ? « Votre petit ami, euh, M. Madewell, a dit que vous vous intéressiez aux cristaux et aux cartes de tarot, ce genre de choses. »

Addison a hoché la tête et s'apprêtait à parler quand Noto a dit : « Nous nous éloignons un peu du sujet, inspecteur. Où est la pertinence ? »

Je ne pouvais pas révéler que le tueur avait utilisé des cartes de tarot. « Madame Addison, vous travaillez toujours à la Bank of America ? »

Nouveau froncement de sourcils. « C'est exact. Mais à

cause de cette salope, je vais devoir prouver mon innocence, sinon ils me licencieront. »

« Qui est votre médecin ? Le docteur Bigham ? »

Une expression fugitive a traversé son visage. Noto a posé la main sur son avant-bras et a dit : « C'est une affaire privée, inspecteur. Vous n'êtes pas sans savoir que vous ne pouvez pas poser de questions sur des informations d'ordre médical. »

« Désolé, Maître, vous avez raison. Ça m'a échappé. »

Y avait-il un lien, ou la question l'avait-elle simplement prise par surprise ? Nous n'avions jamais vraiment creusé le passé d'Addison. Elle avait une Honda blanche, travaillait avec Victor Trent et couchait avec un type qui tenait une boutique ésotérique. De plus, sa façon d'agir soulevait des questions.

Après avoir posé quelques questions sans importance, j'ai mis fin à l'entretien. Je me suis dépêché de retourner à mon bureau, impatient d'examiner chaque aspect de la vie d'Addison. Ça n'avait aucun sens d'attendre les résultats de l'ADN. En allumant mon téléphone, j'ai remarqué deux textos de Derrick et j'ai glissé mon portable dans ma poche.

54

DERRICK SE PENCHA VERS SON MONITEUR. « FRANK, VIENS voir ça. C'est Dreman. La plaque correspond. »

J'ai scruté l'écran. « C'est bien elle, et il n'est que neuf heures et quart. »

« Elle a eu largement le temps de tuer Trent. »

« Sans aucun doute. Je me demande pourquoi elle a menti. »

« Pour se couvrir. »

Ça ne me posait aucun problème de secouer les suspects, mais la perspective d'interroger Dreman sur cet écart horaire me donnait envie de faire la queue à la préfecture. « Pas vraiment hâte de discuter avec Mademoiselle Sympathie. »

« Si tu cherchais le mot "récalcitrante" dans le dictionnaire, tu trouverais sa photo. »

« Tu as encore appris un mot savant ? »

« C'était le mot du jour. Et si je ne l'utilise pas, je l'oublie tout de suite. »

« Je ne sais pas si ça lui correspond, mais "ignoble", ça lui va comme un gant. »

« C'est clair. »

« Oh, j'ai un nouveau mot pour toi : virole. Déjà entendu ? »

Casey est entré. « T'es occupé ? »

« Je vais reparler à Dreman, mais qu'est-ce que tu as ? »

« On a réexaminé les dix dernières années en cherchant des liens, mais maintenant on passe au peigne fin les dix années d'avant, et on a quelques trucs qui pourraient être pertinents. »

« Qu'est-ce que vous avez trouvé ? »

« L'un est entièrement lié au domaine médical. Quand elle avait vingt-six ans, Melissa Wright a travaillé dans un endroit appelé Universal Phlebotomy. C'est un centre de prélèvements sanguins, et Victor Trent a eu un emploi, pour une courte période, dans un laboratoire médical. »

« Et nous avons la Dre Bigham. Que faisaient Wright et Trent à ces postes ? »

« Tous les deux occupaient des postes administratifs : Wright enregistrait les patients et Trent s'occupait de la paperasse pour le labo. »

« À quelles périodes ? »

« Pour Wright, c'était il y a dix ans, et pour Trent, il y a environ neuf ans. »

« C'est une découverte intéressante. Peut-on déterminer si la Dre Bigham a utilisé les services des entreprises pour lesquelles ils travaillaient ? »

« Je pense qu'on pourrait obtenir ça sans mandat. »

« Bien. Quoi d'autre ? »

« La Dre Bigham était dans l'équipe de tennis de son université. Elle n'appartenait à aucun club que nous ayons pu trouver, mais ses voisins ont dit qu'elle jouait dans son quartier. Victor Trent était membre de la Naples Bath and Tennis Academy. Wright ne semblait pas jouer, et Ryan a joué dans l'équipe de son lycée, mais n'appartient à aucun club. »

Derrick a dit : « Il y a beaucoup de tournois ici. Les clubs et les quartiers s'affrontent tout le temps. Leurs chemins auraient pu se croiser. »

« Il faudrait identifier les équipes ou les compétitions auxquelles ils ont participé et à quelles périodes. »

« J'allais le faire, mais je voulais voir si tu pensais que ça en valait la peine. »

« On ne peut rien laisser passer. Ça aurait pu être une histoire de compétition ou d'humiliation, de tricherie, de jalousie, qui sait ? »

Derrick a dit : « Il suffit de se souvenir des patineuses Nancy Kerrigan et Tonya Harding. Ce n'était pas un meurtre, mais c'était vraiment tordu. »

« C'est clair. C'est tout ? »

Casey a dit : « Encore une chose, Wright et Trent faisaient du paddle de temps en temps. »

« Une indication que la Dre Bigham en faisait ? »

« Pas que nous ayons pu trouver, mais elle faisait du kayak, et nous savons que Ryan aimait en faire. »

« Vérifions où ils auraient pu en louer ou les mettre à l'eau. Je ne sais pas ce qui aurait pu faire péter les plombs à quelqu'un… »

Derrick a dit : « Il y a eu une affaire de fous dans l'État de New York. Ce couple faisait du kayak sur l'Hudson et le type s'est noyé. Ils ont accusé la femme parce qu'elle avait enlevé le bouchon de vidange. Elle a pris deux ans, mais a touché son assurance-vie. »

J'ai dit : « Il y avait bien plus que ça dans cette histoire. C'était en octobre et l'eau était à quatre degrés ; il n'avait pas de gilet de sauvetage et il y avait d'autres circonstances atténuantes. Je ne dis pas qu'elle n'était pas responsable, mais ce n'était pas une affaire simple. »

Derrick a dit : « Peut-être, mais je pense qu'elle lui a tendu un piège. Elle lui a fait boire de l'alcool en lui promettant du sexe, et il y avait un problème avec sa pagaie et… »

« C'est loin de la situation à laquelle nous avons affaire, mais ça nous rappelle qu'il y a beaucoup de façons de tuer quelqu'un. Restons concentrés. Casey, vérifie tout ce que tu as déterré, nous allons voir Dreman. »

———

Nous étions à une minute de Lago, le complexe d'appartements où vivait Dreman. Derrick a dit : « Ça va ? »

Je n'avais pas dit un mot de tout le trajet. « Ouais, j'essaie juste de comprendre les liens que Casey a établis. Aucun d'eux ne semble correspondre à toutes les victimes. »

« C'est encore tôt. »

« Je sais, mais ça me fait penser qu'il pourrait y avoir deux tueurs. »

La barrière s'est levée et Derrick s'est garé sur une place. « Ça expliquerait beaucoup de choses. »

Nous sommes sortis et nous nous sommes dirigés vers le bâtiment. La musique est devenue plus forte à mesure que nous approchions de la piscine. Derrick a dit : « Je ne supporte pas ce rap. »

« On ne peut pas mettre "rap" et "musique" dans la même phrase. »

« T'as raison. Je ne comprends pas. C'est violent et ça dénigre les femmes. Pourquoi les jeunes écoutent ça ? »

« Apparemment, c'est à cause de la ligne de basse puissante. »

« Je sens la vibration d'ici. »

« Pour moi, ça sent les travers de porc. »

La terrasse de la piscine était bondée. Il n'y avait pas une âme de moins de quarante ans, et tout le monde tenait un gobelet. Personne ne travaillait, donc ? Quelqu'un a baissé la musique. Était-ce si évident que nous étions des flics ?

J'ai appuyé deux fois sur la sonnette, et nous nous sommes placés de chaque côté de la porte. Dreman a ouvert et a froncé les sourcils. « Qu'est-ce que vous voulez ? »

« Nous aimerions vous parler un instant. »

« À quel sujet ? »

« Votre alibi. »

« Je vous ai déjà dit… »

Quelqu'un qui ressemblait à un homme d'entretien est passé. « Faisons ça à l'intérieur. »

Elle a expiré et s'est écartée. « Entrez. »

Je me suis avancé dans le couloir et elle a dit : « Non. Posez vos questions à la con ici. Je ne suis pas d'humeur. »

Une planche de ouija était posée sur la table basse.

« Et nous, nous ne sommes pas d'humeur à ce qu'on nous mente. D'abord, vous avez prétendu être à Jacksonville avec votre sœur. Nous avons prouvé que ce n'était pas le cas, et vous avez changé d'alibi en disant que vous étiez allée à Miami. »

« Je suis allée à Miami. »

« Peut-être, mais vous êtes passée au péage d'Alligator Alley à vingt et une heures. »

Elle m'a foudroyé du regard.

« Qu'avez-vous fait le reste de la nuit ? »

« Ça ne te regarde pas. »

« Un homicide fait que ça devient mon affaire. »

Elle a ricané : « Je suis allée dormir. »

Les allers-retours à Miami sont fatigants. Si elle n'avait pas menti, j'aurais peut-être marché. « Je ne crois pas que ce soit le cas, sinon vous l'auriez dit la première fois qu'on vous a posé la question. »

« Je me fiche pas mal de ce que tu crois. »

Derrick a dit : « Si vous ne répondez pas, on obtiendra une citation à comparaître et on vous fera venir de force. »

« Dehors. Tout de suite. »

J'ai fait un signe de tête vers la porte et nous sommes partis. Derrick a grommelé dans sa barbe alors que nous retournions à la voiture. Une fois à l'intérieur, j'ai dit : « Vérifie auprès de la direction de cet endroit. Ils ont un accès contrôlé. On découvrira s'ils l'ont laissée entrer comme elle l'a dit. »

« Je parie que non. »

Je ne pariais pas, mais mon instinct était d'accord. « Elle avait une planche de ouija. »

« Vraiment ? Où est-ce que tu as vu ça ? »

« Elle était sur sa table basse. »

« Tout commence à prendre forme. C'est une bonne chose qu'on ait un œil sur elle. »

55

En retirant ma veste en entrant dans le bureau, j'ai dit : « Derrick, on doit faire une coloscopie du passé d'Addison ; il y a un truc qui cloche chez elle. »

Derrick s'est levé. « Dreman a quitté son domicile à une heure cinq du matin. »

« Mais qu'est-ce qu'elle fabrique ? »

« Quelques voisins disent qu'elle n'est pas sympathique et qu'elle reçoit des visiteurs qu'ils ont qualifiés d'effrayants », a-t-il dit en mimant des guillemets avec ses doigts.

« Effrayants ? »

« Ouais. Ils ont dit qu'elle était étrange, et un type avec trois chiens a dit que Dreman allait et venait en pleine nuit. »

« Il nous faut les registres du portail pour les jours où chacun des meurtres a été commis. »

« C'est clair. Tu sais, le type aux chiens a dit que Dreman conduisait plusieurs voitures différentes et que l'une d'elles était une camionnette. »

« T'as vérifié au service des immatriculations ? »

« Ouais, rien d'autre d'enregistré à son nom. »

« D'accord. On va devoir identifier tous les véhicules qui quittent la résidence tard dans la nuit. Lago doit avoir une liste des véhicules enregistrés au nom des locataires. Si une voiture n'est pas sur la liste, ça pourrait être elle au volant de celle de quelqu'un d'autre. »

« Quand est-ce qu'on aura l'ADN d'Addison ? »

« Remin a dit qu'il avait demandé au labo de traiter ça en priorité. Je vais leur laisser encore deux heures avant de leur tomber dessus. »

Derrick a souri. « Si on était dans *Les Experts*, on l'aurait en cinq minutes. »

« Si seulement. »

« Je vais à Lago. »

« À plus tard. »

J'ai ouvert le dossier de l'affaire et je l'ai tourné à la page sur Addison. On n'avait quasiment rien sur elle. D'abord, il fallait qu'on parle à sa famille et à ses voisins. J'allais déléguer ça, mais je voulais interroger personnellement ses collègues.

J'avais rencontré le directeur de l'agence après le meurtre de Trent, mais sa loyauté allait à la Bank of America, ce qui signifiait qu'il fallait éviter que ça ne se retrouve dans les journaux. Le protocole m'obligerait à le prévenir, mais alors que je me demandais comment aborder la situation, Willis et Cobalt sont entrés dans le bureau.

Cobalt a dit : « T'as une minute ? »

« Toujours. Qu'est-ce qui se passe ? »

« On a vérifié la piste du tennis et on a découvert qu'il y avait une forte animosité entre Trent et Addison. Et, écoute bien ça, Ong et Bigham ont eu un accident de voiture à l'entrée du Naples Bath and Tennis Club. »

« Quel genre d'accident ? »

« Ong se dirigeait vers le nord sur Airport, et Bigham sortait du club. Des témoins disent que Bigham était au téléphone et qu'elle est sortie sans s'arrêter. Elle a percuté de plein fouet une Mercedes neuve qu'Ong venait d'acheter. »

« Il y a eu une bagarre ou quelque chose de physique ? »

« Non, mais Ong était fou de rage. »

« Qui ne le serait pas ? Mais je ne pense pas que ça veuille dire grand-chose. »

Willis a dit : « C'est ce que je pensais aussi, mais comme la voiture était bonne pour la casse, j'ai creusé un peu. Ong n'avait récupéré la voiture qu'une semaine avant et n'avait pas de garantie perte financière. »

« Donc, il était redevable de la différence entre ce qu'il devait et la valeur dépréciée que l'assurance allait payer. »

Cobalt a dit : « À la minute où tu sors la voiture de chez le concessionnaire, elle perd vingt pour cent de sa valeur. »

« Il aurait pu y laisser vingt mille dollars. »

« Écoute, j'ai vu des gens tuer pour un téléphone, mais Ong est un pro de l'immobilier ; il doit se faire un max de fric avec le marché actuel. Ça ne semble pas coller. »

« J'ai regardé les photos. Bigham en a fait un accordéon. Il aurait pu se blesser au dos ou autre chose. »

J'ai dit : « Pourquoi n'a-t-il pas porté plainte ? »

« Peut-être qu'il l'a fait. On doit approfondir la question. »

« D'accord, vérifiez ça, mais qu'est-ce que vous avez d'autre sur la rivalité Trent-Addison ? »

« D'après le pro du club, ça a commencé pendant un match. Addison est montée au filet, et Trent lui a balancé une balle en pleine figure. Elle a eu un décollement de la rétine. »

« Ça remonte à quand ? »

« Il y a dix-huit mois. »

« Autre chose entre eux ? »

« Elle n'a pas joué pendant un long moment, mais il y a quatre mois, elle a frappé Trent à la tête avec sa raquette. Il a eu besoin de six points de suture. »

« Elle l'a agressé ? »

« Il n'y avait pas de témoins. Trent a dit que c'était intentionnel. Addison a dit qu'elle visait une balle au filet, qu'elle ne savait pas où Trent se trouvait, et quand elle l'a réalisé, elle n'a pas pu s'arrêter à temps. »

« Pourquoi jouaient-ils seuls ? »

« Ils n'étaient pas au club. Ils étaient en ville, sur les courts près de Cambier Park. »

« Voilà le truc : Trent a dit au pro qu'Addison avait organisé la partie, en lui laissant penser que ce serait un match en double. »

« Elle le voulait seul. Peut-être qu'elle l'a attiré avec la promesse d'une partie de jambes en l'air après le match. »

« Il faut qu'on vérifie avec la femme de Trent. Ça ne va pas lui plaire, mais Addison pourrait être l'une de ces femmes obsessionnelles qui n'ont pas su lâcher l'affaire et sont allées beaucoup trop loin. »

Le téléphone de mon bureau a sonné. Je l'ai décroché. « Attendez, les gars. »

« Homicides, inspecteur Luca. »

« Frank, c'est Gesso. On dirait que Dreman est en fuite. »

J'ai bondi de ma chaise. « T'es sûr ? »

« Elle a chargé un tas de bagages dans sa voiture et elle a

filé. On la suit vers le nord sur la Soixante-Quinze. En ce moment, elle approche de la sortie de Bonita Beach Road. »

« Ne la lâche pas. Si Dreman va à l'aéroport, on doit savoir où elle s'envole et demander aux flics locaux de la surveiller. »

« Compris. Je te tiens au courant. »

J'ai raccroché. « Dreman est peut-être en fuite. Elle se dirige vers le nord avec une voiture pleine de bagages. Gesso la suit. »

« C'est bizarre de se barrer en plein milieu de la journée. »

« Peut-être pas. Elle s'est peut-être dit qu'elle se fondrait dans la masse. »

« Elle doit savoir qu'on la surveille. »

« Probablement, mais soit c'est le coup de se cacher à la vue de tous, soit elle a fait une erreur, mais ce tueur a été trop prudent pour ça. »

« Je ne sais pas. »

« Écoutez, on doit continuer à creuser ces pistes. Il y a beaucoup d'animosité, et c'est devenu physique entre Trent et Addison. Vous savez ce qu'on dit d'une femme bafouée. »

« Quand on aura les résultats ADN, on saura. »

« Ça aidera, c'est sûr, mais il nous faudra quand même un récit pour le tribunal. »

Mon téléphone a de nouveau sonné ; c'était Gesso. « Elle a filé tout droit après la sortie de l'aéroport. Tu veux qu'on l'intercepte ? »

« Non. Voyons où elle se dirige. »

Le téléphone sur le bureau de Derrick a sonné. J'ai fait signe à Willis de répondre et j'ai terminé avec Gesso.

Willis a raccroché. « C'était le labo. Ils ont obtenu

plusieurs correspondances de liens de parenté avec l'ADN de la scène de crime de Trent. »

56

En enfilant le couvre-chaussure par-dessus ma chaussure, je l'ai déchiré. En le jetant, j'en ai attrapé un autre. Vêtu d'une tenue de protection, j'ai fait irruption dans le labo. « Où est Geary ? »

Un technicien a levé la tête de son microscope et a désigné le bureau du directeur. Dans sa blouse blanche, Geary scrutait une image sur un moniteur mural avec une loupe. « Qu'est-ce que tu regardes ? »

« Des fibres prélevées sur le braquage du Waffle House. Remin met le paquet sur ces types pour faire passer un message. »

« Il a raison. Il faut qu'ils sachent que s'ils tentent un truc ici, on leur tombera dessus. Ce n'est pas la Californie, où on vous laisse piquer pour mille dollars sans rien dire. »

« C'est difficile à croire, ce qui se passe là-bas et à New York. »

« Amen. Qu'est-ce que tu as pour moi ? »

Geary s'est glissé derrière son bureau et j'ai pris une chaise. « Nous nous sommes concentrés sur vingt marqueurs critiques dans l'ADN trouvé sur le pantalon de Trent. GEDmatch, l'une des bases de données publiques auxquelles Casey a eu accès, a fourni plusieurs possibilités. »

« Un lien avec Dreman ou Addison ? »

« Impossible à dire pour le moment. »

Geary a ouvert un dossier, prenant une feuille de papier. « Ce que nous avons, ce sont probablement des parents. »

« Mère, père ? »

« Malheureusement, non. Une correspondance sur dix des vingt marqueurs suggérerait un parent proche comme un père, une mère, un enfant ou un frère ou une sœur. Ce que nous avons, ce sont quatre individus dont la correspondance suggère un cousin, un oncle ou une tante. »

« D'accord. Ça nous donne une base de travail. Sur les quatre, y en a-t-il de plus probables que les autres ? »

Geary a tendu le document. « Ils sont classés par ordre de priorité. » Il a montré le premier nom. « Ces deux-là ont une correspondance de plus. »

Il m'a remis le rapport. En le parcourant, mes yeux se sont posés sur le premier nom : Anthony Hatch. Une ville d'origine, Rye, dans l'État de New York, était indiquée. Pas très loin du New Jersey. Le deuxième nom était Gloria Shea, de Louisville, dans le Kentucky.

« C'est ma copie ? »

« Elle est à toi. »

Je me suis levé. « Merci, Geary. Il faut que je file. »

En montant les escaliers, je tenais le document comme si c'était un nouveau-né. Si les résultats ADN foiraient, c'était notre bouée de sauvetage. L'ADN familial était un outil important, et j'étais heureux de vivre dans l'un des douze États autorisant les forces de l'ordre à l'utiliser.

La première chose que je voulais faire était de passer les

deux noms dans la base de données nationale. Le fait qu'ils aient un casier ne signifiait rien. La dépravation n'est pas héréditaire, mais les circonstances dans lesquelles on grandit ont une influence.

Il fallait que Remin sache que nous avions une piste sérieuse à explorer. J'ai fait un rapide détour, confiant les résultats familiaux à Derrick avant de mettre le shérif au courant. En montant les escaliers, mon portable a sonné. C'était Gesso. « Où est Dreman ? »

« Sur la Route 4 en direction d'Orlando. »

Dreman était partie avec des bagages, mais une virée à Disney World était aussi improbable qu'un voyage à bord de la navette SpaceX. « Continue de la suivre. On doit savoir si elle rencontre quelqu'un et connaître le pourquoi du comment. »

———

ENLEVANT MA VESTE DE SPORT, je suis entré dans le bureau. « L'ADN d'Addison ne correspond pas. »

Derrick a levé les yeux par-dessus son moniteur. « Tu te fous de moi ? »

Notre suspect principal, si ce n'est le principal, venait d'être mis sur la touche. « J'aimerais bien. Mais ne te déconcentre pas ; on a l'ADN familial sur lequel travailler. »

« Je sais, mais ni Hatch ni Shea n'ont de casier. »

« C'est pas grave. Ce ne sont pas eux qu'on cherche. Tu as leurs coordonnées ? »

« Ouais. Hatch a quarante-neuf ans et vit à Yonkers. Shea a quarante-trois ans et est toujours à Louisville. Et écoute ça, elle travaille à l'usine de battes de baseball. »

« C'est bien qu'ils en fabriquent encore là-bas. »

« T'as raison. »

« Et pour ce qui est de leurs frères et sœurs, ou de leurs enfants ? »

« Tout ce que j'ai pour l'instant, c'est leur statut marital. Hatch a divorcé il y a environ dix ans, et on dirait que Shea est toujours mariée. Voici leurs photos du permis de conduire. »

Tenant une image dans chaque main, mes yeux passaient de l'une à l'autre. Je cherchais un message, mais quoi ? Aucun d'eux n'était suspect et ils vivaient à au moins 1 600 kilomètres de là. J'ai parcouru les dossiers d'homicide. « Est-ce qu'une des victimes vivait près de l'un d'eux ? »

« Non. Nulle part à proximité. »

« Très bien. Je vais appeler Hatch et tu t'occupes de Shea. La clé, c'est de découvrir s'ils ont des enfants ou des frères et sœurs. N'oublie pas qu'ils ne sont pas obligés de coopérer et que, si c'est un enfant, ils vont être sur la défensive. On doit y aller avec tact. »

« Sans aucun doute. On devrait aussi vérifier les cousins germains. Qui sait d'où vient la moitié des correspondances de marqueurs. »

C'était un autre retour à la réalité. J'avais supposé, ou plutôt espéré, qu'on cherchait un parent proche. « Tu as raison. Allons-y. »

Plaçant la photo d'Anthony Hatch près du téléphone, j'ai composé son numéro. « Anthony Hatch ? »

« Ouais. Qu'est-ce que vous me voulez ? »

« Je suis l'inspecteur Luca, du bureau du shérif du comté de Collier, en Floride. »

« Bureau du shérif ? De quoi s'agit-il ? »

« Je ne suis pas autorisé à divulguer d'informations sur

une enquête en cours, mais nous travaillons sur une affaire, et j'ai quelques questions rapides à vous poser. »

« Je ne comprends pas pourquoi vous m'appelez. »

« Il n'y a pas de quoi s'inquiéter. C'est purement une enquête de routine. Vous n'êtes pas l'objet de l'enquête. »

« Je m'en doutais. Je n'ai rien fait. »

« C'est exact. Alors, vous avez quarante-neuf ans et vous êtes divorcé, c'est bien ça ? »

« Correct. »

« Quels sont les noms de vos sœurs et frères ? »

« Ma sœur s'appelle Angela, mais je n'ai pas de frères. »

« Où vit-elle ? En Floride ? »

« Plus maintenant. Elle est en Caroline du Sud. »

« Où vivait-elle en Floride ? »

« Elle était près de ma fille, à Cape Coral. Elle louait dans le même lotissement, mais elle a rencontré un type de Gaston et a déménagé là-bas. »

« C'est sympa, Cape Coral. Votre fille y est toujours ? »

« Oui, elle est allée à l'université de Gulf Coast et a trouvé un travail après son diplôme. »

« Super. Ma fille va à l'université, mais ne sait pas ce qu'elle veut faire. Que fait la vôtre ? »

« Elle travaille pour un endroit qui s'appelle Karma and Coconuts. »

C'était une blague ? « Qu'est-ce qu'ils font ? »

« Un peu de tout. Ils ont des cours d'art et vendent les œuvres d'artistes locaux, et ils ont une grande section de cristaux et de pierres. »

« Ouah. Je m'intéresse aussi à tout ce qui est métaphysique. Comment s'appelle-t-elle ? Je suis souvent dans le coin. Je demanderai à la voir quand je passerai voir ce qu'ils ont. »

« Karen. Ce n'est pas mon truc et, pour être honnête, je pense que c'était de l'argent jeté par les fenêtres. Mais vous savez quoi ? Elle est heureuse. »

« C'est tout ce qui compte. »

« C'est bien vrai. »

« Portez-vous bien, monsieur. Je suis désolé de vous avoir dérangé. »

J'ai raccroché alors qu'il disait : « Pas de problème. »

Derrick était toujours au téléphone. J'ai entré Karen Hatch dans la base de données. Elle avait été arrêtée cinq ans plus tôt. Le chef d'accusation était le port d'une arme dissimulée.

57

J'AI AFFICHÉ LA PHOTO D'IDENTITÉ JUDICIAIRE DE KAREN Hatch. Elle avait pleuré et avait l'air effrayée. Que faisait-elle avec une arme dans son sac à main sans permis de port d'arme ? Hatch remplissait bien sa combinaison orange et mesurait un peu moins d'un mètre quatre-vingts. Elle n'aurait eu aucun mal à maîtriser ou à déplacer les victimes.

Mais quel était le lien ? Pourquoi elles ? J'ai vérifié les véhicules immatriculés à son nom. Elle ne possédait ni Honda blanche ni MINI Cooper. Elle conduisait un Chevy Tahoe rouge.

Derrick terminait son appel. Je me suis planté devant son bureau au moment où il a raccroché.

« Hatch a une fille qui vit à Cape Coral. Elle travaille dans un endroit appelé Karma and Coconuts. »

« C'est quoi ce nom ? »

« C'est une boutique ésotérique. »

« J'ai du mal à croire à quel point ce genre de trucs est populaire. »

« Ouais. Et ce n'est pas tout, elle a été arrêtée pour port d'arme dissimulée. »

« Waouh. Elle ne s'en est jamais servie ? »

« Pas d'après le rapport d'arrestation. Elle est maintenant notre suspecte principale. Qu'est-ce que tu as trouvé sur Shea ? »

« Elle a une sœur qui vit à Staten Island. Mais elles ne se parlent plus depuis des années ; elle n'a pas arrêté de me raconter comment Karen s'est tirée quand leur mère a eu un cancer, la laissant s'occuper d'elle toute seule. »

« Ce n'est jamais simple. Il faut qu'on la retrouve. »

« Je m'en occupe. J'ai vérifié sur le portail du service des immatriculations de New York, mais rien sur une certaine Rachel Shea. »

« Elle pourrait être mariée. »

« J'ai vérifié les registres de changement de nom pendant qu'elle me racontait sa vie. »

« Tu deviens trop bon pour avoir encore à me rendre des comptes. »

« Jamais de la vie, mec. »

« Fais une recherche dans le New Jersey. J'ai l'impression que la moitié des gens du New Jersey viennent de Staten Island. »

« Ça marche. »

« Tu t'en occuperas en rentrant. On doit aller parler à Karen Hatch. »

Nous avons pris l'autoroute vers le nord, puis la sortie pour Cape Coral. Ça faisait un bail que je n'étais pas allé dans l'une des villes les plus dynamiques du pays. « Tu sais qu'il y a plus de deux cent mille personnes qui vivent ici maintenant. »

« C'est juste au bord du golfe du Mexique. Idéal si tu aimes naviguer. »

« Cape Coral possède plus de voies navigables que n'importe quel autre endroit sur la planète. »

« Vraiment ? »

« J'ai lu ça dans une brochure marketing d'agent immobilier. Les maisons y sont moins chères qu'à Naples, mais plus qu'à Fort Myers. »

« Tout est une question d'accès à l'eau. »

« En parlant d'eau... » ai-je dit en désignant le parc aquatique Sun Splash Family Waterpark que nous dépassions, « on y a emmené Jessie, il y a une éternité. »

« Ça valait le coup ? »

« Bien sûr. Ils ont une grande rivière paresseuse et plein de toboggans aquatiques. Mais attends qu'Emma ait environ huit ans. »

« Après être allé à Disney avant même qu'Emma ne sache marcher, il est hors de question que je refasse la même erreur. »

« Nous y voilà. »

« Je ne savais pas à quoi m'attendre, mais certainement pas à ça. »

Je me suis garé devant un bâtiment jaune qui avait pâli jusqu'à devenir blanc cassé. Une enseigne peinte à la main en bleu et vert mettait l'accent sur le mot Karma. « Tu vas repartir d'ici converti. »

Derrick a eu un rire dédaigneux. « On ne sait jamais, j'imagine. »

« Amen. »

Un bruit pulsé, entrecoupé de vent, a retenti lorsque nous avons ouvert la porte. Ça m'a fait penser à un film de science-fiction. Derrick m'a regardé en haussant les épaules.

Mon regard a été attiré par la peinture d'un pissenlit jaune. Enfants, nous faisions des vœux en soufflant dessus.

Une grande femme, que j'ai supposée être Karen Hatch, est apparue de derrière un présentoir. « Bienvenue. Passez-vous une excellente journée ? »

« Oui. Vous êtes bien Karen Hatch ? »

Elle a souri. « Oui. Nous nous sommes déjà rencontrés ? Peut-être dans une autre vie ? »

Si elle avait fait ce que nous la soupçonnions d'avoir fait, la réincarnation était son seul espoir de revoir la lumière du jour. « Votre père m'a dit que vous travaillez ici. »

« Ah. Comment va Tony ? »

Appeler son père par son prénom, si l'on ne travaillait pas ensemble, était quelque chose qui ne se faisait pas, selon moi. « Il a l'air d'aller bien. Nous avons quelques questions à vous poser. »

« Bien sûr. Mais avant, sachez que tout est fabriqué à la main par des artistes locaux… »

« Ça n'a rien à voir avec la boutique. Allons parler dehors. »

Elle a froncé les sourcils. Elle a jeté un œil par-dessus nos épaules. « Je suis un peu perdue… mais, bien sûr. »

Derrick et moi avons mis nos lunettes de soleil, et Hatch, plissant les yeux, a tourné le dos au soleil. « Mme Hatch, nous sommes du bureau du shérif du comté de Collier. »

Elle s'est penchée en arrière. « Est-ce que Tony va bien ? »

C'était la bonne réaction, mais le Tueur de la Réserve était un expert. « Il va bien. Vous allez souvent à Naples ? »

« Je ne dirais pas souvent. De temps en temps, quand l'envie m'en prend. »

« Qui connaissez-vous là-bas ? »

« Beaucoup d'âmes. Pourquoi toutes ces questions ? »

« Vous possédez des cartes de Tarot, n'est-ce pas ? »

« Plusieurs jeux. Ce sont, en quelque sorte, une porte sur l'avenir. »

Avait-elle vu la prison dans son avenir ? « Vous les utilisez pour envoyer des messages ? »

« Parfois, j'en envoie une à un ami qui est déprimé pour lui rappeler que cette vie est temporaire. C'est décourageant de voir combien de gens oublient que nous sommes dans un voyage d'une dimension à une autre. »

J'avais des doutes, mais ça ne m'empêcherait pas d'espérer qu'elle sache quelque chose que j'ignorais. « Vous avez été arrêtée pour port d'arme dissimulée, sans permis. »

Elle a froncé les sourcils. « C'était avant mon illumination. Je vivais dans la peur et croyais bêtement que je pouvais contrôler les événements. »

Était-elle en train de lancer une pique aux forces de l'ordre ? « De quoi aviez-vous peur ? »

« La société vous programme pour vivre dans la peur. On a peur les uns des autres, de l'avenir. Nous devrions accueillir chaque jour comme il vient. »

Soit Hatch croyait à tout ça, soit c'était une actrice qui avait répété son texte. « Seriez-vous prête à fournir volontairement un échantillon de votre ADN ? »

Elle a croisé les bras mais n'a rien dit. Je la voyais réfléchir tandis que je disais : « On peut le faire ici même ; c'est un simple prélèvement par frottis. »

« Je ne sais pas… »

Derrick a finalement pris la parole : « On va devoir l'emmener, Frank. »

« Dans un poste de police ? »

« Exactement. Et nous devrons vous emmener dans le comté de Collier. »

« D'accord, je vais le donner. »

Derrick lui a fait deux prélèvements et nous sommes partis. De retour dans la voiture, j'ai dit : « Appelle le comté de Lee, dis-leur de garder un œil sur Hatch. Dis-leur qu'on restera jusqu'à ce qu'une voiture arrive. »

« Tu penses qu'elle va prendre la fuite ? »

« Son attitude ne m'a pas plu. Elle était trop calme à mon goût. »

« Soit c'était une comédienne, soit elle avait pris quelque chose. »

Après avoir appelé les autorités locales, nous avons déplacé la voiture à un pâté de maisons de là et nous avons surveillé le magasin. J'étais en train d'envoyer un texto à Mary Ann quand Derrick a dit : « Hatch vient de sortir par la porte de côté. »

Hatch a regardé dans les deux sens et a sorti son téléphone. L'appel a été rapide. Elle a remis son portable dans sa poche et est rentrée. Ça aurait pu ne rien vouloir dire, mais son langage corporel indiquait le contraire.

58

Un coup de tonnerre m'a fait sursauter alors que je me glissais derrière mon bureau. Le soleil brillait, mais la pluie arrivait. Derrick était en train de déposer l'ADN de Hatch et de remplir les documents nécessaires pour les pièces à conviction. J'ai vérifié la note qu'il avait prise sur Shea. Rachel Shea était la sœur avec qui l'autre était brouillée.

Étant fils unique, je ne comprenais pas comment des frères et sœurs pouvaient en arriver au point de ne plus se parler. J'ai entré le nom de Rachel Shea dans le portail du New Jersey et j'ai eu un résultat : Rachel Theresa Shea. Son adresse était à Lavallette.

Une petite ville sur la côte du New Jersey, dont la population explosait en été. J'ai cherché un numéro et j'ai trouvé une ligne fixe. Ça a sonné cinq fois. Au moment où j'allais raccrocher, quelqu'un a décroché.

« Allô ? »

« Est-ce que je parle à Rachel Shea ? »

« Non. Elle est au travail. »

« Où ça ? »

« Qui est à l'appareil ? »

« Inspecteur Luca, du bureau du shérif du comté de Collier. »

« Oh non. Est-il arrivé quelque chose à son appartement ? »

J'ai bondi de ma chaise. « Pas exactement. Mais elle en possède bien un ici, n'est-ce pas ? »

« Oui, elle l'a depuis une éternité. »

« Eh bien, ce n'est peut-être rien, mais il semble y avoir une possible tentative de fraude, et j'aimerais lui parler. »

« Qu'est-ce qui s'est passé ? »

« Je ne peux vraiment rien dire, madame. Mais quels sont votre nom et votre lien de parenté avec Mme Shea ? »

« Cathy Garibaldi. Rachel est une amie de toujours. Je loge chez elle depuis mon opération de la hanche. Sans elle, j'aurais dû aller dans un centre de rééducation. »

« C'est gentil de sa part. »

« Oui. Je pars aujourd'hui. Rachel est la meilleure, un véritable ange. »

Est-ce que Shea avait trouvé un moyen de compenser ses penchants meurtriers ? « C'est ce que j'ai entendu dire. Alors, quel est son numéro de portable ? »

Je l'ai remerciée et me suis adossé à ma chaise. Il fallait bien jouer le coup. Lavallette se trouvait dans le comté d'Ocean. Ça faisait un moment que je n'avais pas travaillé dans le comté voisin de Monmouth, mais j'y avais encore des amis. Alors que j'envisageais de demander une faveur, Derrick est revenu. Il était l'interlocuteur idéal.

« On a la piste la plus sérieuse depuis longtemps. »

Ses sourcils se sont haussés. « On a quoi ? »

« J'ai retrouvé la sœur de Shea dans le New Jersey. Je ne lui ai pas encore parlé, mais devine où elle a une résidence secondaire ? » C'était vrai, on finissait par ressembler à la personne avec qui on passait du temps.

« Naples ? »

« Bingo. Elle a un appartement. »

« Où ? »

« J'ai fait comme si je savais où il était, pour avoir le numéro de Shea. Je n'ai pas eu le temps de vérifier les registres fonciers. »

Derrick s'est assis à son bureau. « Je m'en occupe. » Tout en tapant sur son clavier, il a demandé : « Elle a un casier judiciaire ? »

« Rien de ce que j'ai pu trouver. »

« Rappelle-moi, en quoi ce lien familial fait d'elle une suspecte ? »

« Sa sœur était sur la liste, avec une correspondance sur la moitié des marqueurs critiques. Ça veut dire que ce n'était pas elle, mais que ça pourrait être une proche parente. »

« D'accord, mais ça pourrait être n'importe qui de sa famille. »

« Oui, mais le fait d'avoir une résidence ici a attiré mon attention. »

« Elle et des millions d'autres nordistes. »

« Sans aucun doute, un tsunami de gens a déménagé ici ces deux dernières années. »

« Elle a un logement à Bridgewater Bay, sur Wind Song Court. »

« C'est près de Livingston, vers Orange Blossom. »

« Oui. Tu sais, si elle fait des allers-retours, il sera facile de vérifier si elle était ici quand les meurtres ont eu lieu. »

« Exactement. Mais je ne veux pas l'effrayer. Si c'est elle

et qu'on l'appelle pour lui poser des questions, elle pourrait se carapater. »

« On peut fouiner un peu, demander à ses voisins quand elle était là, voir si ça coïncide avec les meurtres. »

« Je pensais à la même chose, mais il faut être prudent. Si quelqu'un l'appelle, qui sait ce qu'elle fera. »

« Qu'est-ce que tu veux faire ? »

« J'ai des contacts là-haut. »

« C'est vrai. Tu travaillais là-bas avant. »

Mon portable a sonné. « Inspecteur Luca, ici le capitaine Ruiz du bureau du shérif du comté de Lee. »

« Bonjour, que se passe-t-il ? »

« J'ai bien peur qu'on ait perdu la trace de Hatch. »

« Comment est-ce arrivé ? »

« Ils l'ont suivie jusque chez elle, et l'agent s'est dit qu'il avait le temps d'aller aux toilettes. Il avait mangé de mauvais tacos et a eu la tourista. Il a dit qu'il s'est absenté dix minutes tout au plus et qu'elle était partie. »

J'ai inspiré, en me disant de rester calme. « Elle est partie à pied ou… »

« Sa voiture avait disparu. On a lancé un avis de recherche. On va la retrouver. »

« Prévenez-moi dès que vous l'aurez en visuel. »

J'ai raccroché. « Hatch s'est évanouie dans la nature. »

« Tu plaisantes ? Comment est-ce arrivé ? »

Je lui ai raconté et j'ai ajouté : « Laissons le comté de Lee faire son travail et occupons-nous de Shea. »

« Comment tu veux t'y prendre ? »

« Renseigne-toi auprès de Bridgewater. C'est une résidence fermée, donc ils doivent avoir un registre. Toutes ces résidences veulent savoir quelle voiture vous avez. Si elle a une voiture, on peut vérifier l'activité du transpondeur. »

« Ça me plaît. »

« Mais tu dois être discret. Dis-leur qu'on enquête sur un réseau de vente de fausses cartes grises et de faux permis de conduire. Dis qu'on a interpellé un couple qui utilisait l'adresse de Shea. Prends deux autres noms dans les registres fonciers et utilise-les comme couverture. »

« Rusé mais efficace. »

« Je veux attraper ce salaud. »

« Amen. Je vais prendre deux noms et aller à Bridgewater. Il faut faire ça en personne. »

Le téléphone de mon bureau a sonné. « Merci. »

« Luca. »

« Frank, c'est Gesso. Dreman vient d'arriver au Days Inn. »

« Ne me dites pas qu'elle prend des vacances. »

« C'est possible, mais on dirait qu'elle n'a sorti qu'un sac de voyage de la voiture. Les autres bagages sont toujours dans le coffre. »

« Si vous avez les effectifs nécessaires, j'aimerais que vous continuiez à la surveiller. Voyez si elle rencontre quelqu'un ou si elle va quelque part. »

« On a beaucoup de gars sur le terrain, mais Remin a dit que vous aviez carte blanche. »

JESSIE VENAIT de rentrer à la maison. Elle était à l'Université de Miami pour prendre de l'avance sur ses crédits universitaires avant de commencer sa première année. J'étais fier, mais les deux mille trois cents dollars par crédit étaient un défi. Je ne voulais pas qu'elle contracte de prêts étudiants. Je savais l'importance de s'investir personnellement, mais

Jessie avait plus de motivation qu'un concessionnaire automobile.

J'avais puisé dans nos économies pour payer les médicaments expérimentaux de Mary Ann, et même si j'enrageais, j'étais reconnaissant qu'ils fonctionnent. Travailler jusqu'à soixante-dix ans était une réalité à laquelle je risquais d'être confronté, mais ce serait dans la sécurité privée.

J'ai fermé la porte du garage et je suis entré. Mary Ann et Jessie papotaient comme des collégiennes.

« Salut, ma puce. Comment vas-tu ? »

« Papa ! Je croyais que tu travaillais. »

Je l'ai prise dans mes bras. « Si, mais ça faisait trop longtemps. La route s'est bien passée ? »

« Tranquille. Melissa et moi, on s'est relayées. »

« C'est bon de t'avoir à la maison. »

Elle a souri. « Vous m'avez manqué tous les deux. »

Mary Ann affichait un sourire de gagnante au Loto, et franchement, ça valait mieux que tout l'argent du monde. « Maman s'est ennuyée de toi, mais moi, j'ai plutôt bien aimé le calme dans la maison. »

« Hé ! »

Je l'ai embrassée sur le haut du crâne. Ses cheveux sentaient la lavande. Mary Ann a dit : « Et si on sortait ce soir ? »

Au moment où je répondais : « Bien sûr », mon portable a sonné. C'était Derrick. « Shea était en ville pour les meurtres de Wright et Bigham. »

59

Après m'être excusé auprès de mes filles, je suis allé retrouver le shérif Remin. Quelle était la bonne façon de gérer ça ? Si je demandais aux autorités du New Jersey d'intervenir et qu'il s'avérait que Shea était la Tueuse de la Réserve, elle pourrait refuser de venir en Floride.

On se retrouverait coincés dans une bataille juridique pour tenter de la faire extrader en Floride. J'avais confiance en mes frères d'armes, mais pas dans le système judiciaire du New Jersey. C'était déjà un bazar il y a dix ans et il n'avait fait que s'affaiblir depuis, offrant plus de droits aux criminels qu'à leurs victimes.

Remin était l'orateur principal d'un événement organisé par la St. Matthew's House. Je suis passé en voiture devant l'Alice Sweetwater's, où la première victime, Melissa Wright, avait travaillé. Cela a renforcé ma détermination. Les circonstances étaient difficiles, mais j'espérais que si je m'acharnais, cette affaire ne ruinerait pas mon bilan.

Je me suis garé sur le parking de Lulu's Kitchen. La St. Matthew's House avait construit l'établissement pour aider à nourrir ses résidents. J'ai envoyé un texto à Remin, et il est sorti une minute plus tard. Sa veste bleu marine et sa cravate rouge convenaient parfaitement au politicien qui sommeillait en lui.

« Désolé, monsieur. »

« Nul besoin de vous excuser. Rien n'est plus important que cette affaire. »

« Merci. Je cherche des conseils sur la manière de gérer le cas Rachel Shea. Nous savons qu'elle se trouvait dans son appartement de Naples au moment d'au moins deux des meurtres. Ce qui m'inquiète, c'est de l'alerter et de me retrouver dans une situation d'extradition compliquée. »

« Si c'est elle, la retirer de la circulation me convient. Nous finirons bien par la faire venir ici pour qu'elle soit jugée. »

« Je sais, mais j'essayais de trouver un moyen de la faire venir ici de son plein gré. »

Remin a souri. « Vous voulez que tout soit ficelé. »

J'ai haussé les épaules. « J'imagine que oui. Nous avons dit à son amie qu'un réseau de fraude au service des immatriculations utilisait des adresses à Bridgewater. »

« Pourquoi n'iriez-vous pas là-bas ? Parlez-lui, voyez comment elle réagit. »

« Nous avons besoin de son ADN. S'il correspond au sang sur le pantalon de Trent, nous tenons notre tueuse. »

« Oui, mais il nous faudra plus que ça pour les procureurs. »

« J'en suis conscient. Si c'est Shea, une fois que nous aurons commencé à creuser, nous rassemblerons des preuves à l'appui. »

« Alors, montez là-bas et voyez où ça vous mène. »

Assis dans ma voiture, j'ai vérifié les vols. Il y en avait un à six heures et demie du matin. C'était tôt, mais je n'arriverais pas à dormir avec cette affaire en suspens. Après avoir réservé un vol et une voiture, j'ai dit à Mary Ann que j'allais dans le New Jersey pour ce qui, je l'espérais, ne serait qu'une journée.

60

En longeant la Route 35, la chaussée s'est rétrécie à une seule voie dans chaque sens. J'ai allumé le désembuage du pare-brise et j'ai ralenti. J'ai tourné sur Brown Avenue. C'était une courte rue qui menait à l'océan. La demeure de Shea tenait plus du bungalow que de la maison.

Je me suis garé derrière le SUV dans l'allée en gravier. En m'extirpant de ma voiture, j'ai failli renverser une poubelle sur le bord du trottoir.

Un chapelet pendait au rétroviseur du SUV noir. En jetant un œil à l'intérieur, rien n'a attiré mon attention. Alors qu'une rafale de vent m'a balayé, j'ai rentré le cou dans mon manteau et j'ai sonné.

Vêtue d'un pull en tricot rose, Shea correspondait à la photo de son permis de conduire. J'ai sorti mon badge et je me suis présenté. « Entrez. Il y a beaucoup de vent dehors. »

« Merci. »

« Je n'arrive pas à croire que vous ayez fait tout ce chemin pour me voir. »

Un grand portrait de la Sainte Vierge dominait le salon. « Nous prenons la fraude très au sérieux, madame. »

« Rachel. Appelez-moi Rachel, je vous en prie. »

Elle avait l'air d'avoir les pieds sur terre. « D'accord, Rachel. »

« Allons nous asseoir dans la cuisine. »

On y trouvait un petit frigo, un petit évier et un grand portrait de Mère Teresa. Elle a ramassé un numéro du *Christian Monitor* et l'a posé sur le comptoir. Shea était une vraie dame de paroisse.

« Nous enquêtons sur ce réseau du service des immatriculations… »

« Cathy m'en a parlé. C'est décevant à entendre. Mais je n'ai pas à m'inquiéter, n'est-ce pas ? Enfin, ils n'utilisent que mon adresse. »

« Vous n'avez aucune raison de vous inquiéter. »

« Je ne comprends pas pourquoi vous avez fait tout ce chemin, par ce temps, pour venir me parler. »

Ce n'était pas facile de mentir avec Mère Teresa qui me fixait du regard. « J'ai de la famille dans le coin et il vaut mieux être minutieux. »

« Oh, c'est une bonne excuse pour monter, mais ce n'est pas la bonne période de l'année. »

J'ai souri. « Ça, c'est sûr. Vous allez souvent à Naples ? »

« Autant que je peux. Au moins quatre mois par an. J'aimerais y aller à plein temps, mais je ne peux pas quitter Ocean of Love. Je ne veux pas paraître présomptueuse, mais sans moi, je ne vois pas comment ils pourraient continuer. »

« Qu'est-ce qu'Ocean of Love ? »

« Une œuvre de charité pour les enfants atteints de cancer. Après le décès de mon mari, j'ai décidé de consacrer mon temps à aider les autres. »

« Je suis navré de l'apprendre. Avez-vous des enfants ? »

« Aucun qui soit de moi. Mais j'en ai plein à Ocean. »

« C'est bien. Donc, vous travaillez là-bas ? »

« Oui, mais je fais don de mon salaire. Franchement, quelle meilleure utilisation de mon argent que d'aider des enfants malades et leurs familles ? »

Étais-je tombé sur une sainte ? « C'est tout à votre honneur. Ils ont de la chance de vous avoir. »

« Oh, je ne sais pas. À vrai dire, j'en retire plus qu'eux. » Elle a souri.

« Je veux bien vous croire. »

« Alors, comment puis-je aider le bureau du shérif ? »

« Ça peut paraître fou, mais est-ce que vous utilisez des cartes de tarot ? »

« Des cartes de tarot ? C'est du paganisme », s'est-elle moquée. « Si vous voulez changer les choses, consacrez votre temps à la prière. »

Elle était on ne peut plus pragmatique. Mon détecteur de baratin n'avait même pas frémi. « Je peux utiliser les toilettes ? »

« Bien sûr. » Elle a montré du doigt. « C'est juste là. »

J'ai fermé la porte derrière moi et j'ai délicatement tiré le rideau de douche sur le côté. Il y avait une unique bouteille de shampoing et un coquillage contenant un rasoir rose neuf. Une brosse à dents esseulée se trouvait dans un gobelet sur le meuble-lavabo. J'ai entrouvert l'armoire à pharmacie. Elle ne contenait rien d'intéressant, pas plus que le placard à linge.

Après avoir compté jusqu'à trente, j'ai tiré la chasse d'eau et je me suis lavé les mains. Je ne pensais pas une seule seconde que cette femme était une tueuse. Il était hors de question que je la contrarie en la montrant du doigt.

J'ai posé quelques questions de diversion sur ses voisins de Floride et ça a semblé fonctionner. Quelle que soit sa jugeote, le temps l'avait peut-être mise en hibernation. Je suis sorti et j'ai secoué la tête ; il neigeotait.

En marchant vers la voiture, mes yeux se sont posés sur la poubelle. J'ai balayé la rue du regard. Jetant un œil vers la maison de Shea, j'ai enfilé un gant et j'ai soulevé le couvercle de la poubelle. Précipitamment, j'ai déchiré un trou dans un sac en plastique et j'ai fouillé. Un autre rasoir rose, le même que celui utilisé par Mary Ann. Je l'ai mis dans un sachet et j'ai sauté dans ma voiture.

Il était impossible d'avoir un peu d'intimité à l'aéroport de Newark. Je me tenais dans un couloir et j'ai appelé Derrick. Après lui avoir dit que Shea serait la tueuse la plus improbable de ma carrière, j'ai ajouté : « On doit éplucher la liste des contacts familiaux. La personne qu'on cherche doit être liée à l'un d'eux. »

« J'ai déjà commencé à les examiner. Il y a un type, Brent Turley, qui est intéressant. Il est né à Tampa et il a cinq enfants. »

« Peu de gens en ont autant de nos jours. Quelle est la tranche d'âge ? »

« De vingt-quatre à trente-deux ans. Et devine quoi ? »

En attendant mon vol, je n'ai pas fait de chichis. « Quoi ? »

« Ce sont toutes des filles. »

« Je me demande si la femme qu'on cherche est l'une d'entre elles. »

« Il y a de fortes chances. »

Alors que je disais : « Peut-être », mon portable a sonné. « Hé, je te rappelle, c'est le journaliste que le tueur a contacté. »

J'ai pris l'autre appel. « Inspecteur Luca. »

« Bonjour, inspecteur. Devinez qui vient d'appeler ? »

« Le prétendu tueur ? »

« Oui, monsieur. Il a dit : "Luca devrait arrêter de perdre son temps. C'est nous qui rendons justice." »

« Ils ont dit "nous" ? »

« Oui. J'ai noté ce que j'ai entendu. L'appel a été rapide. »

J'ai entendu l'annonce de mon vol dans le haut-parleur. « On appelle mon vol. » En marchant vers la porte d'embarquement, j'ai demandé s'il y avait quoi que ce soit de révélateur sur l'origine et l'auteur de l'appel, mais on m'a dit que c'était le même mode opératoire.

Tandis que l'avion roulait sur la piste, je me suis concentré sur trois éléments de l'appel : l'utilisation du mot « nous », la suggestion d'arrêter nos recherches et le fait qu'ils rendaient justice.

« Nous » pouvait signifier que nous avions affaire à une sorte de complot. Ou bien l'utilisaient-ils dans un sens large, comme les gens utilisent « ils » ? Mes pensées se sont tournées vers le tueur. Faire croire qu'il y avait plusieurs personnes impliquées renforçait le fait qu'il s'agissait d'un adversaire redoutable.

Ou alors, il se pouvait que nous nous approchions du but et qu'ils tentent de nous distraire. Cela cadrait avec la déclaration « arrêtez de nous poursuivre ». C'était une pensée agréable, mais pour autant que je sache, nous n'étions pas près de résoudre l'affaire. Qu'est-ce que je pouvais bien manquer ?

Était-ce Dreman ou Addison ? L'ADN ne correspondait pas, mais le sang avait-il été placé là pour nous dérouter ? Nous ne nous étions pas concentrés sur la possibilité que le tueur soit quelqu'un ayant accès à une réserve de sang. Plus j'y pensais, plus cette piste devenait solide. Nous devions redoubler d'efforts pour trouver le lien.

Le fait de prétendre rendre justice pouvait en dire long sur le mobile et aider à dresser le profil du tueur. La vengeance avait poussé bien des gens au meurtre, mais quel était l'affront subi ? Nous avions exploré la piste du dépit amoureux, mais sans rien trouver de concret.

La honte, l'humiliation ou l'envie ? Je me suis souvenu d'un cours que j'avais suivi au John Jay College. Une psychologue y avait soutenu que les personnes sadiques étaient plus enclines à la vengeance. Ça se tenait, mais je me souvenais qu'elle s'était longuement étendue sur le fait que la propension des gens à la vengeance avait aussi une dimension culturelle.

Cherchions-nous un immigré récent ?

61

Je me tenais devant deux photos que nous avions épinglées sur un tableau de liège. Derrick et moi nous penchions sur le cas des filles Turley, et comme deux d'entre elles étaient en poste à l'étranger et une autre vivait en Asie, il ne nous restait qu'Ann Marie et Joan.

Ann Marie, la benjamine aux cheveux blonds, s'était installée dans le New Hampshire après l'université. J'ai dit : « Je ne sais pas ce que ça signifie, mais c'est plus qu'intéressant qu'elle ait fait partie de l'équipe d'escrime du Boston College. Et la carte de tarot avait des épées dessus. »

« Je sais. Elle sait manier une arme. Je parie qu'elle s'y connaît en matière de torse. »

« Et où poignarder quelqu'un pour le tuer. »

« Exactement. Les victimes ont été poignardées trois fois. Toutes dans la même zone. »

« Je me demande si le nombre de coups de couteau a une signification. »

« Peut-être qu'il y a un lien avec l'escrime, mais je ne la vois pas faire ça ; elle est trop jeune. »

« Pas vraiment. La plupart des tueurs en série font leur première victime dans la vingtaine. »

« Je vais voir ce qu'Internet dit sur l'escrime et le chiffre trois. »

« Vas-y. » En fixant la photo de la fille aînée, j'ai essayé de décrypter son regard noisette.

« Merde alors. Écoute ça. L'escrime est l'un des trois sports de combat. Trois personnes sont impliquées : deux escrimeurs et un arbitre. Et il y a trois disciplines dans l'escrime moderne : le fleuret, l'épée et le sabre. »

« Les derniers, ce sont des types d'épées ? »

« Ouais. »

« Mais Bilotti a dit que c'était le même couteau qui avait été utilisé pour chaque blessure. »

« C'est peut-être quelque chose de symbolique. »

« Vérifie ses déplacements ; vois si elle était ici quand les meurtres ont eu lieu. Je vais m'occuper de Joan. »

« Elle était là au moins une des nuits. Le relevé de géolocalisation la signale dans un accident sur l'autoroute, juste au sud de Tampa, le jour où le Dr Bigham a été assassiné. »

« Pourquoi était-elle ici ? »

« Je n'ai trouvé aucune preuve qu'elle possède quelque chose ici. Mais tellement de gens louent que ça ne veut rien dire. »

« Je vais demander le rapport d'accident. »

Son adresse était indiquée comme étant 11435 Palmetto Court, Apt 3B, à Clearwater. « C'est une Floridienne, elle habite à Clearwater. »

À part ça, le rapport de ce simple accrochage était aussi banal que le soleil qui brille à Naples. Joan Turley se dirigeait vers le sud, seule, dans une Toyota argentée, lorsqu'une voiture remplie d'adolescents l'a emboutie par l'arrière. J'ai mis de côté ma supposition que le véhicule qui avait heurté Turley était rempli de distractions infusées de testostérone et j'ai décroché le téléphone.

« Joan Turley ? »

« Oui, qui est à l'appareil ? »

J'ai pris une voix plus grave. « Inspecteur Kenner de la Florida Highway Patrol. »

« Il y a un problème ? »

C'était cette phrase tordue que tout le monde utilisait. « Vous avez été impliquée dans un accident de la route sur l'autoroute 75… »

« Oui, avec ces garçons. Je vais vous dire… »

« C'est la raison de mon appel, madame. Voyez-vous, le conducteur a été impliqué dans un autre accident. »

« Ça ne me surprend pas. »

« Quelle était votre destination ? »

« Marco Island. Ann Marie, ma petite sœur, a loué une maison au bord de l'eau pour deux mois. J'ai dû rentrer pour un rendez-vous avec mon oncologue, mais je suis revenue tout de suite après. »

« J'espère que ça s'est bien passé. »

« Oui. Même l'accident ne m'a pas déstabilisée. Je veux dire, j'étais en colère que ce crétin me soit rentré dedans, mais après un cancer, je ne me prends plus la tête pour des broutilles. »

Bon sang, j'aurais bien aimé pouvoir en dire autant. Ça avait marché pendant un temps, mais je me surprenais à bouillir quand la personne devant moi bavardait avec la caissière, et qu'au moment de payer, elle devait sortir son chéquier. « C'est une bonne philosophie. »

« Il faut prendre les choses comme elles viennent. Criez dans votre oreiller si ça peut vous aider. »

« Exact. Vous êtes toujours à Marco ? »

« Oui. Il nous reste encore six jours. C'est sympa de passer à nouveau du temps avec Ann Marie. »

Peut-être que sa colère refoulée se traduisait par des accès de violence meurtrière. J'avais beaucoup de questions à lui poser, mais je ne pouvais pas le faire en tant que membre de la Florida Highway Patrol. « Profitez-en bien. Ma femme et moi pensons prendre un long week-end. L'endroit où vous séjournez est-il agréable ? »

« Oui. Ça s'appelle le Tradewinds. Vous devriez y jeter un œil. Si vous aimez la plage, presque personne ne l'utilise. Nous y allons tous les jours. »

« Merci. Dites, une question : le conducteur de la voiture, vous a-t-il semblé être sous l'emprise de quelque chose ? »

« Pas que j'aie pu voir. »

« Pensez-vous que c'était intentionnel ? »

« Qu'ils m'aient percutée exprès ? »

« Vous seriez surprise de ce que les adolescents font pour s'amuser de nos jours. »

« C'est dingue. »

Non, ce qui était dingue, c'était de tuer des gens et de faire des mises en scène. « Si j'avais le temps, ce que j'ai vu vous ferait tourner la tête. »

Ma propre tête tournait en raccrochant. « Il faut qu'on se concentre sur les deux sœurs Turley. »

« Qu'est-ce que tu as trouvé ? »

Je l'ai mis au courant. « Elles pourraient être dans le coup ensemble. »

« L'idée que plus d'un tueur flotte autour de cette affaire depuis un moment. Tu imagines comment la presse ferait ses choux gras des "Sœurs Tueuses" ? »

« Il faut qu'on vise directement l'ADN. On n'a plus le temps de faire le travail de terrain. »

« D'accord. Qu'est-ce que tu veux que je fasse ? »

« Elles séjournent au Tradewinds, sur Marco. J'ai besoin que tu récupères leur ADN. »

Il a hoché la tête. « Je ne peux pas l'avoir le jour du ramassage des poubelles, mais je vais trouver un truc. »

« Elles vont à la plage tous les jours. Prends ton maillot de bain et sois créatif. »

« J'ai mes tongs dans la voiture. »

J'ai souri. « Pendant que tu t'enfouis les orteils dans le sable, je vais aller voir Remin. J'ai une idée. »

62

Je me tenais devant le bureau du shérif. « Vous avez dit de demander tout ce dont j'avais besoin. Votre offre tient-elle toujours ? »

Remin a scruté mon visage. Je ne m'attendais pas à un oui immédiat, et je ne l'ai pas eu. « Je considère qu'il est de mon devoir de répondre aux besoins de tout le département. Que demandes-tu exactement ? »

« La clé pour résoudre cette affaire, c'est l'ADN. Nous travaillons sur les correspondances familiales et nous y arriverons, mais ça va prendre du temps. »

Remin s'est penché en avant. « De combien d'effectifs supplémentaires as-tu besoin ? Je peux faire de mon mieux, mais cette grippe touche tous les services. »

« Ce n'est pas une question d'effectifs, monsieur. Nous devons accélérer le traitement des échantillons d'ADN que nous devons… »

« Le labo est conscient de la priorité. Je ne peux pas simplement y affecter du personnel ; les techniciens de laboratoire sont hautement qualifiés. »

« Je comprends, monsieur. Je suis reconnaissant que nous ayons notre propre structure. »

« Les contribuables de Collier tiennent à leur indépendance. Mais nous avons nos limites. »

« Le Florida Department of Law Enforcement a les ressources dont nous avons besoin. Ne pouvons-nous pas demander au complexe de Fort Myers de nous consacrer du temps ? »

« Tu sais très bien que ça ne marche pas comme ça. C'est premier arrivé, premier servi, et comme tous les laboratoires du pays, il y en a un paquet qui sont arrivés avant nous. »

« Je comprends, mais n'y a-t-il pas un moyen de griller la priorité ? Cette affaire est énorme et nous avons besoin d'un petit coup de main. »

« Si tu impliques une agence de l'État, tu finiras par leur servir le café. C'est ça que tu veux ? »

« Non, mais je veux que l'affaire soit résolue. Je veux juste accélérer l'analyse de quelques échantillons. Nous devons trouver une piste avant de découvrir un autre corps. »

« On peut appeler les fédéraux, mais là, on perdra assurément le contrôle. »

« Nous n'avons pas besoin des fédéraux ; il nous faut juste faire une contre-vérification sur quelques échantillons. On ne demande pas la lune. »

« Tous les inspecteurs de la criminelle de l'État veulent que leur affaire soit traitée en priorité. »

« Je comprends, mais pourquoi ne devrions-nous pas demander ? Nous avons un tueur en série en liberté. N'y a-t-il pas un moyen de le faire, euh, officieusement ? »

Il a secoué la tête. « Personne ne risquera sa carrière.

Nous devons passer par les canaux officiels. Mais ça pourrait nous coûter l'affaire. »

« J'apprécierais que vous fassiez la demande. »

« Tu es certain de ça ? Une fois que la machine sera lancée, il sera difficile de l'arrêter. »

« J'apprécierais la tentative, monsieur. »

Il a hoché la tête. « Je m'en occupe. Notre labo fait de son mieux. Ils font toutes les heures supplémentaires possibles. »

« Je sais, monsieur. »

« Il ne reste plus rien dans le budget des heures supplémentaires, mais je vais voir si je peux trouver des fonds à transférer. »

Chaque shérif avait une caisse noire. Ils surbudgétaient un secteur lors de la présentation de leur budget annuel. C'était une façon discrète de se constituer une réserve d'argent. Ça avait l'air terrible, mais ça permettait de financer des besoins imprévus.

« Je sais que c'est difficile, monsieur, mais je vous en suis reconnaissant. »

« N'y compte pas trop. »

Il savait exactement de combien il disposait à sa discrétion. La question était de savoir si le personnel restreint du laboratoire pouvait faire plus d'heures supplémentaires qu'il n'en faisait déjà.

———

J'AI ESSAYÉ de chasser mes idées noires. Derrick avait été inventif, distribuant des glaces industrielles aux sœurs Turley et récupérant les emballages en plastique qu'elles avaient laissés derrière elles. Nous avions leur ADN, mais il fallait attendre. Des sœurs tueuses en série, ça semblait peu probable, mais une série télévisée intitulée *Killer Siblings* confirmait cette possibilité.

Dans les limbes de l'ADN, nous devions explorer chaque piste en nous concentrant sur les personnes ayant accès à du sang. J'aurais aimé pouvoir demander l'aide du public. Lancer un appel concernant une certaine profession donnait toujours des résultats. La plupart étaient inutiles, mais on y trouvait parfois des diamants.

Cependant, utiliser cet outil risquait de pousser le tueur à agir pour montrer qu'il gardait le contrôle. C'était un risque que je ne pouvais pas prendre.

En pivotant sur ma chaise, j'ai attrapé le dossier de l'affaire sur la crédence. Melissa Wright était la première victime. Si nous avions manqué quelque chose, ça ne pouvait être qu'au début.

Alors que j'étudiais une photo de la scène de crime, Casey a frappé à la porte. « Désolé de vous interrompre, monsieur, mais j'ai peut-être quelque chose. »

Repoussant le dossier sur le côté, j'ai dit : « Qu'est-ce que tu as ? »

« Vous vous souvenez de la femme que Hatch a rencontrée à Orlando ? »

« Bien sûr. Et alors ? »

« Il s'avère que c'est sa demi-sœur. Elles ont la même mère mais des pères différents, d'où le nom de famille Cardinal. »

J'ai regardé la photo qu'il m'a tendue. L'air méchant, avec des cheveux noirs et courts, la femme avait une cicatrice au-dessus du sourcil droit. « Elle vit à Orlando ? »

« Non, elles se sont juste vues là-bas. Cardinal vit à Punta Gorda. »

À une heure de route. « Elle a un casier ? »

« Pas en tant qu'adulte. Il y a quelque chose dans le système pour mineurs, mais je n'y ai pas accès. »

« Il nous faudrait plus que ça pour qu'un juge lève le secret. » Mon portable a vibré.

« C'est Remin. Laisse-moi lui parler. Je te rejoins dans la salle de conférence. »

« Monsieur, comment allez-vous ? »

« J'ai bien peur d'avoir de mauvaises nouvelles. »

« Qu'est-ce qui s'est passé ? »

« C'est négatif pour obtenir la priorité du labo au FDLE. »

Même si j'avais de sérieux doutes, je me suis montré optimiste. « On y arrivera quand même. »

Après avoir raccroché, j'ai fixé mon téléphone de bureau. Après quatre sonneries, j'ai répondu : « Inspecteur Luca. »

« Frank, c'est Geary, du labo. »

« Qu'est-ce qui se passe ? »

« On a une correspondance pour l'ADN trouvé sur la jambe du pantalon de Trent. »

J'ai bondi de ma chaise. « C'est qui ? »

« Rachel Shea. »

Le téléphone m'a glissé des mains. J'ai posé une main sur le bureau et l'ai ramassé. « Tu es sûr que c'est elle ? »

« À moins qu'elle n'ait une jumelle monozygote, il y a une chance sur un milliard qu'on se trompe. »

63

J'AI REPOUSSÉ MA CHAISE DU BUREAU ET JE ME SUIS LEVÉ. J'AI dû me forcer à interrompre le flot de mes pensées pour établir un plan d'action.

Rachel Shea était la tueuse ? Je ne m'étais jamais autant trompé de toute ma vie.

Elle m'avait eu comme un bleu. Comment avais-je pu gober son histoire de femme trop pieuse pour tuer ? L'image de Mère Teresa m'est venue à l'esprit.

J'étais en admiration devant cette sainte. Personne n'avait vécu une vie aussi altruiste. Shea n'était qu'une femme du Jersey Shore, qui vivait dans un bungalow près de la plage, pas dans les bas-fonds de Calcutta. J'ai cogné du poing contre le mur.

« Tu vas bien ? »

C'était Derrick. « Non ! Pas du tout. »

« Calme-toi. Qu'est-ce qui se passe ? Un problème avec Mary Ann ? »

L'idée que ça aurait pu être pire a rendu les choses plus faciles. « L'ADN de Shea correspond. »

« Rachel Shea ? Celle que tu as vue dans le Jersey ? »

« Ouais. J'ai tout foiré. »

Il m'a serré l'épaule. « Mais non, t'as pas foiré, mec. Il ne s'est rien passé. On la tient, maintenant. »

« C'est la honte. »

« Pas du tout. Si tu n'avais pas pris son rasoir, on ne l'aurait jamais su. »

Je me suis ressaisi. « J'étais sur pilote automatique. Je ne pensais pas que c'était elle. »

« Toi qui n'arrêtes pas de nous rabâcher les fondamentaux. Ils devraient en faire une étude de cas et l'ajouter au programme de l'école de police. »

« C'est bon, j'ai compris. Je vais informer Remin, mais on doit préparer tout ce qu'il faut pour la plainte pénale et le mandat d'arrêt. »

« Vas-y, vas-y. Je m'y mets. Dis au shérif qu'on tient cette ordure. »

« D'accord. »

« Hé, mec. Remonte-toi le moral ! On la tient. »

« Tu as raison. Je reviens tout de suite. »

———

REMIN A FRAPPÉ DANS SES MAINS. « Fantastique ! Excellent travail, Frank. Est-ce que quelqu'un la surveille ? »

« Pas encore. Je voulais vous prévenir et m'assurer que… »

« Mets-la sous surveillance. Tu as encore des contacts là-haut ? Sinon, je passe quelques coups de fil. »

« Je m'en occupe, monsieur. »

« Bien. Nous devons mettre la paperasse en place. »

« L'inspecteur Dickson s'en occupe. »

« Bien, bien. Assure-toi que le mandat inclut la demande d'extradition. »

« Ce sera fait, monsieur. »

« Oh, c'est une excellente nouvelle. Le public sera soulagé de savoir cette folle furieuse hors d'état de nuire. »

« Nous ne devrions encore rien dire à la presse, monsieur. »

« D'accord. Nous attendrons qu'elle soit en garde à vue. »

« Nous devons rassembler des preuves pour étayer l'ADN. »

« Les procureurs auront besoin d'un mobile, de l'accès et de l'occasion, mais la preuve ADN est puissante. Elle ne ment pas, Frank. »

« Je crains qu'elle ne soit rejetée. Il était dans sa poubelle, et il n'y a aucune preuve que le rasoir était le sien. »

« On fera un autre prélèvement sur Shea. De plus, nous l'avons retrouvée grâce à la recherche familiale. »

« Je sais… »

« Qu'est-ce qui t'inquiète ? Y a-t-il quelque chose que je devrais savoir ? »

Je ne pouvais pas lui dire que ma fierté en avait pris un sacré coup et que mon instinct ne valait pas mieux que celui d'un gamin de dix ans qui vit en banlieue. « Je suppose que c'est juste l'épuisement qui s'installe. »

« Après ça, tu prends deux, non, trois semaines de congé. Pour te vider la tête, d'accord ? »

« Merci, monsieur. »

« Va passer cet appel. Il faut que Shea soit sous surveillance. Je ne veux pas qu'elle disparaisse dans la nature avant qu'on ait eu la chance de l'arrêter. »

Je me suis levé. « Oui, monsieur. »

Remin s'est levé et m'a tendu la main. « Travail incroyable, Frank. D'inspecteur de la criminelle à un autre, tu m'impressionnes. »

Mon ego n'a pas réagi. Si ça n'avait pas été le jour des poubelles, Shea s'en serait tirée. J'ai passé l'appel pour la surveillance, et dès que j'ai reçu la confirmation que la police de Lavallette avait une voiture qui la surveillait, je suis allé annoncer à l'équipe que la chasse était terminée.

Après une volée de high-fives, j'ai dit : « Sans votre aide, nous n'aurions pas identifié Shea. C'était un travail d'équipe, et je félicite chacun d'entre vous. Nous prévoyons une arrestation dès que la paperasse sera soumise. »

Une salve d'applaudissements a éclaté. J'ai levé les mains. « Vous savez que les avocats du dessus veulent que tout soit ficelé, donc il y a des lacunes à combler. Prenez le reste de votre journée. On commencera demain. »

Après avoir serré la main de tout le monde, je me suis dirigé vers le parking. Je ne ressentais aucune euphorie, contrairement à d'habitude, à l'approche d'une arrestation majeure. C'était une victoire, mais elle avait un coût élevé : la révélation que l'instinct sur lequel je comptais pour 90 % de mes résolutions d'affaires s'était ramolli comme mon bide.

Le poids des ans m'avait encore pris quelque chose. Encore une fois.

———

« FRANK ? C'EST TOI ? »

« Ouais. »

Mary Ann était dans mon fauteuil inclinable, en train de lire quelque chose avec des légumes sur la couverture. Je lui ai fait une bise sur la joue. « On ne va pas devenir végans, j'espère ? »

« Non, mais il y a tellement de preuves qu'un régime à base de plantes est meilleur pour la santé. »

« Tu me connais, des pâtes et n'importe quel légume feront l'affaire. Comment tu te sens ? »

« Bien. Qu'est-ce que tu fais à la maison ? »

Après l'avoir mise au courant pour Shea, elle a dit : « C'est génial. »

J'ai hoché la tête.

« Qu'est-ce qui ne va pas ? »

« Rien. »

« Ne me dis pas "rien". Qu'est-ce qui s'est passé ? »

« J'étais sûr que ce n'était pas elle. Pour la première fois, mon instinct m'a trahi, et ce n'était même pas de peu. »

« Mais tu as eu l'instinct de prendre le rasoir. Si tu ne l'avais pas fait, tu n'aurais pas eu son ADN. »

« Ouais, et si ça n'avait pas été le jour des poubelles, elle s'en serait tirée à bon compte. »

« Tu as vu la poubelle avant d'entrer chez elle ? »

« Ouais, j'ai failli la renverser. »

« Tu sais quoi ? Je pense qu'inconsciemment, tu savais qu'elle était là et c'est devenu un plan de secours. »

C'était le genre de chose que la plupart des gens se raconteraient. Ça sonnait bien, mais je savais que c'était des conneries. « Peut-être que tu as raison. » Je n'aimais pas dire des choses auxquelles je ne croyais pas. La réalité, c'est que j'avais échoué, alors que tout le monde pensait que j'avais réussi.

Obtenir la victoire était tout ce qui comptait dans la

culture d'aujourd'hui. Mais, de l'une des rares choses que mon père m'ait dites et dont je me souvenais, c'était que la personne à qui il est le plus facile de mentir, c'est soi-même. J'étais heureux que nous ayons la tueuse dans notre ligne de mire, mais je devais voir les choses en face.

64

C'ÉTAIT ENCORE UNE MATINÉE DE CARTE POSTALE, MAIS MON humeur ne s'était pas améliorée. Je suis allé faire un tour jusqu'à Vanderbilt Beach. J'ai fixé le golfe pendant une heure pour tenter de me remonter le moral avant de partir au bureau.

J'ai allumé mon ordinateur. « Content que tu sois arrivé », a dit Derrick.

« Fais pas le malin. »

« Hé, l'avocat de Shea a appelé pour toi. »

Il m'a tendu un Post-it jaune avec un numéro. Son nom était Marco Delmar. « Il a dit quelque chose ? »

« Juste que c'est urgent que tu le rappelles. »

« C'est sûr que c'est important. Sa cliente va en prendre pour perpète. »

J'ai composé le numéro alors que Derrick sortait. « Marco Delmar. Qui est à l'appareil ? »

L'accent de New York était reconnaissable entre mille. « Inspecteur Luca, bureau du shérif du comté de Collier. »

« Merci de m'avoir rappelé. J'ai quelque chose que vous devez savoir. »

« Et qu'est-ce que c'est ? »

« Ma cliente est innocente. »

« Gardez ça pour le tribunal, Maître. »

« Attendez, s'il vous plaît. Mme Shea a fait don de sa moelle osseuse pour une greffe. »

« C'est gentil de sa part, mais je ne vois pas ce que ça a à voir avec l'affaire. »

« C'est très simple : quelqu'un d'autre a son ADN. »

« Pardon ? »

« Je ne suis pas médecin, mais la personne qui a reçu la moelle de ma cliente est celle que vous recherchez. Ce n'est pas Rachel Shea. C'est une innocente qui s'est retrouvée mêlée à cette sale histoire. »

« Vous êtes en train de dire que parce que Mme Shea a donné sa, euh, moelle osseuse, elle n'a rien à voir avec les homicides ? »

« Je vous invite à parler à un expert médical. Il vous dira que la personne qui a reçu la moelle osseuse de ma cliente possède également son ADN. »

« Ça ne veut pas dire qu'elle ne l'a pas fait. »

« Ce que ça veut dire, c'est qu'une autre personne, le vrai tueur, doit être identifiée. Trouvez-la, et vous vous rendrez compte que ma cliente est innocente. »

« C'est un angle intéressant, Maître. »

« Je comprends votre scepticisme, mais c'est un fait médical, pas une ruse. »

« Elle vous a dit ça ? »

« Oui. Mais mon cabinet a vérifié. Ma cliente a fait son don au Moffitt Cancer Center à Tampa, en Floride. Je vous enverrai une autorisation pour leur permettre de partager ce qu'ils peuvent pour le confirmer. »

« Et quand cette greffe a-t-elle eu lieu ? »

« Il y a trois ans. Le 14 juin 2019, c'est la date de son opération. Je suis conscient que c'est une situation inhabituelle, mais je vous promets que vous pourrez corroborer ce que je vous dis. »

« Je vais examiner ça. »

« Merci. Ça semble bizarre, mais les avancées médicales créent des circonstances sans précédent. La situation évolue. »

« Je ne promets rien, Maître. »

L'esprit en ébullition, j'ai jeté le combiné sur le bureau. Qu'est-ce qui se passait, bordel ? Était-ce réel ? On aurait dit un scénario hollywoodien. J'ai tapé « greffe de moelle osseuse » dans la barre de recherche.

J'ai commencé à parcourir les résultats. Ça me dépassait complètement. J'ai attrapé ma veste et je suis sorti.

Le Dr Bilotti a ouvert la porte. C'était la première fois que je le voyais en short. « Frank. »

« Je suis désolé, Doc. Je sais que c'est ton jour de congé, mais ça ne peut pas attendre. »

Bilotti a haussé les sourcils. « Entre. Qu'est-ce qui te tracasse ? »

« Shea. Cette affaire du tueur de la Réserve. Chaque fois que je suis sur le point de la résoudre, la solution m'échappe. C'est comme si le tueur était un putain de fantôme. »

« Calme-toi. » Il a montré une paire de fauteuils club. « Tu veux un verre de vin ? »

« Non, non. J'ai besoin que tu m'expliques quelque chose. »

Bilotti a croisé les jambes. Il avait des genoux osseux. « J'espère que je pourrai t'aider. »

« On a Shea en garde à vue dans le New Jersey. Elle prétend qu'elle n'a rien à voir avec ça. Son avocat a dit qu'elle a donné de la moelle osseuse. J'ai vérifié sur Google, et ça n'a aucun sens pour moi. Quelqu'un d'autre pourrait avoir son ADN ? »

« Si elle a reçu une greffe de moelle osseuse, il est très possible, et même probable, que le receveur porte l'ADN du donneur. »

« C'est comme une transfusion sanguine ? »

« Non. Les transfusions sanguines modifient temporairement le profil ADN du sang. Les cellules sanguines doivent être continuellement remplacées, et ces nouvelles cellules sont produites par les cellules souches de la moelle osseuse. Si une personne reçoit une greffe de cellules souches de moelle osseuse de quelqu'un, les nouvelles cellules sanguines créées porteraient l'ADN du donneur. »

Je me suis levé. « Alors, ce que tu es en train de dire, c'est que son ADN se trouve dans une autre personne ? »

« Ça peut arriver. »

« C'est dingue. On se croirait dans Frankenstein. »

Bilotti a ri. « Désolé. C'est en fait assez courant d'utiliser des cellules souches de moelle osseuse pour traiter la leucémie et le lymphome. »

« Ne me dis pas que je vais tomber sur d'autres affaires où l'ADN ne compte pas. »

« Il comptera toujours, mais rarement, il peut être un facteur de complication. Dans la plupart des cas, les médecins prélèvent les propres cellules souches du patient, les congèlent pendant que le patient subit une chimiothérapie avant de les réinsérer. »

« Elles garderaient leur ADN ? »

« Oui. »

Je me suis effondré sur le canapé. « Quand même, c'est dingue. Je repars de zéro. »

« Pas nécessairement. Tu pourrais peut-être retrouver la trace du receveur, qui pourrait être le tueur. »

« Tu crois qu'on peut obtenir cette information dans le monde d'aujourd'hui ? »

Bilotti a haussé les épaules. « Avec les lois sur la protection de la vie privée, ce sera difficile, et souvent, c'est un don anonyme. »

« C'est bien ma veine. »

« Tu es prêt pour ce vin, maintenant ? »

« Un seul verre. »

J'ai suivi Bilotti dans la cuisine. Il a sorti une bouteille claire d'une cave à vin. « Celui-ci est parfait. C'est un albariño d'Espagne. Léger et rafraîchissant. »

Alors qu'il insérait le tire-bouchon, j'ai demandé : « Ça peut être un homme avec l'ADN féminin de Shea ? »

« Absolument. »

J'ai secoué la tête. « On ne peut même pas exclure un sexe. »

« Désolé, Frank. » Il m'a tendu un verre. « Vois si tu peux trouver le goût de citron vert et de pamplemousse dans cette petite merveille. »

J'ai pris une gorgée, mais il m'était impossible de goûter autre chose que la bile qui m'aspergeait le fond de la gorge.

65

Derrick a répondu au téléphone. Après l'avoir mis en attente, il a dit : « Frank, c'est le Dr Cartwright du Moffitt Cancer Center. »

J'ai attrapé le combiné. « Docteur Cartwright, ici l'inspecteur Luca. Merci de m'avoir rappelé. »

« Il n'y a pas de quoi, inspecteur. C'est plutôt à moi de m'excuser de vous avoir fait attendre que notre service juridique donne son accord. »

« Je comprends. Que pouvez-vous me dire ? »

« Rachel Shea a proposé de donner sa moelle osseuse, et j'ai procédé à la greffe en juin 2019. »

« Qui a reçu sa moelle osseuse ? »

« Jusqu'à deux personnes ont reçu ses cellules souches, mais je crains de ne pas pouvoir être plus précis. »

« Je comprends les lois sur la confidentialité, Docteur, mais nous parlons d'un tueur en série. »

« Même si je le voulais, je ne pourrais pas vous le dire. C'était complètement anonyme. »

« Vous êtes en train de me dire que vous avez opéré quelqu'un sans connaître son nom ? »

« Cela peut sembler absurde, mais ça arrive tout le temps. Les donneurs et les receveurs ont le droit de participer de façon anonyme et, dans ce cas précis, c'est ce qu'ils ont fait. »

« Il est question de vie ou de mort, ici. Vous devez nous aider. Je vous promets que tout restera confidentiel. »

« Les situations de vie ou de mort, je connais bien, inspecteur. »

« Pardonnez-moi, monsieur. Ne peut-on pas trouver un arrangement ? »

« Rompre le vœu d'anonymat nuirait à notre mission. Nous ne pouvons pas risquer de porter atteinte à notre intégrité. Cela conduirait à une baisse du nombre de donneurs et nous aiderions moins de gens. »

« J'ai du mal à croire que coopérer pour identifier un tueur en série nuise à votre organisation. Mais si vous m'y forcez, je demanderai à un juge de trancher sur la divulgation de ces informations. »

« Le centre défendra ses droits, y compris en contestant une injonction du tribunal, si vous parvenez à en obtenir une. »

« Nous ferons le nécessaire pour protéger le public. Je suis sûr que cela générera beaucoup de publicité, ce que vous n'apprécieriez pas. »

« Je vous ai exposé la position du centre et je n'ai plus de temps. »

J'ai raccroché en me demandant si Cartwright avait un diplôme de droit. « Ils ne veulent pas aider et ont dit qu'ils nous combattraient si on demandait une ordonnance du tribunal. »

« Mais il y a un tueur en série en liberté. »

« Le corps médical est censé sauver des vies, pas les mettre en danger en se cachant derrière des directives. Où est la flexibilité dans un cas comme celui-ci ? »

« On va quand même demander une ordonnance du tribunal, non ? »

« Absolument. Je vais refiler ça à Remin. Qu'il rédige la requête. Je pense qu'on l'obtiendra, mais s'ils s'y opposent comme Cartwright l'a dit, impossible de savoir où ça nous mènera ni combien de temps ça prendra. »

« Je n'arrive pas à croire qu'on doive se battre pour ça. »

J'ai secoué la tête. « Tu l'as dit. Mais on ne peut pas attendre que les tribunaux se décident. Pour l'instant, on a Shea, mais passons en revue tout le monde, hommes et femmes, qui sont apparus sur nos radars. Vérifie auprès du cabinet du Dr Bigham ; demande-leur s'ils ont traité des gens pour une leucémie ou un lymphome. Et dis à l'équipe de se mettre au boulot aussi. »

J'ai commencé par Melissa Wright. En lisant entre les lignes, j'ai essayé de chercher des indices indiquant qu'elle aurait pu être malade.

Chercher un cancer était déstabilisant. Il m'avait trouvé sans aucune aide. Est-ce que le chercher allait rendre furieux les dieux du karma ? C'était une pensée stupide. Mais pourquoi tenter les puissances métaphysiques, quelles qu'elles soient ?

Nous n'avions jamais posé de questions sur les antécédents médicaux de Wright, mais elle semblait en bonne santé. J'ai vérifié l'autopsie. Bilotti avait noté qu'elle était en bonne santé. Je suis passé à Ryan. Il couchait avec Wright. Le vendeur de MINI Cooper connaissait aussi le Dr Bigham, et son suicide ne me semblait toujours pas crédible.

Derrick a raccroché. « Le cabinet de Bigham ne traite pas les cancers. Ils ont dit que s'ils trouvaient quelque chose d'inhabituel, ils orienteraient les patients vers un hématologue. »

« Tu as eu les coordonnées des spécialistes vers qui ils orientent ? »

« Ouais, mais je ne vois personne nous donner une liste de noms. »

« Probablement pas, mais contacte-les et découvre vers quel oncologue le spécialiste du sang les enverrait. »

« D'accord. »

En prenant le téléphone, j'ai dit : « Plus on a de noms, plus on a de chances de faire un lien. »

« Compris. »

Elle a répondu à la première sonnerie. « Madame Ryan ? »

« Oui. Qui est à l'appareil ? »

« L'inspecteur Luca. »

« Oh. Bonjour. »

« J'ai une question sur la santé de votre mari. »

« Sa santé ? »

C'était une chose stupide à dire. « Je me demandais s'il avait eu des problèmes sanguins graves, comme une leucémie. » Avant qu'elle n'ait eu le temps de répondre, j'ai réalisé que l'appeler était ridicule. Ryan était mort quand le corps de Trent a été découvert.

« En effet. Si je me souviens bien, il avait environ dix ou douze ans. Pourquoi me demandez-vous ça ? »

La chronologie ne correspondait pas. « Nous suivons toutes les pistes. Par hasard, a-t-il subi une greffe de moelle osseuse ? »

« Je ne crois pas. Il a été très malade et a traversé beaucoup d'épreuves, mais il n'aimait pas en parler. »

« Je comprends. Merci. Je vous recontacterai si nous avons besoin d'autre chose. »

On ne savait jamais si quelqu'un avait été frappé par le cancer et avait mené l'inévitable combat pour sa survie. Ryan était un coureur de jupons et avait trompé sa femme, mais je suis sûr qu'il avait souffert physiquement et mentalement. Mes pensées se sont tournées vers les parents d'enfants malades.

Entre mon cancer et la sclérose en plaques de Mary Ann, il ne faisait aucun doute que nous avions tiré le mauvais numéro. Mais j'étais reconnaissant que Jessie soit en bonne santé.

J'ai tourné la page, et une photo de Stephen Ong m'a dévisagé. Il y avait quelque chose chez ce type. Je n'arrivais pas à mettre le doigt dessus. Il était méticuleux, toujours bien habillé, avec un appartement plus impeccable qu'un appartement témoin.

Ong avait menti sur son alibi et traînait avec Addison. Il fallait aussi se pencher de nouveau sur son cas. Nous n'avions jamais vérifié l'ADN d'Ong et avions abandonné sa piste lorsque le sang avait orienté l'enquête vers une femme.

J'ai relu les interrogatoires et les informations de fond que nous avions recueillies. Ong avait travaillé pour un agent immobilier à Mercato pendant trois ans. Nous avions besoin de quelqu'un qui connaissait Ong à l'époque de la greffe.

Le seul de ses amis que nous connaissions, Sal Takeya, avait été utilisé par Ong pour fabriquer un alibi. Il était le point de départ naturel. S'il ne pouvait pas aider, un nom menait toujours à un autre. J'ai décroché le téléphone, en espérant que la chaîne de noms serait courte.

66

EN ATTENDANT QUE L'AMI D'ONG ME RAPPELLE, J'AI décroché le téléphone qui sonnait, j'ai parlé une minute et je l'ai raccroché violemment. Quelle était la probabilité que les caméras de Bridgewater Bay soient hors service depuis un mois ? Le moyen le plus simple de suivre les déplacements de Shea était donc hors de question. L'univers était-il contre moi ? M'empêchait-il de résoudre cette affaire ?

J'ai pris une profonde inspiration, me rassurant en me disant que nous avions déjà reconstitué la majeure partie du puzzle. Nous avions confirmé qu'elle était en ville au moment de chaque meurtre. Un voisin pensait que Shea avait loué une voiture blanche, mais il n'avait pas pu en identifier la marque, si ce n'est qu'il croyait qu'elle était japonaise. Il nous faudrait un mandat pour obtenir les détails de la location.

Si c'était Hertz, j'avais un ami qui pourrait peut-être m'aider, mais c'était lui en demander beaucoup. Le téléphone a sonné et je l'ai attrapé.

« Bonjour, inspecteur. Vous m'avez laissé un message ? »

« Merci de m'avoir rappelé, monsieur Takeya. »

« Je vous en prie. Pourquoi cet appel ? »

« Stephen Ong. A-t-il eu un cancer il y a environ huit ans ? »

« Stephen ? Je ne sais pas. Il n'a jamais rien dit, mais nous ne nous sommes rencontrés qu'il y a cinq ans. »

« Connaissez-vous quelqu'un qui connaît bien M. Ong ? »

« Il a une sœur dans l'Ohio. Je suis presque sûr qu'elle s'appelle Betty, mais ils ne se parlent plus. »

« Où dans l'Ohio ? »

« Cleveland ? Je me souviens qu'il a dit que sa famille vivait là où se trouve le Rock and Roll Hall of Fame. »

« C'est utile. Savez-vous s'il a consulté un hématologue ou un oncologue ? »

« Non, mais pourquoi ce genre de questions ? »

« Je règle juste quelques derniers détails. »

« Est-ce qu'il a des ennuis ? »

« Non, non. Une personne du même nom est apparue dans le cadre d'une enquête pour fraude, et je vérifie simplement toutes les pistes possibles. »

« Oh. »

« Merci pour votre temps. Je vais contacter sa sœur. Si quoi que ce soit vous revient, s'il vous plaît, appelez-moi. »

« Vous savez, Stephen a mentionné avoir pris une année sabbatique… »

« C'était quand ? »

« C'est amusant. Il a dit être resté coincé à la maison à regarder les publicités de campagne de Trump et Clinton. »

« C'était vers 2016 ? »

« Je suppose, oui. »

« A-t-il mentionné la raison de cette pause ? »

« Non. Il a seulement dit que c'était un mauvais chapitre de sa vie et qu'il ne voulait pas en parler. »

Ong n'avait ni l'âge ni un poste à hautes responsabilités qui nécessitait une année sabbatique pour recharger ses batteries. La seule raison qui tenait la route était la santé.

Ça aurait pu être sa santé mentale, et c'est pour cela qu'il était réticent à en discuter. Mais ça aurait aussi bien pu être un cancer. Quand j'ai eu mon cancer de la vessie, j'avais l'impression que personne ne comprenait ce que je traversais, et je l'avais gardé pour moi.

En retrouvant la trace de la sœur d'Ong, j'ai souri. Enfin, une piste sérieuse. Il y avait peut-être des dizaines de personnes nommées Ong à New York ou à San Francisco, mais à Cleveland, il y en avait trois et une seule s'appelait Susan.

J'ai laissé un message et j'ai pris le dossier d'enquête, l'ouvrant à la section sur Addison. Son ADN ne correspondait pas au sang sur le pantalon de Trent, mais il ne s'agissait que d'une seule victime. Elle avait une Honda blanche, avait été arrêtée pour agression et entretenait une relation curieuse avec Ong.

La possibilité de deux tueurs demeurait. Envisageant la probabilité que ce soit Ong et Addison, j'ai décroché le téléphone.

« Casey, c'est Luca. »

« Bonjour, inspecteur. Qu'y a-t-il ? »

« Tu enquêtes pour savoir qui avait accès à une source de sang. »

« Oui, c'est exact. »

« Rends-moi un service, et pour le moment, concentre-toi sur la possibilité qu'Addison ou Ong aient pu mettre la main dessus. »

En raccrochant, j'ai commencé à douter de l'intérêt de me focaliser sur le sang quand le téléphone de mon bureau a sonné. « Brigade criminelle, inspecteur Luca. »

« Frank, c'est Mindy Morton. »

Elle était assistante juridique au bureau du procureur. « Salut Mindy. Qu'est-ce que je peux faire pour toi ? »

« Rien, Johnson voulait que je t'informe que l'extradition de Shea est contestée. »

« Tu plaisantes ? »

« Non. La motion déposée par son avocat cite le fait qu'il s'agit d'un crime capital. »

« Ils ne vont pas nous l'extrader parce que nous avons encore la peine de mort ? »

« Nous pensons que c'est une manœuvre pour gagner du temps. »

« Qu'est-ce qu'on va faire ? »

« Nous avons déjà répondu. »

« Combien de temps ça va prendre ? »

« Difficile à dire ; cependant, nous nous attendons à une résolution rapide. »

« Fais pression autant que tu peux. J'ai besoin de l'interroger. »

Pourquoi un État voudrait-il protéger une tueuse en série potentielle ? Si Shea était la tueuse, les crimes avaient été commis en Floride et devaient être soumis à nos lois. Je me suis levé et je suis sorti sur le parking. Le soleil m'a aidé à me recentrer.

Fermant les yeux, j'ai tourné mon visage vers la chaleur. J'ai compté jusqu'à vingt, comme le Dr Bruno me l'avait suggéré. Cela a recentré mes pensées sur mes responsabilités.

Mon travail était double : attraper le meurtrier et fournir aux procureurs des preuves à charge. Je devais me concentrer sur le respect de mes obligations. Aussi difficile que ce soit à accepter, ce qui se passait ensuite n'était plus de mon ressort.

J'ai profité d'une minute de soleil de plus et je suis rentré. À quelques pas de mon bureau, j'ai entendu mon nom : c'était Casey.

« J'ai besoin d'une minute, monsieur. »

« Entre. »

Ses yeux étaient fixés sur ses chaussures. « Je suis désolé, mais il y a eu un oubli. »

« Quel genre d'oubli ? »

« Eh bien, en revérifiant la liste des patients du Dr Bigham, nous nous sommes rendu compte que Riley Addison était une patiente. »

« Comment diable a-t-on pu passer à côté de ça ? »

« Nous aurions dû le voir, mais le cabinet du médecin avait inversé le nom. Il était enregistré comme Addison Riley. »

« Ça prouve qu'elle a interagi avec Bigham. Ça pourrait tout changer. »

« Je sais, monsieur. J'aurais aimé que nous nous en rendions compte plus tôt. »

L'accabler n'aiderait pas. « L'important, c'est que tu l'aies trouvé. Maintenant, on va de l'avant. Je vais demander à Derrick de faire un tour à leurs bureaux. On ne sait jamais ce qu'on pourrait apprendre sur leur relation. »

« Ça me semble être un bon plan. »

« Oh, et regarde aussi s'il y a des preuves qu'Addison a eu des relations lesbiennes. »

Casey est parti, et j'ai digéré la nouvelle. Addison était devenue une suspecte moins probable en raison de son manque de liens. Alors que mon téléphone sonnait, je me suis demandé quel serait l'effet de la découverte d'une simple transposition sur l'affaire.

67

J'ai retiré les deux photos des jumeaux Turley. Leur ADN ne correspondait pas. Au lieu de les jeter, je les ai mises en bas du tableau blanc. « Au cas où. Je ne veux pas perdre ces deux-là de vue. »

Derrick a dit : « Et on a éliminé Dreman. Elle était plus maligne que je ne le pensais, à receler sa marchandise à Orlando. »

J'ai retiré l'épingle qui tenait la photo de Riley Addison et je l'ai déplacée vers le haut du tableau blanc. « Pas besoin d'être un génie pour savoir que c'est plus risqué de vendre des objets volés près de chez soi. »

« Amen. Mais si elle les faisait venir de Miami, c'était un assez bon plan. »

« Gesso a dit qu'il traçait la marchandise recelée avec Miami. On verra ce que ça donne. Mais vu qu'Addison et Ong ont été relâchés, je veux qu'on les surveille. »

Derrick s'est levé de sa chaise. « Je vais m'en occuper. »

« Plus j'y pense, plus je suis convaincu que, primo, le lien sanguin est la clé, et, secundo, il est très possible qu'il y ait deux tueurs. »

« La théorie des deux tueurs expliquerait le manque de liens et de mobile. »

« Ne trouver aucune preuve que Shea connaissait Trent en ferait un meurtre commis au hasard. Soit Shea est une psychopathe de classe mondiale, soit un tueur possède son ADN. »

« Je reviens tout de suite. »

J'ai examiné chaque photo, m'attardant sur celles d'Ong et Addison. Ils formaient un couple étrange, mais étaient-ils des meurtriers ? Qu'y avait-il dans le passé d'Ong qui l'avait fait disparaître de la circulation pendant un an ? Nous n'avions trouvé aucune preuve qu'il ait un casier judiciaire. Était-ce une maladie nécessitant une greffe ?

Addison était une énigme : elle travaillait dans le même bureau que Trent et avait une liaison avec lui. C'était une bonne menteuse et, en travaillant pour la Bank of America tout en faisant la fête jusqu'au bout de la nuit, elle semblait mener la double vie nécessaire à un tueur pour se fondre dans la masse.

Que signifiait son arrestation pour agression ? Perdait-elle le contrôle ?

Mon regard a glissé plus bas, sur Hatch. La plupart des éléments que nous avions dans cette affaire étaient circonstanciels, mais c'était encore plus mince pour Hatch. Il y avait le truc métaphysique, et son père et Addison avaient une liaison. Il y avait la condamnation pour port d'arme dissimulée, et quelque chose l'avait poussée à fuir. Nous avions lancé un avis de recherche à son encontre, mais nous ne l'avions pas encore attrapée.

En regardant McGovern, je me suis demandé pourquoi

le tueur était devenu silencieux. Heureusement, nous n'avions pas eu d'autre cadavre. Nous n'avions pas non plus eu de nouvelles d'eux. Pourquoi ? Était-ce parce qu'Ong et Addison étaient dans notre ligne de mire ? Ou que Shea était derrière les barreaux ? Ou que les autres étaient sur leurs gardes ?

Envisageant les possibilités, j'ai étudié le visage blafard de McGovern. Nous l'avions fait surveiller, mais il n'avait pas quitté sa maison depuis une semaine. Était-ce parce qu'il avait peur que nous nous rapprochions ?

Derrick est revenu et a déclaré : « Gesso a dit qu'avec la grippe qui circule, ils n'ont pas les effectifs pour couvrir qui que ce soit d'autre. »

« C'est ridicule. Je vais voir Remin. Il a promis qu'on obtiendrait ce dont on a besoin. »

———

DERRICK A LEVÉ les yeux quand je suis revenu dans le bureau. « Oh-oh. »

« Le shérif a dit que vingt-deux agents se sont déclarés malades aujourd'hui. »

« Je savais qu'elle circulait, mais là, c'est de la folie. »

« La dernière chose dont on ait besoin, c'est d'attraper ça. »

« Lynn et moi, on s'est fait vacciner contre la grippe. Et toi ? »

« Non, je ne le fais jamais. »

« Vraiment ? »

« Il n'est efficace qu'à quarante pour cent. Et Mary Ann a peur de s'injecter quoi que ce soit d'autre dans le corps. »

« Je comprends. Mais tu devrais vraiment… »

« Ça suffit ! » Je me suis laissé tomber sur ma chaise. « Désolé, je suis juste frustré. »

« Pas de problème. Tu sais, je peux surveiller Ong si tu veux. »

« Ça m'embête de me passer de toi, mais je crois qu'on doit le garder à l'œil. »

« Ce qui nous laisse Addison. »

Alors que mon téléphone sonnait, j'ai dit : « Dis à Gesso de transférer la surveillance de McGovern sur Addison. »

J'ai pris l'appel. Une femme enrhumée a dit : « Bonjour, ici Susan Ong. Vous m'avez laissé un message ? »

« Oui. Merci de me rappeler. »

« Je vous en prie. Pourquoi m'avez-vous appelée ? »

« C'est au sujet de votre frère, Stephen. »

« Oh non ! Ne me dites pas qu'il lui est arrivé quelque chose. »

« Non, il va bien. »

« Tant mieux. Stephen et moi, on s'est un peu perdus de vue. Je ne lui ai pas parlé depuis des années. »

« Je ne suis pas autorisé à en dire trop, mais nous menons une enquête de grande envergure, qui implique de fausses identités et ce genre de choses. »

« On lui a volé son identité ? »

« Non, mais, euh, je ne peux vraiment rien divulguer, mais on peut dire qu'ils avaient des informations et qu'ils sondaient le terrain. »

« C'est fou, ce qui se passe de nos jours. »

Elle n'avait pas tort. « Donc, nous cherchons, euh, une vérification indépendante de détails qu'un pirate informatique ne connaîtrait pas. »

« C'est logique. »

« Bon, Stephen a eu une période de plus d'un an, nous pensons, où il n'a pas travaillé, il y a environ quatre ans. »

« Oui, il a fait une dépression nerveuse et ce n'était pas joli à voir. Je lui ai même rendu visite dans cet endroit horrible où il était enfermé. »

« Quel endroit était-ce ? »

« Un hôpital psychiatrique à Toledo. »

« C'est ça, oui. Il y est resté un an ? »

« À peu près. Comme il continuait à proférer des menaces, ils ont dit qu'il était un danger pour lui-même et pour les autres et l'ont interné là-bas. Je l'ai vu juste après son entrée, et je dois dire que je ne pensais pas qu'il serait un jour libéré, mais heureusement, il a réussi à remonter la pente. »

« Il s'est complètement remis ? »

« Je lui ai parlé à sa sortie, et il était redevenu le même que d'habitude : méprisant. »

« Méprisant à l'égard de ce qui lui est arrivé ? »

« Non. Envers tout le monde et tout. Ce n'est pas gentil à dire, mais il est très arrogant. »

« Je vois. Qui a-t-il menacé ? »

« Son patron, un collègue et un client. »

« Où travaillait-il ? »

« Pour une de ces banques de sang mobiles qui ont été rachetées par Quest. »

« À Cleveland ? »

« Oui. »

« Merci. Vous m'avez été d'une grande aide. Il est important que cette enquête reste confidentielle. Il ne faut pas que Stephen soit au courant. Si les pirates l'apprennent, ils disparaîtront en sachant que nous sommes sur leurs traces. Ce serait aussi de l'obstruction. »

« Pas de souci. »

Quelle expression détestais-je le plus : *Je vous en prie* ou *Pas de souci* ? « Merci, madame. »

J'ai briefé Derrick sur l'appel. « Va surveiller Ong. Je vais demander à Gesso de transférer la surveillance de McGovern à Addison. »

68

ALORS QUE NOUS ENTRIONS DANS LA MAISON, J'AI DIT : « JE suis vraiment fier de toi. »

Mary Ann a ajouté : « Nous le sommes tous les deux. »

Jessie a répondu : « Merci. Je suis contente que vous ayez été là tous les deux. »

« Pour rien au monde je n'aurais manqué ça, ma grande. » Il n'avait pas été facile de m'éclipser alors que mon coéquipier était assis dans une voiture à surveiller Ong. En me dirigeant vers la chambre, j'ai imaginé Derrick serrant un thermos de café contre lui.

Mary Ann a mis un autre film Hallmark. Je ne me suis pas plaint ; j'avais l'esprit entièrement tourné vers le Tueur de la Réserve. Passer en revue les suspects renforçait l'idée qu'il pouvait y avoir deux tueurs. J'en avais l'estomac noué ; les avions-nous tous les deux dans notre liste de suspects ?

Ong et Addison formaient un couple. Mais étaient-ils les Bonnie et Clyde du réseau des parcs de Collier ? Je me suis levé. « Tu veux quelque chose ? »

« Non, ça va pour moi. »

J'ai attrapé une bouteille d'eau et me suis rassis. Une scène de mariage se déroulait à l'écran. Ça m'a rappelé notre petite cérémonie. Quand le mari a récité : « Dans la maladie comme dans la santé », mon sourire s'est effacé. McGovern avait dit que sa femme était partie quand il était tombé malade.

Un texto de Derrick est arrivé. « Je prends des nouvelles. C'est calme chez Ong. » J'ai senti un poids sur ma poitrine. J'ai répondu : « On vient de rentrer de la cérémonie. »

« Ça s'est bien passé ? »

« Ouais. On est fiers d'elle. »

« C'est bien que tu aies pu y aller. »

« Je m'apprête à aller surveiller McGovern. »

« Pourquoi ? »

Je ne pouvais pas lui dire que je me sentais coupable. « Les meurtres ont eu lieu la nuit. Il faut le surveiller. »

Il ne m'a pas contredit. Je me suis levé du canapé. « C'était Derrick. Avec la grippe qui circule, on n'a pas les effectifs nécessaires. Je vais faire un tour pour donner un coup de main. »

« Il est huit heures. »

« Ce n'est pas grave. Ne m'attends pas. »

———

J'AI ÉTEINT mes phares et je me suis arrêté à deux maisons de celle de McGovern. La pression dans ma poitrine s'est relâchée. Me laissant glisser plus bas sur mon siège, j'ai envoyé un texto à Derrick pour lui dire que j'étais en position et j'ai allumé la radio sur une station de jazz.

Je n'écoutais pas beaucoup de musique, mais quand j'étais une jeune recrue à New York, mon premier coéquipier était un grand fan de Stan Getz, et il mettait de la bossa nova pendant les planques. Impossible de dire pourquoi, mais ça faisait passer le temps plus vite.

Alors que je hochais la tête au rythme d'un air de swing, une paire de phares a lentement descendu la rue. Il était 21 h 38. La voiture s'est garée devant la maison de McGovern. Il était tard pour recevoir de la visite. À moins qu'il n'ait un complice.

Un homme d'une vingtaine d'années est sorti de la voiture. Il tenait deux sacs blancs. Ils étaient trop petits pour des plats à emporter. Il s'est dirigé vers la porte, a sonné et a tendu les paquets à McGovern.

Le livreur est remonté dans sa voiture et est passé devant moi. Il y avait une pancarte sur le tableau de bord. Elle portait un W rouge : Bingo. Il livrait des médicaments de Walgreens. McGovern était malade.

Au bout d'une heure, j'ai appelé Mary Ann pour lui souhaiter une bonne nuit et lui assurer que j'allais bien. Sans quitter la maison de McGovern des yeux, j'ai appelé Derrick. Je devais discuter avec lui de l'opportunité d'interroger Ong. Tout ce que nous avions montrait qu'Ong était devenu agent immobilier après sa libération. Nous ne trouvions aucune preuve qu'il ait récemment travaillé pour une entreprise de collecte de sang ou un laboratoire.

Il semblait logique de vérifier si un de ses amis, y compris Addison, avait un moyen d'accéder à du sang. Bien que je pense pouvoir tirer quelque chose d'utile d'Ong, j'allais attendre.

À trois heures du matin, j'ai envoyé un texto à Derrick pour lui dire de rentrer chez lui. Nous avions besoin de sommeil. Je suis rentré en voiture, doutant de ma décision d'attendre avant de parler à Ong, et réfléchissant à la manière de surveiller chaque suspect.

———

Les lèvres collées à une tasse de café, je suis entré péniblement dans le bureau. Derrick a dit : « Bonjour. »

Il avait quinze ans de moins, mais n'avait-il pas besoin de sommeil, lui aussi ? « Salut. »

« Comment tu te sens ? »

« Moi ? Super bien. »

Il a haussé les sourcils. « Tant mieux. J'ai appelé Gesso pour voir où on en est au niveau des effectifs. »

« D'après ce que j'ai vu, ce virus te met sur le flanc pendant cinq à sept jours. »

« Je sais. »

J'ai parcouru la liste des arrestations de la veille. « Ces saloperies de méthamphétamines remplissent nos prisons. »

« J'ai lu un rapport de la DEA il y a quelques jours. Il disait que cinquante pour cent de la meth produite dans le monde est consommée en Amérique. »

« C'est une sacrée première place à détenir. »

« La meth semble pire que le problème des opioïdes. Je ne sais pas comment on va renverser la tendance. »

« C'est une crise. Dans des endroits comme Johns Hopkins, ils expérimentent des drogues psychédéliques pour traiter les toxicomanes, et les résultats sont prometteurs. »

« Il faut qu'on sorte des sentiers battus si on veut maîtriser la situation. »

J'ai acquiescé, en disant que cela pourrait marcher pour la toxicomanie, mais pas pour traquer des tueurs. Ce que nous devions faire, c'était creuser plus profond, relier les points, même si certains étaient à peine lisibles. Il fallait être ouvert à toutes les possibilités et utiliser les méthodes fondamentales pour les examiner.

Derrick a décroché le téléphone. C'était Gesso. Il m'a fait un pouce en l'air et l'a remercié. « Gesso a dit qu'il peut couvrir Addison et Ong. »

« Bien. Reprenons tout ce qu'on a depuis le début. Ça nous fera une piqûre de rappel. Peut-être que quelque chose va faire tilt. Et toutes les informations de fond que l'équipe a développées ont été examinées au fur et à mesure. »

« C'est vrai. Tout regarder d'un seul coup pourrait aider. »

« Pourquoi ne commences-tu pas par Addison et Ryan ? Je vais m'attaquer à McGovern et Ong. »

J'ai pris une gorgée de café et j'ai ouvert le dossier d'enquête à la section McGovern. Casey et son équipe avaient obtenu une vingtaine de photos de McGovern remontant à dix ans.

Il n'y en avait qu'une seule de lui à l'extérieur. Il était avec une femme. Son visage me disait quelque chose.

J'ai retourné la photo. C'était son ex-femme, Diane. Bien que la photo ait été supprimée de Facebook, nous l'avions récupérée. J'étais sûr de l'avoir vue quelque part et j'ai noté mentalement de vérifier où elle travaillait.

J'ai lu le résumé de nos entretiens avec lui. L'épisode au quai de Naples, où nous pensions qu'il aurait pu être celui qui avait appelé le journal, semblait étrange. J'ai regardé une photo de son visage blafard.

Nous l'avions localisé dans une zone où il y avait des bateaux au moment où l'appel avait été passé. À l'origine, cela semblait incriminant, mais l'appel avait-il vraiment été passé près de l'eau ? Nous n'avions rien qui définisse son origine. Je me méfiais des coïncidences, mais cela ne semblait être rien de plus.

J'ai parcouru le reste des informations sur McGovern. Il conduisait une Honda blanche et prétendait être insomniaque. Il me dérangeait, mais il était près du bas de l'échelle des suspects pour une bonne raison.

En arrivant à la section sur Ong, le fait qu'il ait menti au sujet de son alibi, non pas une, mais deux fois, m'a fait l'effet d'une douche froide. J'ai dit : « Je sais qu'on s'était dit d'attendre, mais je veux parler à Ong. »

« Vraiment ? »

« Ouais. Rester là sans rien faire, je ne le sens pas. »

« Tu veux que je vienne ? »

J'ai attrapé ma veste. « Non. Si on est deux, il va se braquer. »

69

LES TRAVAUX BATTAIENT LEUR PLEIN SUR UN AUTRE BÂTIMENT, près de Goodlette. Le Naples Square faisait partie d'un projet d'agrandissement du centre-ville. Vivre près de la Cinquième Avenue coûtait cher, et on ne pouvait pas s'offrir un logement dans ce complexe pour moins de deux millions.

En approchant de l'appartement d'Ong, j'ai jeté un œil à la voiture qui surveillait son immeuble. J'ai sonné. Ong a ouvert la porte en secouant la tête. « Vous devez passer par mon avocat. »

Quelque chose clochait. Il avait les yeux vitreux et sa chemise sortait de son pantalon.

« Je ne suis pas ici pour ce qui s'est passé au Blue Martini. »

Il a commencé à refermer la porte. « Ça n'a pas d'importance. »

« J'ai parlé à votre sœur. »

Il a froncé les sourcils. « Ma sœur ? »

« Oui. Susan, à Cleveland. Elle avait beaucoup de choses à dire. »

« Elle est fâchée avec la vérité. »

« Ce qu'elle m'a dit au sujet des menaces de mort que vous avez proférées contre votre patron, un collègue et un client s'est avéré exact. »

« C'était un malentendu. »

« Ça devait être un sacré malentendu pour qu'on vous interne dans une institution. »

Son visage s'est assombri.

« Parlez-moi de votre travail à la banque de sang mobile. »

Il a claqué la porte. « Laissez-moi tranquille. »

Il savait qu'on était sur sa piste. Je me suis dirigé vers le bureau de vente. Une femme vêtue d'une jupe si moulante qu'on aurait dit de la peinture s'est levée d'un bond de sa chaise. « Bienvenue au Naples Square, où l'on aime habiter. »

J'ai souri. « Nous n'en sommes qu'au début de notre réflexion, mais j'aimerais voir vos plans d'étage. »

« Avec plaisir. Vous seriez intéressé par un trois-pièces, un quatre-pièces ou plus grand ? »

« Au moins un trois-pièces. J'aimerais voir s'il y en a avec une deuxième entrée. Notre fille a la vingtaine, et nous voudrions lui laisser la liberté d'aller et venir comme bon lui semble. »

« Nous n'offrons pas cette option pour le moment. Cependant, toutes nos résidences ont été conçues pour répondre aux besoins d'intimité des propriétaires en offrant une séparation confortable avec les invités. »

Ong n'avait pas d'autre issue pour sortir et disparaître.

« Je suis désolé, mais je pense qu'il vaut mieux que je revienne avec ma femme. »

Je suis retourné au bureau avec deux choses en tête : m'assurer qu'on gardait un œil sur Ong et pousser l'équipe à trouver le lien entre Ong ou Addison et l'accès à une réserve de sang.

Est-ce que j'accordais trop d'importance au sang sur le pantalon de Trent ? Était-ce une diversion ? Je me suis affalé sur mon siège à l'idée récurrente que je pourchassais deux tueurs.

L'idée que quelqu'un ait délibérément mis du sang sur Trent m'a de nouveau traversé l'esprit. Puis la possibilité que nous ayons affaire à un second meurtrier. Chaque théorie comblait des vides dans les dossiers. J'ai pensé à Trent ; mis à part ses infidélités, il semblait être un homme sympathique. Mais beaucoup de gens sympathiques finissent par taper sur les nerfs des autres.

Il m'était difficile de penser à Trent sans que ses enfants ne me viennent à l'esprit. Lors des funérailles, ils n'avaient manifestement aucune idée que leur père était parti pour toujours. J'ai ravalé la boule qui se formait dans ma gorge et j'ai essayé en vain de chasser les images de la veillée de mon esprit.

La femme de Trent était recroquevillée sur elle-même, secouée de sanglots incontrôlables. Je me suis souvenu avoir bousculé une femme en m'éclipsant vers les toilettes. J'ai plissé les yeux. Était-ce la même femme que l'épouse de McGovern ?

Je me suis garé sur le parking d'un Publix et j'ai passé un appel. « Casey, c'est Luca. »

« Qu'est-ce qui se passe ? »

« Tu as déniché un tas de photos sur McGovern. »

« Ouais ? »

« Il y en avait une sur Facebook de lui et de son ex-femme. »

« Ouais, je me souviens de celle-là. »

« Rends-moi un service et envoie-la-moi, le plus vite possible. »

« Ça marche. »

« Fais vite. C'est important. »

Mon enthousiasme est retombé quand je me suis rappelé que nous n'avions aucune preuve que McGovern et Trent se connaissaient. J'ai essayé de me souvenir de la femme à la veillée. Notre interaction s'était limitée à un « Excusez-moi ». Je me souvenais qu'elle n'avait pas souri, mais c'était tout. Ma mémoire n'était plus ce qu'elle était.

Un texto a sonné. C'était la photo. Je l'ai étudiée, en zoomant. Essayant de me rappeler une quelconque similitude dans la coiffure, j'ai mis le téléphone dans ma poche et j'ai passé une vitesse.

La route 41 était bouchée à l'intersection de Pine Ridge. J'ai tourné à droite après les Waterside Shops et à gauche sur Crayton Road. Park Shore était l'un des quartiers que j'aimais bien, mais j'avais eu trop d'affaires impliquant ses résidents.

J'ai tourné à droite sur Mooring Line Road et j'ai pris la direction de la maison des Trent. Un SUV Kia était garé dans l'allée. Elle avait de la visite. J'espérais que ce n'était pas un homme.

Mme Trent a ouvert la porte. Elle a cillé. « Inspecteur Luca. »

« Bonjour, madame Trent. Je suis désolé de vous déranger, mais j'aimerais vous montrer la photo de quelqu'un. J'espère que vous pourrez l'identifier. »

« Si je peux aider, je le ferai. »

J'ai affiché l'image et je lui ai tendu le téléphone. C'était comme si je lui avais donné un sac de déjections canines. Elle me l'a rendu aussitôt. « C'est Brenda McGovern. »

« Comment la connaissez-vous ? »

Elle a baissé la tête et la voix. « Vic a eu une liaison avec elle. »

Je compatissais, mais cette relation méritait d'être creusée. « C'était quand ? »

« Il y a environ huit ans. »

« Combien de temps ça a duré ? »

Elle a pincé les lèvres. « Il a dit que ça s'était terminé en un mois, mais je savais que ça durait depuis un bon moment. »

« Avez-vous déjà rencontré son mari, Gene McGovern ? »

« Je ne crois pas. Pourquoi ? »

« Je ne peux pas vous en dire plus, si ce n'est que nous explorons toutes les pistes possibles. »

J'ai quitté la maison en échafaudant des scénarios dans ma tête. La liaison remontait à des années. Ethan Dwyer m'est venu à l'esprit. Il avait attendu des années pour se venger. McGovern aurait-il pu s'en prendre à Trent pour avoir ruiné son mariage ?

Mais pourquoi les autres ? On en revenait à la théorie des deux tueurs. McGovern avait-il profité de l'occasion que lui offrait un tueur en série, en faisant croire que la même personne avait commis tous les meurtres ?

Mon portable a sonné alors que je tournais sur Neapolitan Way. C'était Casey. « T'as une minute ? »

« Bien sûr. Qu'est-ce qui se passe ? »

« Willis vient de suivre Ong jusqu'à un bâtiment médical. »

« C'est un centre pour le cancer ? »

« Il y a trois panneaux sur le bâtiment. Un pour la pneumologie, un pour la néphrologie, et un pour l'oncologie. Je suis presque sûr que c'est le cancer. »

Ça l'était, sans aucun doute. « Tu peux savoir dans quel cabinet il est entré ? »

« Je vais voir ce que je peux faire. »

« Assure-toi qu'il ne te voie pas. »

70

MON PORTABLE A SONNÉ ; C'ÉTAIT GESSO. « QU'EST-CE QUI se passe, Sergent ? »

« Je viens de raccrocher avec Bemis de la prison d'Immokalee. Il m'a dit qu'un détenu voulait nous parler. Un certain Orlando Johnson, qui prétend avoir des informations sur le meurtrier de Melissa Wright. Il veut parler. »

« Qu'est-ce qu'il a fait, ce Johnson ? »

« Vol à main armée du Publix près d'Ave Maria. »

J'ai essayé de me souvenir de son visage parmi les personnes arrêtées deux jours plus tôt. « Il était défoncé, non ? »

« Ouais, à la meth. »

« Cette merde fait des ravages. »

« C'est clair. »

« Je vais aller le voir. »

« Bonne chance avec ce type. »

Les gens derrière les barreaux sont prêts à dire ou faire n'importe quoi pour sortir ou réduire leur peine. J'avais eu mon lot de détenus qui donnaient des informations si minces qu'on aurait pu lire le journal à travers. Ce qui rendait celui-ci intéressant, c'était le timing.

Johnson venait d'être arrêté. Ce qu'il avait à dire ne venait pas d'un codétenu cherchant à se redorer le blason dans la rue. Un gardien, avec une quinzaine de kilos en trop, m'a escorté jusqu'à une salle en parpaings jaunes.

Orlando Johnson était assis sur une table de pique-nique en métal. Il hochait la tête. Sa jambe rebondissait comme un marteau-piqueur pendant que je me présentais. En regardant son visage, j'ai deviné qu'il entrait en plein dans l'enfer du sevrage.

Le banc était froid. « Monsieur Johnson, je crois savoir que vous avez des informations qui pourraient nous intéresser. »

« Ouais, j'ai ce qu'il vous faut, mec. »

« Je suis tout ouïe. »

« Mais faut que vous me sortiez de là si je vous dis tout. »

« Vous êtes accusé de vol à main armée. C'est un crime. Je n'ai pas de baguette magique. »

« Mais c'est le Tueur de la Réserve, mec. »

« Si vos informations sont crédibles et mènent à une arrestation, nous en informerons le procureur qui en tiendra compte dans votre dossier. »

« Mais il me faut une garantie, mec. J'ai de l'or en barre, et ça vaut quelque chose. »

« Tant que nous ne saurons pas exactement la valeur de ces informations, vous allez devoir me faire confiance. »

Ses épaules se sont affaissées. « C'est pas juste, mec. »

« Peut-être pas à vos yeux. Mais je vous promets que si ce sont des infos en béton, vous en tirerez profit. Dites-moi ce que vous savez. »

Il a ricané. « J'ai intérêt à pas me faire avoir. »

« Vous ne vous ferez pas avoir. Parlez maintenant ou je m'en vais. »

Johnson s'est gratté l'avant-bras. « Vous voyez, cette nana, elle m'a contacté. »

« Qui ? »

« Riley, euh, Addison. »

Je me suis penché en avant. « D'accord, donc Addison vous a contacté. »

« Ouais, c'est ça. »

« Qu'est-ce qu'elle vous a dit ? »

« Genre, elle m'a demandé de tuer Melissa. »

« Melissa Wright ? »

« Ouais. »

« Riley Addison vous a demandé de tuer Melissa Wright ? »

« Ouaip. Elle a dit qu'elle me donnerait cinq mille balles pour la buter. »

« Qu'avez-vous répondu ? »

« Je fais pas ce genre de trucs. Je suis pas un ange ou quoi, mais tuer, ça, je fais pas. »

« Quand vous a-t-elle demandé ça ? »

« Oh, mec, c'était, genre, juste une ou deux semaines max avant que la nana finisse morte. J'étais là, genre, j'arrive pas à croire qu'elle l'ait fait. »

« Où vous l'a-t-elle demandé ? »

« Sur le parking d'Alice Sweetwater's. »

« Y avait-il quelqu'un avec vous quand elle vous l'a demandé ? »

« Non, juste elle et moi. »

« Que lui avez-vous dit ? »

« Je lui ai dit que je ne faisais pas ce genre de business. »

« Lui avez-vous donné le nom de quelqu'un qui le ferait ? »

Ses yeux ont balayé la pièce. « Je, euh, je ne connais pas de gens comme ça. »

« Allez, Orlando. Vous me prenez pour un idiot ? »

« Non, je ne pense rien du tout. »

« Qui lui avez-vous dit d'aller voir ? »

« Personne. Je le jure, mec. »

Il l'avait juré. Je devais le croire. « Qui lui avez-vous recommandé ? »

« Personne. J'ai peut-être dit, genre, qu'elle devait aller à Miami pour cette merde, mais c'est tout. »

« Vous connaissez bien Riley Addison ? »

« Je ne sais pas, assez bien, j'imagine. On avait l'habitude, vous savez, de coucher ensemble, à une époque. »

« Vous sortiez avec elle ? »

Il a hoché la tête. « En quelque sorte. »

Addison le connaissait. Si elle lui avait demandé d'exécuter un contrat, elle croyait qu'il le ferait ou qu'il connaissait quelqu'un qui le ferait. « Qui tuerait Wright pour cinq mille dollars ? »

Il a ricané. « La moitié des tocards dans cette taule. »

« Qui avez-vous recommandé à Addison pour faire le boulot ? »

« Personne, mec. Faut que vous me croyiez. Je ne veux pas avoir ça sur la conscience. »

Je pariais qu'en échange d'argent pour financer sa dépendance, Johnson l'avait aiguillée vers quelqu'un. Après dix minutes de blocage, je suis parti. Il y avait quelque chose. Nous devions creuser les antécédents de Johnson et voir qui étaient les candidats potentiels.

———

DERRICK ÉTAIT devant le tableau blanc quand je suis entré dans le bureau. « Casey est sur Johnson. On dirait que ce type est affilié au gang des Saucy Boyz. »

« Ils ont fait pas mal de coups, mais c'est toujours lié à la drogue. »

« Pour autant qu'on le sache. Pour cinq mille dollars, ils tueraient leur propre mère. »

« Sales enfoirés. Je dois monter voir quelle marge de manœuvre ils sont prêts à accorder à Johnson s'il se met à table. »

« D'accord. »

« Si c'était un contrat, on a probablement deux tueurs sur les bras. »

« J'ai pensé la même chose. J'ai dit à Casey de demander à l'équipe de chercher des liens avec les autres victimes. »

Je me suis dirigé vers la porte. « Bien, mais je ne pense pas qu'il y en ait. »

« Attends une seconde. J'ai parlé à la femme de McGovern. Elle est manager dans ce nouveau resto, Del Mar on Fifth. Elle a dit qu'elle ne finissait pas avant onze heures au plus tôt. »

« Où est-ce qu'elle habite ? »

« Forest Lakes. Près de Pine Ridge. »

« C'est mieux que d'aller en ville. Donne-moi son numéro. Je la rejoindrai chez elle après le travail. »

« Je le pose sur ton bureau. »

« Je reviens tout de suite. »

« Oh, encore une chose. Willis a confirmé qu'Ong est allé voir un oncologue. »

« Comment a-t-il fait ça ? »

« Tu connais Willis, il a dit qu'il a baratiné la réceptionniste. »

« Garde un œil sur Ong. »

J'ai gravi les escaliers en vitesse, me sentant comme un jongleur. En débouchant de la cage d'escalier, j'ai pensé à demander de l'aide au shérif. Le simple filet de suspects s'était transformé en lance à incendie.

71

Derrick a éteint son ordinateur. « J'ai fini pour aujourd'hui. »

J'ai regardé l'horloge. « Il est presque dix-neuf heures. Je dois y aller aussi. »

« Bonne chance ce soir avec la femme de McGovern. »

« Il est bien trop tard pour moi. J'espérais que quelque chose se débloquerait. »

« Laisse tomber pour aujourd'hui. Tu pourras la voir demain avant qu'elle ne rentre. »

J'ai refermé le dossier du meurtre. « Bonne idée. On verra bien si je m'écroule sur le canapé ou pas. »

Derrick a ri tandis que je décollais un post-it du dossier. « Je n'ai jamais rappelé cette dame. »

« Elle a encore appelé aujourd'hui. Je lui ai dit que tu t'occuperais d'elle demain. »

« Bonne nuit. »

L'INDICATIF régional était le 732. C'était un numéro du Jersey, mais ça ne voulait pas dire grand-chose, car j'avais gardé mon numéro du Jersey quand j'avais déménagé.

« Claire Shott ? »

« Oui. Qui est à l'appareil ? »

« Inspecteur Luca, du comté de Collier. Vous avez appelé ? »

Elle a baissé la voix. « Oui. Deux fois. »

« Que puis-je faire pour vous, madame ? »

« Je veux que vous enquêtiez sur mon amie Natalie. Elle a disparu il y a trois ans… »

« Je suis désolé, madame, mais je ne m'occupe pas de… »

« C'est Rachel Shea qui l'a tuée. »

« Pardon ? »

« Natalie était venue d'Albany et logeait chez Rachel quand elle a tout simplement disparu. Je sais que c'est Rachel qui l'a tuée. »

Je me suis raidi. « Quel est le nom complet de Natalie ? Et comment Mme Shea et vous la connaissiez-vous ? »

« C'est Natalie West. Rachel et elle sont allées à l'université ensemble. J'habitais dans la même rue. On passait du temps toutes les trois. »

« Avez-vous signalé sa disparition ? »

« Je suis allée à la police de Lavallette, mais ils m'ont dit qu'elle était majeure et qu'elle vivait dans un autre État, donc qu'ils ne pouvaient rien faire. »

« Avez-vous prévenu la police de New York ? »

« Je ne pouvais pas aller à Albany, alors j'ai appelé, mais ils ont dit que rien n'indiquait qu'il lui soit arrivé quelque chose de mal. Alors, quand Rachel a été arrêtée, j'ai su que c'était elle. »

« Pourquoi pensez-vous que Mme Shea a fait du mal à Natalie West ? »

« C'est une personne très méchante. Tout le monde pense que c'est une sorte d'ange, mais ce n'est pas le cas. »

« Avez-vous des informations concrètes concernant Mme Shea qui indiqueraient qu'elle est violente ? »

« Elle a tué sa mère pour l'argent. Comment croyez-vous qu'elle a acheté la maison près de la plage et son appartement en Floride ? »

« C'est une accusation très grave. »

« C'est la vérité. Elle venait juste d'emménager chez Rachel. J'y suis allée la veille de sa mort. Elle allait bien, elle marchait, alors comment s'est-elle retrouvée morte le lendemain ? Tout le monde savait que quelque chose de grave s'était passé, et tout ce que Rachel disait, c'était que son heure était venue. »

« Comment s'appelait sa mère ? »

« Emily Shea. C'était une femme gentille, pleine de vie. »

« Pourquoi pensez-vous que sa fille a quelque chose à voir avec sa mort ? »

« Elle a fait incinérer le corps tout de suite. Pas de cérémonie, rien. »

L'incinération et l'absence de cérémonie religieuse ne collaient pas avec la personne que Shea semblait être. C'était un signal d'alarme.

« Savez-vous comment Emily Shea est morte ? »

« Rachel lui a probablement donné une surdose, comme elle l'a fait avec Kenny. »

« Kenny ? »

« C'était le petit ami de Rachel. Il est mort d'une overdose d'héroïne, mais c'était elle. Je le sais. J'étais son voisin.

Il fumait de la marijuana, mais c'est tout. Il n'a jamais touché aux drogues dures. C'est elle qui l'a tué. Je vous le dis. »

Cela faisait trois personnes dans l'entourage de Rachel Shea qui, selon Claire Shott, étaient mortes mystérieusement. J'ai noté le nom complet de Kenny et promis de vérifier ses allégations. C'était quelque chose que je pouvais commencer à examiner de chez moi.

———

MARY ANN s'est levée du canapé. « Je vais lire au lit. Tu veux que je laisse la télé allumée ? »

« Non, je vais travailler un peu dans le bureau jusqu'à ce que je doive y aller. »

« S'il te plaît, sois prudent. »

Je suis allé dans le bureau et j'ai cherché le certificat de décès d'Emily Shea. En l'affichant, j'étais toujours étonné de la rapidité avec laquelle on pouvait trouver quelque chose à l'ère du numérique.

Emily Shea avait soixante-deux ans quand elle est morte. La cause du décès était indiquée comme naturelle. Ça n'avait pas de sens. N'était-elle pas trop jeune pour mourir de vieillesse ?

En attendant que l'ex-femme de McGovern m'envoie un texto pour me dire qu'elle était rentrée, je me suis perdu dans un dédale de recherches d'informations sur Kenny Green. Après avoir confirmé qu'il était mort d'une overdose d'héroïne, j'ai cherché d'éventuelles arrestations ou traitements pour usage de drogues. L'héroïne était pour les grands consommateurs. Et les toxicomanes finissaient inévitablement par avoir des démêlés avec la justice.

J'ai eu beau chercher, je n'ai rien trouvé sur Kenny. Il

était vingt-trois heures dix, et l'ex de McGovern ne m'avait toujours pas envoyé de texto. Je lui ai envoyé un message pour le lui rappeler et j'ai commencé à chercher des informations sur Natalie West.

Il y avait vingt-six femmes dans la base de données de New York. Je les ai toutes passées en revue, pour finalement me concentrer sur une femme avec une adresse à Albany. J'ai consulté son dossier au service des immatriculations et j'ai marqué une pause. Son permis avait expiré. Où était cette femme ?

Mon portable a sonné. C'était Casey. « Désolé de te déranger, mais McGovern est en mouvement. »

Il était un peu plus de vingt-trois heures trente. « Où se dirige-t-il ? »

« En direction de la Route 41. »

« Ne le lâche pas. J'arrive. »

J'ai couru jusqu'au garage et sauté dans ma voiture. En sortant du quartier, Casey a rappelé. « On dirait une fausse alerte, McGovern vient de s'arrêter à un Walgreens. »

Les muscles de ma nuque se sont détendus. « D'accord. Garde-le à l'œil. »

« Compris. »

L'ex-femme de McGovern ne m'avait toujours pas contacté. Je l'ai appelée. Elle était sur le chemin du retour, prétendant avoir oublié notre rendez-vous. J'ai fait demi-tour et j'ai mis le cap au nord. En route pour voir McGovern, j'ai envisagé de communiquer officieusement les nouvelles informations sur Shea aux autorités du New Jersey. Cela pourrait suffire à les forcer à cesser de faire obstacle à son extradition.

72

Conduire sur Pine Ridge vers minuit était un vrai plaisir. Alors que je réfléchissais à un moyen de retrouver Natalie West, mon portable a sonné. « Qu'est-ce qu'il y a, Casey ? »

« Je suis en route pour un vol à main armée et j'ai dû abandonner la surveillance de McGovern. »

L'appel à l'aide était passé à la radio. « Le Waffle House ? »

« Ouais. »

« Fais attention. »

« Désolé. »

« Ce n'est pas grave. McGovern est probablement en train de rentrer chez lui. »

« Ouais, il se dirigeait par là. »

C'était peine perdue. S'il ne rentrait pas chez lui, je ne le trouverais jamais. Mes pensées se sont reportées sur Shea. Tout le monde aime dire que telle ou telle histoire ferait un bon film, mais rien ne surpasserait l'histoire de Shea si elle était la tueuse.

Arrêté au feu de Shirley Street, j'ai réalisé que j'aurais dû demander aux contacts que j'avais dans le comté de Monmouth de vérifier les antécédents de Shea. Cette façade de sainte nitouche qu'elle arborait était-elle réelle ou bien était-elle la plus grande des arnaqueuses ?

J'ai tourné sur la voie d'accès et je l'ai suivie jusqu'à un complexe résidentiel appelé Mira Vista. En ralentissant, j'ai vérifié le numéro sur le bâtiment.

Une Honda blanche était garée dans l'allée de sa résidence. En me garant sur le bas-côté, j'ai remarqué un mince filet de lumière grandissant au bas de la porte du garage.

Mes yeux rivés sur la porte qui se levait, deux paires de jambes sont apparues. Je me suis baissé pour ne pas être repéré.

Une paire de phares a dévalé la rue, et le couple a disparu de mon champ de vision.

Une fois le van gigantesque passé, le couple est revenu dans mon champ de vision. J'ai plissé les yeux. Ça m'a frappé : c'était Gene McGovern, et la Honda dont ils s'approchaient était la sienne.

McGovern forçait son ex-femme à se diriger vers le véhicule.

Un reflet métallique a brillé. Un couteau. J'ai déclipsé mon holster. J'ai sorti mon arme et j'ai bondi hors de la voiture.

Les deux mains sur le toit de la voiture, j'ai pointé mon pistolet. « Ne bougez plus ! Police ! »

Levant son couteau, McGovern a attiré son ex-femme devant lui. « Fichez le camp ou je la tue ! »

Sa femme a gémi : « Non, non. Aidez-moi. »

L'arme pointée sur le couple, j'ai contourné la voiture. « Laissez-la partir. On peut trouver une solution. »

« Reculez ou je jure que je la tue, ici et maintenant. »

« Du calme. Personne ne va être blessé. »

J'ai eu un hoquet de surprise quand il lui a planté le couteau dans l'épaule. Elle s'est effondrée au sol. « Lâchez ça ou je tire ! »

« Allez-y. Tirez. Je m'en fiche. »

Le doigt sur la détente, j'ai dit : « Je ne vais pas vous ménager. »

J'ai appelé des renforts, et McGovern a cherché à atteindre la poignée de la portière. « N'essayez même pas ! Je vous explose les rotules. »

Il a ricané : « Ça n'a pas d'importance. »

« Vous ne savez pas ce qu'est la douleur. »

Il a baissé la tête. « C'est là que vous vous trompez. »

« Jetez ce couteau ou je vous pulvérise les genoux. »

McGovern a hésité.

« Lâchez-le. Maintenant ! »

McGovern a jeté son arme de côté. Je me suis précipité sur lui. « À genoux ! »

Pendant que je le menottais, le son des sirènes s'est intensifié. Je me suis agenouillé à côté de son ex-femme. « Vous allez vous en sortir. »

Son chemisier était sombre de sang. La blessure ne semblait pas mortelle, mais elle haletait et était faible. Espérant que ce n'était qu'un poumon perforé, j'ai appliqué une pression sur la plaie tandis qu'une patrouille déboulait dans la rue.

J'avais vu de nombreux criminels pleurer lors de leur arrestation, mais les sanglots de McGovern me mettaient mal à l'aise. On l'a fait monter à l'arrière d'une voiture de patrouille.

Debout dans l'allée tandis que la voiture s'éloignait, je me suis demandé si un autre tueur était toujours dans la nature.

73

J'AI REGARDÉ LE RETOUR VIDÉO AVANT D'ENTRER DANS LA pièce. Perry Gorman avait la main sur l'épaule de McGovern. Gorman avait changé de camp après avoir passé dix ans à mettre les gens derrière les barreaux dans le comté de Lee.

Derrick a demandé : « Tu l'as déjà affronté ? »

« Non. Je l'ai croisé à quelques réceptions, mais c'est la première fois. Voyons ce que McGovern a à dire. » J'ai frappé et nous sommes entrés.

McGovern a peiné à se mettre debout. Gorman a dit : « Restez, restez. » Il a tendu la main. « Bonjour, messieurs les inspecteurs. »

Pendant qu'il serrait la main de Derrick, j'ai fait un signe de tête à McGovern. Quiconque passe une nuit en prison n'a jamais bonne mine, mais le teint cireux de McGovern était devenu grisâtre.

Nous nous sommes installés sur des chaises et Derrick a récité les formalités d'usage. Avant que j'aie pu dire un mot, Gorman a levé la main. « Nous espérons que le comté tiendra compte de la volonté de mon client de coopérer. »

« S'il fournit un compte rendu complet ainsi que des aveux et que nous pouvons éviter un procès, je suis sûr que les procureurs en tiendront compte. »

« Mon client est en phase terminale, et nous aimerions avoir l'assurance qu'il évitera l'incarcération. »

Gorman avait un culot monstre. « Si on écoutait ce que M. McGovern a à dire, Maître ? »

Il a hésité avant de tapoter l'avant-bras de son client. « Très bien. Allez-y, Gene. Racontez-leur ce qui s'est passé. »

McGovern a reniflé. « C'est moi. Je devais le faire. Ils ont gâché ma vie. »

J'ai dit : « Fait quoi ? »

« Je, euh, les ai tués. »

« Qui ? »

« Tous. »

« Melissa Wright ? »

Il a hoché la tête. « C'était une idiote incompétente. »

« La docteure Bigham ? »

« Oui, elle, c'était la pire, une imbécile incompétente. »

« Bobby Ryan ? »

« Non, je n'ai rien à voir avec ça. »

Si c'était un suicide, la presse était responsable, mais aucune loi ne permettait de leur demander des comptes. « Et Victor Trent ? »

Il s'est esclaffé. « Ces publicités. Un père de famille ? Quelle connerie. Ce salaud a détruit mon mariage. »

« Comment les avez-vous tués ? »

« Je les ai poignardés avec un couteau. »

« Combien de fois ? »

« Trois coups ont suffi. Mais il y en a peut-être eu quatre une fois. »

« Comment avez-vous fait pour qu'ils vous suivent dans les parcs ? »

« Je me suis servi de mon pistolet. »

« Celui que nous avons trouvé dans la voiture ? »

« Oui. »

« Mais vous ne l'avez pas utilisé sur votre ex-femme. »

Il a baissé la tête. « J'allais en finir après elle. »

« Vous alliez vous suicider ? »

« Ouais. Je suis mourant de toute façon. Je me suis dit que j'allais m'épargner la douleur et la souffrance. »

« Pourquoi avez-vous fait ça ? »

McGovern a secoué la tête et a baissé la voix. « Ils le méritaient. Ils m'ont fait vivre un enfer. »

———

J'ai mis une capsule dans la machine à café et j'ai étiré mon dos. La nuit avait été longue et, plutôt que de réveiller Mary Ann, j'avais dormi dans le fauteuil. Entre le fauteuil et ce que McGovern avait révélé, je n'avais somnolé que trois heures avant de prendre une douche dans la salle de bain de la piscine.

Mary Ann est entrée dans la cuisine à pas feutrés. « Tu es rentré à quelle heure ? »

« Vers deux heures. »

« Tu as l'air épuisé. »

« Ça va aller. »

« Pourquoi n'es-tu pas venu te coucher ? »

J'ai versé un peu de lait dans mon café. « J'ai dormi deux ou trois heures. Je vais m'en sortir. »

« Que s'est-il passé ? »

J'ai secoué la tête. « McGovern a avoué avoir tué tout le monde sauf Ryan. Je suppose que c'était un suicide. »

« Oh, mon Dieu. Quel monstre. »

« C'était dingue. J'ai presque eu de la peine pour lui. »

« Que veux-tu dire ? »

Je me suis assis et j'ai pris une gorgée de café. « McGovern avait une leucémie et personne ne l'a détectée. Il se sentait mal, et le médecin a prescrit une analyse de sang. Melissa Wright travaillait à l'accueil des patients et a merdé avec les papiers. »

« Oh, mon Dieu. »

« Au bout de deux mois, son état empirait, et quelqu'un l'a orienté vers la docteure Bigham. Elle a fait des analyses, mais elle a dit qu'il avait un type de leucémie qui n'était pas un problème majeur et qu'ils allaient juste garder un œil dessus. Il s'est avéré qu'elle avait mal interprété les analyses et que le cancer avait progressé. »

« Deux erreurs ? C'est incroyable. »

« C'est ce que je pensais, mais Bilotti a dit que des erreurs peuvent se produire au début, avec l'enregistrement, comme celle que Wright a faite. Et que les laboratoires font des erreurs, les médecins aussi, soit en ratant quelque chose, soit en l'interprétant mal. »

« C'est terrible. Est-il tombé vraiment malade ? »

J'ai hoché la tête. « On a finalement posé le bon diagnostic et il a eu une greffe de moelle osseuse. Ça a aidé pendant un temps, mais c'est revenu. »

« Je comprends pourquoi il était en colère, mais on ne se met pas à tuer les gens quand ils font une erreur. »

« McGovern a dit qu'il voulait réveiller les gens et que c'est pour ça qu'il les a mis en scène. »

« Ça, pour sûr, il l'a fait. »

« Bilotti a dit qu'il y a des preuves que les personnes qui subissent une greffe de moelle osseuse connaissent des troubles mentaux. »

« Ça doit te ficher le moral en l'air. »

« Et Bilotti a dit aussi très anxieux. »

« J'imagine bien. »

« Je ne cherche pas d'excuses, mais je comprends pourquoi McGovern a pété les plombs. Il a joué de malchance et ça lui a coûté la vie. Son avocat a dit qu'il lui restait moins d'un an à vivre. »

JE SUIS ENTRÉ DANS LE BUREAU EN COUP DE VENT. « SI JE DOIS encore faire une interview, je vais péter un câble. »

Derrick a dit : « Je vois déjà le gros titre de demain : "Le beau Luca..." »

« Arrête un peu, tu veux. »

« Profites-en tant que ça dure. »

« En profiter ? C'est épuisant. Ce dont je vais profiter, c'est du sable. On va aller à Key West pour quelques jours. L'amie de Mary Ann nous prête son appartement. »

« Sympa. »

« J'ai hâte. Je veux enquêter sur Shea. Ce que cette femme a dit ne colle pas, mais je ne pars pas en vacances tant que ça et l'affaire Addison ne seront pas réglées. »

« Ne t'inquiète pas pour Addison. Pendant que tu faisais tes relations publiques, on a examiné les enregistrements de chez Alice Sweetwater's. On n'y a pas trouvé Johnson. »

« Il savait qu'elle travaillait là-bas et Addison faisait la une des journaux. »

« Ouais. Et la dernière fois que Johnson a été arrêté, il a

prétendu avoir des infos compromettantes sur un réseau de drogue, mais c'était du vent. »

J'ai secoué la tête. « Un de moins. Vérifions pour Shea, comme ça je pourrai partir l'esprit tranquille. »

———

MARY ANN m'avait demandé de prendre du lait en rentrant. Publix proposait toute une gamme de laits et c'était bien nécessaire. Mary Ann buvait du lait d'amande, Jessie préférait le lait de soja et moi, j'aimais le lait écrémé. J'ai chargé les bouteilles dans mon chariot en me demandant ce que mon père aurait pensé de ces choix.

Alors que je passais dans le rayon des pâtes, je me suis arrêté. Kate Swift et sa mère pesaient le pour et le contre entre différentes options de macaronis. Je me suis approché. « Excusez-moi. »

Elles se sont retournées et ont souri. Kate a dit : « Inspecteur Luca. Comment allez-vous ? »

Elle avait pris un peu de poids et avait bonne mine. « Je vais bien. Et vous, comment allez-vous ? »

« Beaucoup mieux, merci. »

Sa mère a passé un bras autour des épaules de sa fille. « Katie est redevenue elle-même. »

Katie a haussé les épaules. « Je fais des progrès. »

« Vous y arriverez. »

« On n'arrête pas de me dire que ça prendra du temps. »

« Vous allez vous en sortir, Kate. Vous êtes une femme exceptionnelle. »

« Je ne sais pas trop. »

« Eh bien, moi, je le sais. »

Elle a esquissé un sourire, que je lui ai rendu, en disant :

« Eh bien, vous voir a vraiment illuminé ma journée. Bonne soirée, mesdames. Et si vous avez besoin de quoi que ce soit, n'hésitez pas à me le faire savoir. »

Voir la jeune femme que j'avais sauvée de sa captivité m'a tellement remonté le moral que je ne me suis même pas agacé contre la caissière qui discutait avec les clients au lieu de scanner les articles. En traversant le parking, j'ai croisé un homme qui portait un t-shirt des Mets.

Ça m'a rappelé les fois où j'allais les voir jouer au Shea Stadium. Mon esprit a bifurqué vers Rachel Shea.

C'était une bonne personne, et en rentrant chez moi, je me suis forcé à ne pas ressasser la façon dont nous l'avions entraînée dans l'enquête. En tournant dans notre rue, j'ai pensé à la femme qui l'avait accusée d'avoir tué Natalie West, sa mère et un petit ami.

Il s'est avéré que la femme avait accepté une mission de cinq ans à Singapour pour Microsoft. Elle n'avait pas disparu, et la mère de Shea avait eu trois crises cardiaques, mourant d'un arrêt cardiaque. Il n'y avait aucune raison de chercher Kenny Green.

Shea n'était pas Mère Teresa, mais la femme qui avait porté les accusations contre elle n'avait pas toute sa tête.

En feuilletant le courrier, j'ai sorti l'enveloppe de l'American Cancer Society. Depuis que j'avais eu le cancer, nous leur envoyions deux cents dollars par an. Je l'ai emportée dans le bureau et j'ai fait une recherche rapide sur les œuvres de charité. L'American Cancer Society était bien notée, mais la Leukemia and Lymphoma Society dépensait une plus grande partie des dollars qu'elle recevait dans la recherche.

Sortant le chéquier, j'ai fait un chèque à leur nom. Puis j'ai rédigé un autre chèque. Celui-ci était pour Ocean of

Love, l'organisation caritative du New Jersey pour laquelle Rachel Shea travaillait. Nous avions chamboulé sa vie et je sentais que je devais faire quelque chose. De plus, c'était pour les enfants atteints du cancer.

Nous ne pouvions nous permettre que cent dollars, mais j'allais voir ce que la Gulf Coast Police Benevolent Association pouvait faire. L'affaire du Tueur de la Réserve m'avait valu beaucoup de publicité. Je n'étais pas contre l'idée d'utiliser ma bonne réputation, tant qu'elle durerait, pour aider Shea.

———

Merci d'avoir pris le temps de lire *Le Tueur de la Réserve.* Si vous l'avez apprécié, n'hésitez pas à en parler à un ami ou à publier un court avis. Le bouche-à-oreille est le meilleur ami d'un auteur. Merci, Dan

Dan publie une newsletter bimensuelle présentant ses écrits, des anecdotes sur le crime et des offres spéciales. Inscrivez-vous sur www.danpetrosini.com

LIVRES DE DAN PETROSINI

LA SÉRIE MYSTÈRE LUCA

SUIS-JE LE TUEUR ?

DISPARUS

LE MEURTRE DE SERENITY

TROISIÈMES CHANCES

UNE AFFAIRE BIEN FROIDE

FLIC OU TUEUR ?

FAIRE TAIRE SALTER

LE FAUX PAS D'UN TUEUR

ENJEUX INCERTAINS

LE TUEUR DE GRAND-PÈRE

VENGEANCE DANGEREUSE

OÙ SONT-ILS ?

ENTERRÉ AU LAC

LE TUEUR DE LA RÉSERVE

PERSONNE N'EST EN SÉCURITÉ

VENDRE SON ÂME À L'OR

SECRETS À SUSPENSE

LE DILEMME DE CORY

LA FUITE DE CORY

LA TRANSFORMATION DE CORY

ART OF PAYBACK

RACE TO REVENGE

BEYOND REVENGE

THIS ISN'T OVER

AUTRES ŒUVRES DE DAN PETROSINI

L'ENNEMI FINAL

TÉMOIN COMPLICE

RÉSISTANCE

LA FALAISE DE L'AMBITION

Dan est un auteur à succès figurant sur les listes de best-sellers de USA Today et d'Amazon. Il a écrit sa première histoire à l'âge de dix ans et aime raconter des histoires ou des blagues.

Dan trouve ses idées d'histoires en explorant la question : « Et si ? »

Dans presque toutes les situations où il se trouve, Dan se demande : « Et si ceci ou cela se produisait ? Et si cette personne mourait ou faisait quelque chose d'inhabituel ou d'illégal ? »

Le tourbillon incessant de son esprit lui fournit une matière abondante pour tisser des histoires intéressantes.

Passionné de livres et de films aux rebondissements imprévisibles, Dan façonne ses histoires pour empêcher les lecteurs d'en deviner l'issue. Il écrit tous les jours, force les mots à sortir si nécessaire, et a écrit plus de vingt-cinq romans à ce jour.

Ce n'est pas une question de vouloir écrire, pour Dan, c'est une nécessité.

Dan est convaincu que les gens peuvent réaliser leurs rêves s'ils se concentrent et agissent, et il les y encourage.

Son dicton préféré est : « Le prix de la discipline est toujours inférieur au coût du regret ».

Dan rappelle aux gens de chasser la négativité de leur vie. Il la croit contagieuse et conseille d'éviter les personnes négatives. Il sait qu'adopter un état d'esprit véritablement positif donne l'impression que la vie est truquée en votre faveur. Quand il s'en écarte, il se dit : « On ne peut pas passer une bonne journée avec une mauvaise attitude. »

Marié, père de deux filles et propriétaire d'un bichon maltais capricieux, Dan vit dans le sud-ouest de la Floride. Originaire de New York, Dan a enseigné dans des universités locales, écrit des romans et joue du saxophone ténor dans plusieurs groupes de jazz. Il boit aussi beaucoup trop de vin et ne se prend jamais, au grand jamais, au sérieux.

Il publie une newsletter bimensuelle présentant des articles, ses écrits, ainsi que des offres spéciales et de bonnes affaires.

www.danpetrosini.com

www.ingramcontent.com/pod-product-compliance
Lightning Source LLC
Chambersburg PA
CBHW071639260626
47170CB00001B/167